中國華僑出版社

图书在版编目(CIP)数据

网游之回眸一笑很倾心/人鱼草方著. —北京:中国华侨出版社,2013.8

ISBN 978-7-5113-3908-9

Ⅰ.①网… Ⅱ.①人… Ⅲ.①言情小说—中国—当代 Ⅳ.①I247.5

中国版本图书馆 CIP 数据核字(2013)第 192011 号

●网游之回眸一笑很倾心

著　　者/人鱼草方
策划编辑/周耿茜
责任编辑/棠　静
责任校对/王京燕
装帧设计/玩瞳装帧
经　　销/全国新华书店
开　　本/880 毫米×1230 毫米　1/32　印张/9　字数/230 千字
印　　刷/北京紫瑞利印刷有限公司
版　　次/2013 年 10 月第 1 版　2013 年 10 月第 1 次印刷
书　　号/ISBN 978-7-5113-3908-9
定　　价/26.80 元

中国华侨出版社　北京市朝阳区静安里 26 号通成达大厦 3 层　邮编:100028
法律顾问:陈鹰律师事务所
编辑部:(010)64443056　64443979
发行部:(010)64443051　传真:(010)64439708
网　址:www.oveaschin.com
E-mail:oveaschin@sina.com

目　　录

第一章 网络游戏被秒杀

女生寝室201正在开一年一度的批斗会。今年唯独一个被提名，且全票通过的“罪人”薛渌清，正被其他三人团团围住，蹲在椅子上，可怜兮兮地低着头。

“喂！别装可怜，抬起脑袋！”嗓门最大的寝室长赵倩兰将手往椅子上一敲，薛渌清连忙抬起头。

“完了，我最受不了她这水汪汪的眼睛了，太罪过！”薛渌清无奈地撇了撇嘴，临铺C宝便装作扶额状。

薛渌清不得不又低下头，不远处的赵倩兰清了清嗓子，继续发问道：“说，知不知道自己犯了什么错？”

什么错？薛渌清暗暗挑挑眉，无语地摇摇头。

赵倩兰杏眼大瞪，猛然将手往桌子上一拍：“竟然不知道！你犯了仅比史上第一错，问男人若自己和婆婆都落水了先救谁这个狗血问题稍微好一点点的第二错！那就是明明闲着却还让游戏局空着三缺一！你愧疚不愧疚？看着我们三个天天日以继夜地打游戏，凑四人，你却悠然自得地在一边干自己的事情！”赵倩兰一口气说了一大堆话，就连C宝都给吓了一跳。

薛渌清很显然也愣住了，整个寝室里，赵倩兰的形象瞬间被放大了，其他三人跟着被秒成渣渣，直到一个话最少的、想法最奇葩的、留着齐刘海的渣渣推了推大框眼镜，幽幽地从身后端来一杯水，默默地推到赵倩兰面前。

“喝吧。”莫晓语的声音低低的。赵倩兰朝她投来杀人般的目光，她却依旧不为所动地眨了眨眼。

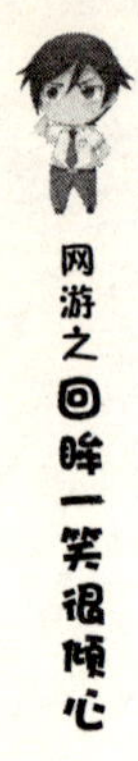

最后，薛渌清还是被押着走上了通往游戏的道路。她无奈地盯着面前的游戏界面，按照游戏的提示一步步完成新人的游戏任务。

这是一款最近热门的仙侠类网游，叫《天脉》。开始的时候人物的升级总是很快的，只要不停地完成系统指派的任务，一会儿就能升到40级。

薛渌清以前从来没有玩过任何类型的网游，她觉得不停地接受任务的游戏实在没什么好玩的，只有像自家弟弟那样的小孩才会喜欢玩。但迫于寝室好姐妹们的“淫威”，她只好也申请了个叫“水也清清”的号。

其他三人的等级比薛渌清高很多，她们正组队进副本刷怪。可怜薛渌清等级不够，进不了副本，又不想接任务，只能一个人在主城里瞎逛。她站在系统自带的莲花坐骑上，一会儿看看这儿，一会儿看看那儿，觉得哪里风景还不错，就坐下来欣赏欣赏。真别说，虽然游戏很无趣，但场景做得还真是格外精致，高山流水、流云飞鹤，无不是栩栩如生。

薛渌清正在欣赏眼前的荷花池，偶尔一两只青蛙呱呱叫着从她的脚边跳过去。她顺着青蛙跳走的方向看去，就在这时，身边忽然出现了一个穿着红色盔甲的男战士，他骑在一只藏青色的麒麟坐骑上，背上背着一把散着金光的大剑，威风凛凛。

男战士靠坐在荷花池边，不长的黑发随着微风而轻轻晃动着，看起来悠闲无比。薛渌清不由得在心里赞许这人身上帅气逼人的装备，眼睛往上一瞥，不经意看见了他的名字，一时没忍住，笑出声来。

一旁的赵倩兰诧异地瞥了她一眼，眼睛又扫了一下薛渌清的电脑，突然大声惊叫起来：“啊啊啊啊啊啊，这不是全服①排

---

① 泛指游戏中的所有玩家。

行第三，传说中神龙见首不见尾的多铎大神嘛！小样原来跑到荷花池边看风景了！”赵倩兰的叫声瞬间吸引了一旁C宝的注意，两人露出一脸花痴的笑容。直到多铎的身影消失，赵倩兰和C宝还沉浸在看见大神的无尽幻想中不能自拔。

还是薛渌清狠狠敲着赵倩兰和C宝的脑袋才将两人从幻想中拉出。赵倩兰突然想起什么，连忙问薛渌清：“清清，刚刚看见大神你笑什么？”

想到这里，薛渌清又不禁笑了：“大神叫多铎啊！这名字……”

赵倩兰哼了一声：“有文化没？多铎可是清朝的皇子啊！和皇太极、多尔衮那关系是杠杠的！多有气势啊！”

“可是……多铎翻译成汉语的意思是胎盘。”

C宝无语地翻了翻眼，直接拖着赵倩兰远离薛渌清。

“我才不要理你这个不和谐的，继续打怪爆装备咯！”赵倩兰大嗓门一吼，又沉浸在如何砍死怪兽的亢奋情绪中了。

而这厢的薛渌清终于找到了这款游戏的乐趣，开始满地图地跑，看风景是次要的，主要还是想看看有什么奇葩的名字，这不，生活因为有笑料才更多娇！

薛渌清乐呵呵地点开世界地图，一个个地图跑，最后进入到一个70级以上的刷怪地点。这片地图叫炎黄死地，整个图都被一片墨绿色的植物包围着，人物置身其中，周围便缓缓升起青色的烟雾，将薛渌清包裹在一片迷茫又诡异的气氛之中。就在这时，两只红眼睛的乌鸦“呱……”的一声从薛渌清的头顶飞过去，薛渌清吓了一跳，后怕地拍了拍胸口。

薛渌清走了一阵子，这里果然地如其名，除了头顶阴森森漂浮着的大片灰色透明的幽灵以外，半个人影都没有。她打开地图，准备用飞行符离开。忽然，一个坐着赤红色凤凰的法师从不远处飞了过来。那人坐在凤凰上，仿若王者一般俯瞰着这

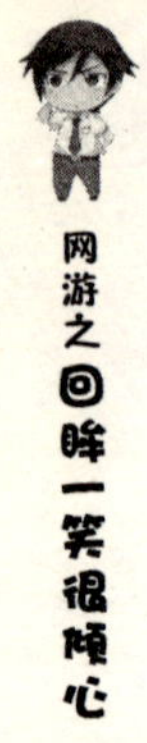

片土地，将这片看起来死气沉沉的地方照得明亮异常。他银色的头发散在肩头，手上执着一根七色光法杖，白色的战服随着风而四处飘摇。

薛渌清一边目送那人从她头顶飞过，一边羡慕那人的凤凰坐骑，简直太漂亮了！就在她只能看见远去的凤凰尾巴的时候，那人忽然又折了回来，在薛渌清的身边停了下来，似乎是有些迟疑地在薛渌清身边绕了一圈。

忽然，这人头顶出现了一个对话框。

【附近】① 邪羽君：你是水也清清？

【附近】水也清清：额，是啊。

话几乎才在对话框里出现了一秒，水也清清就被人瞬间秒杀了！那具紫色的尸体趴在地上一动不动，只有薛渌清刚刚领养的火狐宠物头顶不停地喷着火显示着它的愤怒。

屏幕上跳出对话框，问水也清清是想原地复活还是回城复活。薛渌清瞪大眼睛看着那只漂亮的凤凰，又瞥了眼凤凰的主人，这……这是什么情况？新人被大神秒杀！

薛渌清点了原地复活，没想到刚复活又被大神秒杀！再复活，再秒杀！想薛渌清平时多有素质的一个人，这会儿都忍不住爆粗口了！她很想拿着手边的书朝那个叫作邪羽君的家伙脑门上狠狠砸过去，可惜这么做只会砸坏她无辜的电脑。

她忍不住向宿舍其他三人的方向哀号："我被人杀了啊！"

这一次，赵倩兰和 C 宝都直接塞上耳机，只有莫晓语慢慢地走了过来。莫晓语又推了推眼镜，看见薛渌清死得如此凄惨，又看了看秒她的人，慢悠悠地吐出两个字："正常。"她转身想走，薛渌清连忙欲哭无泪地拉住她："拜托，快来救救我！"

---

① 网游的聊天栏里一般会分为几个频道，【附近】指玩家以及玩家附近的人可以看见聊天内容的对话框。

"全服第一，救不了。"莫晓语又淡淡说着。听到关键字的赵倩兰和C宝猛然站起，光速般冲到了薛渌清的身边。

两人尖叫的声音再一次充斥了寝室，"邪羽君"三个字如同一个神圣不可侵犯的人一般被她俩高捧在天。

赵倩兰擦了一把鼻涕，拍了拍薛渌清的肩膀，义正词言地说："清清啊，你这是什么运气啊？怎么一上来就把邪羽君招惹了呢！你知道邪羽君是谁吗？他可是整个游戏战力最高的玩家啊！但是——"赵倩兰来了个三百六十度大喘气，"战力高了不起？秒杀新人算什么！这种人可恶可怜可耻……"

薛渌清连忙点头："嗯嗯，是啊是啊！"

赵倩兰声讨完毕："虽然如此，可我打不过他。清清，你好自为之。"说完又没义气地拉着C宝坐回电脑边继续刷怪。

等薛渌清欲哭无泪地看向电脑屏幕，发现自己不知什么时候已经自动回城复活了。

邪羽君，薛渌清算是记住了她活这么大以来的第一个仇人……

薛渌清做完几个任务就下了线，她晚上还要去学校附近的衡越酒店里做兼职服务生，所以在开学不久后，薛渌清就向系辅导员提交了晚自习免上的申请。

衡越酒店算是省里最大的酒店，不但各方面的条件一流，也经常接待各种重要人物以及公众人物。这里对服务人员的招募特别严格，尤其是VIP包间的服务人员。想当初，薛渌清和同班同学一起来面试，同学因为身高矮了一点就被刷了，回去后到现在还没跟薛渌清说过话，薛渌清真心觉得自己很无辜，很无辜。

之所以这么多人争破头想来衡越工作，是因为此酒店的待遇简直好到令人不敢相信，但对于小女生来说，最重要的是，只要来N市的明星，十个中有九个会住在衡越。

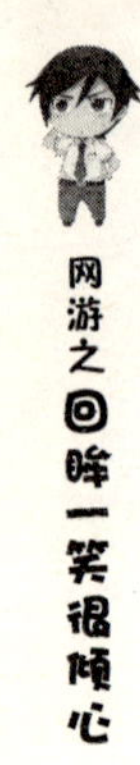

今天酒店就来了个不小的明星。在休息间里，几个小丫头叽叽喳喳说个不停，据说来的明星就是最近火到爆的小天王骆涵，明晚就要在N市体育馆里开个唱。

小丫头一个个都羡慕地看着那些VIP包间的姐妹们，扼腕叹息不止。

只有薛渌清一个人淡定地在一边看书，因为下午的时间都在玩游戏，她还没来得及复习课本，再过几天就要期中考试了。等那些女孩讨论到见不到明星很遗憾的时候，薛渌清刚好看完。她抬起头笑了笑，有模有样地摇头晃脑地念了首诗："君住长江头，妾住长江尾。夜夜思君不见君，共饮长江水。"说完她还眨了眨眼睛。

有几个女孩笑闹着说马上就和骆涵"共饮长江水"去，站在角落一直没吭声的田甜冷哼了一声："自以为上了两天学有文化，现什么现。"说完就一扭一扭离开了。

"薛渌清，你别理她，VIP的了不起啊？"同值班的叫作庆然的女生凑到了薛渌清面前。

薛渌清笑了笑，无所谓地摇摇头。她至今不明白田甜为什么讨厌她，当初面试的时候，田甜一心一意想进VIP，薛渌清在知道自己被安排在VIP的时候，向主管申请调到大厅当服务员，把VIP让给田甜。没想到至此之后，田甜不但没有感激她，一见到她就冷嘲热讽。

算了吧，薛渌清想，就像不知道那个邪羽君为什么莫名其妙杀她一样。想到这里，薛渌清就忍不住一阵咬牙。

今天酒店大厅只摆了两桌，薛渌清不太忙。庆然拉着她去厕所门口守株待兔，希望骆涵上厕所的时候能和她偶遇，薛渌清笑弯了腰："庆然，你当真不知道VIP里面是有厕所的吗？"薛渌清说完，庆然就一阵懊恼，直说自己被爱情冲昏了头脑。

她失望地朝VIP门口张望了半天，才拉着薛渌清回到休息间，那时候里面已经有两个人在激动地讨论了。

“我看见骆涵了，比电视里还要帅！”

“你注意没啊，坐在骆涵身边戴着墨镜的女的就是四小花旦之一的岳景长啊！还有那个著名导演才拿了奖的叫什么胡畅的也在！”

“是啊，我也看见了，好激动哦。”

“是，你没看那个田甜，竟然故意打翻东西到骆涵身上，真恶心！要不是骆涵向赵领班说情，她早被开除了！”

“就是，就是！真恶心……”

话说到一半，田甜就从门口走了进来。她扫了眼站在门边的薛渌清，不屑地撇了撇嘴，然后又趾高气扬地走到说闲话的两人身边，满脸兴奋，不知道刚刚发生了什么好事。

薛渌清耸耸肩，换了衣服准备回家，因为钥匙找不到而耽搁了很长时间，出门的时候已经晚上十点半了。宿舍十一点熄灯，她必须要用半个小时的时间赶回去。

薛渌清因为和负一层停车场管理员赵大叔关系不错，所以每次都会把自行车停在那里。她乘电梯下去取车，还没走几步，就感到身后有闪光灯闪了一下。

见鬼了？薛渌清猛然回头，身后又寂静一片，她有些哆嗦地耸了耸肩，疑惑地皱了下眉头，又往前走了几步，闪光灯又闪了一下。一个背着大相机的人影闪进身后的柱子里，她这才注意到不远处的车中，两个模糊的身影正纠缠在一起。

薛渌清不禁咂舌，她的记性异常得好，那车子的车型以及牌号她从未在停车场见过，再加上偷袭的狗仔，那车上的人极有可能是今天VIP包间的明星！

这等场面竟然让她碰到？想到这里，薛渌清又想到自己莫名在游戏里被那个邪羽君杀了又杀，世界之大，无奇不有啊！再离奇的事情也见怪不怪了。

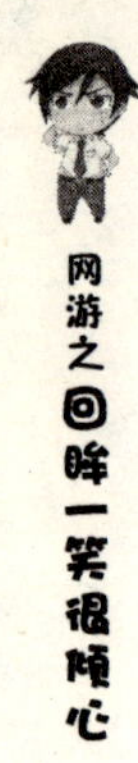

薛渌清加快了脚步，怎奈她的自行车就停在明星车的不远处，只能硬着头皮去取。她的手刚碰上车把手，不远处突然响起了很大的动静。只见骆涵忽然从车上走了下来，径直朝狗仔的方向走去。薛渌清瞪圆了眼睛，骆涵慢慢地伸出手，动作优雅地砸坏了狗仔手中的相机，语气里也不带一丝惊慌地威胁道：“你竟然连我都敢跟，别怪我没警告过你，之前惹到我的狗仔第二天全部自动离职了，我出道这么多年，你知道我能做到。”

骆涵脸上还带着微笑，狗仔的表情有些讪讪的，无奈在骆涵的气势下只能选择落荒而逃。

薛渌清的心里开始打鼓，怪不得骆涵出道几年到如今红到发紫的地步，不但没有花边新闻，还一直保持一副谦谦君子的形象，原来背后有大靠山，而且这手段真是……

薛渌清同情地看着狗仔的背影摇摇头，叹了口气，才后知后觉地感到背部射来的尖锐视线。她无奈地转过身子，对身后的骆涵打了个招呼：“嗨，我其实只是个过客！”

男人穿着黑色的休闲长衫，搭配一条深蓝色的牛仔裤，如此随意的装扮将他高挑的身材修饰得天衣无缝。他的头发显得有些凌乱，一簇不听话的刘海调皮地散落在他的眼角上，这样更突出他相貌上的一丝不羁。他斜倚着车门盯着薛渌清，嘴角挑起一抹玩味的笑容。

薛渌清真的不想成为明天的头条，她都能想象出内容：小天王车里偷香，酱油女取车路过，偷香事件演变暴力事件！OH，NO！想想都很可怕。于是薛渌清笑笑指着身边的自行车保证道：“我只是来拿车的，那个我真的什么都没有看见！相信……我！”薛渌清说着说着忽然张大了嘴巴，因为从车上又走下来另一个人，还是个熟人——田甜！

薛渌清感觉自己好像知道了什么天大的秘密，田甜那副趾高气扬的样子让她想起刚刚在休息间时她不屑的一瞥，噢，“人约黄昏后”，原来是这样的。

骆涵已经向薛渌清的方向走过来，薛渌清咽了口水继续保证：“我向你保证，我生来记性差，近视八百度，人家是过目不忘，我是过目就忘。你看看，现在我就不记得你为什么走过来？咦，现在连你是谁都不记得了！喂，你干吗！”骆涵此时已经把手伸进了薛渌清的口袋，从她口袋里掏出了钱包和证件，他忽然朝着薛渌清邪气一笑：“薛渌清，如果这件事情泄露出去，只能是你说的。”说完，还不忘调戏一般地快速勾了勾薛渌清的下巴，最后，十分潇洒地转身离开。

等薛渌清反应过来，车子已经呼啸而去。骆涵在车子里冲她痞痞地吹了声口哨，而一边的田甜则恶狠狠地瞪了她一眼。

一回到宿舍，薛渌清就翻开日历，记下了这不幸的一天，嗯，不宜上网，不宜出门。

第二天是周六，薛渌清一大早就被赵倩兰拽了起来打游戏练级。她一边揉着睡眼惺忪的眼睛，一边听见赵倩兰苦口婆心地对她谆谆教诲：“清清啊，我们四个就你等级最低，说好的我们要组个江南四大才女帮，看看你这等级、这战力、这水平、这装备，太掉面子了！还有，你到底要不要找邪羽君报仇了……”说了一大堆，赵倩兰越说越嫌弃。

薛渌清怕赵倩兰说个没完没了，只能生硬地转移了话题问：“江南四大才女帮？这名字会不会太长了？”

赵倩兰立马冲C宝一声大吼：“C宝，清清质疑你取名的技术！”

薛渌清一头黑线[①]，一边给怒气冲冲跑过来的愤青C宝同学顺毛，一边解释说：“我的意思是我们可以换一个方式！”

“什么方式？”C宝问。

① 在漫画中，一般用黑线表示无话可说的意思。

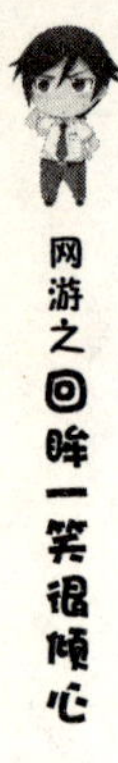

薛渌清接着说："莫言把自己的真名拆开做笔名，金庸也是拆自己的真名做笔名，两人都成了知名的作家……"

"清清，你想表达什么？"不远处的莫晓语推了推鼻梁上的黑框眼镜，一边擦拭电脑屏幕上的水渍一边问。

"我想表达，其实，我们不如也拆字取帮名？"见大家没反应，她又补充道，"简练易懂，嗯，有文化有出处。"

众人："……"

赵倩兰半天终于反应过来，一拍大腿大嚷一声："好主意，那我们是叫水工帮还是口儿帮？"

众人："……"

薛渌清闷哼一声："还是叫江南四大才女帮吧。"

众人："……"

薛渌清此时已经打开了游戏界面，她领取了游戏中新推出的免费礼包，强化了一下自己的装备，点开排行榜，比较了一下自己和邪羽君各方面的情况，发现邪羽君之所以这么厉害，完全是用钱砸出来的！那一身漂亮到令人炫目的装备，哪一个不是商城里卖得最贵的？所以说这种玩家未必都可恶，但是这个叫邪羽君的就真是可恶透顶。

薛渌清无奈地看着邪羽君的游戏人物，白色的法师飘然若仙，看起来肆意又清淡，却是个彻头彻尾的大魔头！

"啊！"坐在身边的赵倩兰忽然激动地一声大叫，"我这什么脑袋，怎么这么聪明！"

薛渌清："……"

"清清，我知道怎么对付邪羽君了！"

"怎么对付？"薛渌清不太期待地问。

"瞧这排行榜，第二名是谁？"

薛渌清扫了一眼，是一个叫"独孤笑笑"的女玩家。

"第三名又是谁？"

“胎盘大神。”薛渌清看见这名字就忍不住发笑。

“第四名呢？”

薛渌清怕赵倩兰一直这么问下去，只能顺着排行榜连着报了几个名字。

“发现了吧？”赵倩兰得意扬扬地问。

不远处的C宝忍不住一吼：“赵倩兰，说重点。”

赵倩兰贼贼一笑：“你们看啊，邪羽君和独孤笑笑都是天涯皇者帮的，然后从第三名的胎盘大神开始到第八名的绯村杨小过都是绯村帮的！几个人围攻邪羽君还怕打不过他？关键是胎盘大神还没有结婚！”

薛渌清：“我似乎明白一点。”

“好啊，赵倩兰，你想让咱清清俘虏胎盘大神，然后公报私仇？”

赵倩兰腼腆一笑，笑得人一身鸡皮疙瘩：“别说这么难听，到时候咱清清就是绯村帮帮主夫人，帮众为帮主夫人报仇，那多天经地义啊！”

莫晓语刚从卫生间倒水出来，听赵倩兰这么说，幽幽地问：“说好的江南四大才女帮呢？”

赵倩兰：“忍辱负重，卧薪尝胆，懂不懂！”

众人：“……”

赵倩兰自认为自己既是思想上的胖子又是行动上的胖子，已经果断申请进入了绯村帮，并且在男女比例尤其不协调的绯村帮受到了热烈的欢迎。赵倩兰那个激动啊，立马和帮里的男同胞们打成了一片，也莫名和帮里为数不多的女同胞结下了仇怨。

薛渌清看着赵倩兰咧开的嘴角问：“兰兰，要不你替我俘虏胎盘大神？”

赵倩兰思索了半天才郑重回答道：“我看也行。”遭到了众

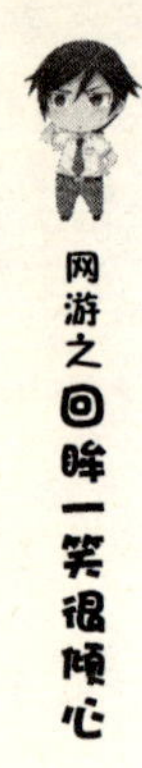

人的鄙视。

薛渌清忍不住扶住额头笑了起来，她看着不远处镜子里映出的笑脸不由得有些发愣。自从远离了那个地方，自从来到了这所大学，认识了活泼的舍友们，她也变得越发开朗爱笑，那些笑都是真心的，连眼睛里都闪着光。如果能一直这样下去，那多好。

在赵倩兰的怂恿下，莫晓语和 C 宝陆续加入了绯村帮。薛渌清的鼠标刚点过申请入绯村帮，忽然身边多出一群人，几个职业不同、衣着也不太一样的人在水也清清的周围徘徊。为首的那人一头银色头发，翩飞的白色衣服，不是邪羽君是谁！

野外刷个怪都能碰到仇家？这前一世要多少次回眸啊？薛渌清不禁有点头大，她凄惨地叹了一声："仇家又找上门来了。"

众人又开始亢奋了，以光速般跑到薛渌清面前，又紧张又激动，当然，更多的还是兴奋："哇哇哇！又看见大神了！看见那七彩光法杖没，我也好想要！哇，那只赤色凤凰据说是游戏商家免费送给战力最高玩家的，全游戏只有这么一个啊！羡慕忌妒恨啊！"

薛渌清："……喂，我又挺尸了，快点看见那道紫色的身影！"

还算赵倩兰她们有点义气，立马用飞行符赶来助阵，水也清清终于不用被秒得那么惨，可以对大神说句话了。

【附近】水也清清：邪羽君，我跟你无怨无仇，你为什么一见到我就杀？

【附近】赵家一朵花：清清，你那和蔼可亲的语气是怎么回事？邪羽君，我警告你，你要是再敢对水也清清下手，我见你一次秒你一次，轮得连你妈都不认识你！

【附近】C 的宝贝：花姐霸气侧漏。

【附近】SHUT UP：花姐霸气侧漏。

【附近】天天甜甜：哈哈哈哈哈哈哈哈哈哈，就你们还想秒邪羽君，哈哈哈哈哈哈哈哈哈哈哈，我肚子笑得好痛！

【附近】平一剑：我先把你们秒了。

说完，就进入了群战，赵倩兰还特地向帮派求救，说得是凄惨无比声泪俱下。于是，又由几个人的群战变成了帮战，场面顿时变得一片混乱，只见不同颜色的光在屏幕上闪来闪去，薛渌清都不知道自己的人物跑到哪里去了，可惜今天绯村的高手都不在线，要不然说不定场面还要激烈点。

就在大家死伤惨重，复活N次后，天涯皇者的独孤笑笑忽然发话了。

【附近】独孤笑笑：大家都停手吧！这人不是水也清清。

一时间，两个帮都炸开了锅，原来天涯皇者的人摆了个大乌龙！独孤笑笑是天涯皇者的副帮主，前一阵子有一个叫水也清清的人拜她为师，水也清清的嘴很甜，哄得独孤笑笑不但教她攻略，还送了她很多上好的装备。没想到这个水也清清是别的帮派里某人的小号，专门接近独孤笑笑探听情况，被独孤笑笑揭穿后，还找了几个高手在独孤笑笑经常去的地方蹲点截杀她！独孤笑笑一气之下就在群里发话说，帮里的人只要谁遇见水也清清，见一次就秒她一次。

不巧的是，薛渌清刚申请号后不久就第一个被天涯皇者的帮主邪羽君秒了……更不巧的是，按道理一个游戏是不给取两个相同的名字的，但薛渌清的这个水也清清和之前那个水也清清虽然名字一样，但是之前的那个水也清清在取名字的时候加了一个不起眼的“.”号，所以造成了现在的误会。

于是乎，天涯皇者的人无语了，绯村的人开始闹腾起来。

【世界】[1] 绯村杨小过：天涯皇者的帮主出丑了！

---

① 网游的聊天栏里一般会分为几个频道，【世界】指同一个区的所有玩家都可以看见聊天内容的对话框。

【世界】小娇娃：咦？大神出丑？什么个情况？

【世界】乐事：不相信大神也会出丑的飘过……

【世界】赵家一朵花：大神秒新人，竟然秒错人！哈哈哈哈哈哈哈哈。大神出来道歉。

【世界】绯村一口酒：邪羽君补偿医药费、精神损失费，绯村人既往不咎。

【世界】C的宝贝：大神道歉，补偿！

【世界】SHUT UP：大神道歉，补偿！

【世界】路人甲：大神道歉，补偿！不过……我只是打酱油的……

看着乱成一锅粥的世界频道[1]，薛渌清犹豫着是要上去锦上添花呢，还是火上浇油呢？或者雪中送炭？于是略一思索，正打算往键盘上敲字，就在这时，忽然有人加她好友。她点开一看，发现竟然是大神本尊！之前一直沉默的邪羽君大神终于发话了。

【私聊】[2] 邪羽君：说吧，我要怎么补偿你？

薛渌清抬起头问室友：“大神问我要什么补偿。”

宿舍里的人又开始沸腾起来。

赵倩兰：“啊啊啊啊，我好想要他的七色法杖。”

C宝：“啊啊啊啊，那我就要他的凤凰坐骑好了。”

赵倩兰：“啊啊啊啊，凤凰坐骑那可是无价之宝啊，都被你选走了，我再勉为其难地要一个他身边的金色宠物好了。”

薛渌清：“其实，大神问的是我要什么补偿……”

“呜呜呜……小清清。”赵倩兰用水汪汪的眼睛看着薛渌清，

---

① 同【世界】。

② 网游的聊天栏里一般会分为几个频道，【私聊】指只有玩家和指定聊天对象可以看见聊天内容的对话框。

看得她不自觉一抖。

“既然大家都想要大神的装备，但是大神又不可能给这么多人是不是?”薛渌清边说边继续侧头思考。

【私聊】水也清清：大神能答应我一个要求吗?(笑脸)

【私聊】邪羽君：说。

【私聊】水也清清：我能发在世界里吗?

【私聊】邪羽君：可以。

于是乎……

【世界】水也清清：大神秒错人不怪大神，我也不想要大神什么补偿，其实当时要不是被大神那一套装备惊住了，我也一定可以逃跑的！为了避免以后大家被大神的装备惊住，为了让大神更加亲民一点，我有个小提议，大神可不可以把那套炫目的装备拿掉呢?这样我一定不会再呆住了，也不会被大神秒杀了，大神觉得呢?

这句话刚发到世界上，世界上瞬间安静了，连同整个宿舍都安静得可怕。

良久后，还是赵倩兰第一个反应过来：“清清，知道你的明白你是个游戏白痴，这不知道你的肯定在想这水也清清也太狠了吧！你这招你得不到装备他自己也别想得到，玉石俱焚，一个字，狠啊!”

C宝也意味深长地看着薛渌清：“清清，你太邪恶了。我研究了下，发现你这话说得高明啊，一方面先诋毁了大神靠装备取胜，另一方面又表明要是大神没有装备你绝对不会被他秒！最后你又鄙视了大神靠钱买装备，最后的最后你让大神下装备，这以后大神的仇家估计天天要守在大神附近秒他了！你得多解气啊！关键是你竟然发在了世界上！哈哈哈哈哈，我忽然之间好期待!”

莫晓语在薛渌清的身后默默飘过，一阵低沉的嗓音传到众

人的耳朵里："高明……"

薛渌清无语："……我其实根本没想那么多。"

世界安静之后，来临的是激烈的讨论。讨论基本分为两派：一派是大神帮的，大骂水也清清得寸进尺；另一派是反大神派，力顶水也清清为群众谋福利。最后世界上全是齐声的唤大神声。

【世界】赵家一朵花：求大神出来表态。

【世界】C的宝贝：求大神出来表态。

【世界】SHUT UP：求大神出来表态。

【世界】路人甲乙丙丁：求大神出来表态。

薛渌清忽然觉得自己是不是说了什么了不起的话，直到很久以后，她玩网游一阵之后，才真正知道，自己的确说了很了不起的话。当然，这都是以后的事情了。

这边坐在电脑前的水也清清看见世界上一片闹腾，顿时也有点莫名的紧张。而另一边坐在电脑边的邪羽君低头喝了一口咖啡，然后靠向身后的椅背，眼睛扫向面前的电脑屏幕。在看见世界里水也清清的要求时，眉头微蹙了一下，随即嘴角又拉起一抹意味不明的笑容。他的身子往前倾了一下，修长的手指随即敲击着键盘。

【世界】邪羽君：有何不可？

大神这句话引来了比刚刚水也清清的话更大的反应，连常年不在世界上说话的人都炸了出来。

【世界】C的宝贝：大神出现了！

【世界】赵家一朵花：哇哇哇哇哇哇哇！

【世界】恋恋笔记本：啊啊啊啊……我是出现了幻觉吗？

【世界】美出翔来了：大神，没了装备，以后让姐来保护你！

【世界】平一剑：老大老大，不要告诉我你是真心的啊！我不活了！

【世界】天天甜甜：羽哥哥，以后甜甜来保护你！

【世界】路人甲：大神，看见我看见我，我的战力绝对可以保护你！

【世界】路人乙：大神，不介意的话哥哥也可以保护你！

【世界】独孤笑笑：羽，你不会吧！

……

怎奈世界再怎么闹腾，事件的主角邪羽君却不再发一句话，而事件的始作俑者薛渌清看着满世界的话语，窝在电脑前笑得直不起腰来了。

第二章　都是彩票惹的祸

薛渌清下午还要去酒店打工，因为是周末的原因，今天她被酒店的赵领班安排值夜班。临下线前，她查看了下邪羽君的资料，吃惊地发现邪羽君真的履行约定，那套金光闪闪的装备全部变成了系统自带的再普通不过的装备，凤凰坐骑也被隐藏了起来。最后，她才后知后觉地发现，没了装备的大神的战力由原来的几万掉到了一万多一点，当即掉到了排行榜外。

薛渌清疑惑地问舍友们：“我是不是做了什么不应该做的事情，大神不会讨厌我吧?”

赵倩兰十分严肃地说：“大神不会讨厌你的，只会恨你，恨得咬牙切齿，恨不得把你分尸再分尸才能解心头之恨!”

C宝点头附和道：“我刚刚打怪的时候看见大神被一群仇家围攻杀了!”

薛渌清一口水差点喷出来：“啊?”

C宝继续点头作严肃状：“清清，当初你被大神杀了有多讨厌他，现在大神绝对比你当时还要讨厌你一千倍，不，一万倍!”

“不，一亿倍!”

“不，十亿倍!”赵倩兰最后正色道。

薛渌清顿时一个头两个大，临走前不由得向舍友们叮嘱道：“仇恨会让人迷失方向，替我告诉大神，希望他的仇恨就像花儿一样。”

众人不解：“啊?”

薛渌清："早日凋零，或是随风而去。"

众人恍然。

薛渌清像往常一样骑车去衡越，因为上午下了小雨，地上全是淤积的水洼，一不小心就会溅得满身都是污水。薛渌清骑得分外小心，哪知道刚拐过一个街口，就有一辆黑色的轿车从她身边飞驰而过，地上的污水顿时溅得她白色的球鞋和淡蓝色的牛仔裤上全是灰黑色的水渍。她迅速抬头瞧了一眼远去的轿车，那车牌再眼熟不过，竟然是骆涵的车。

"孽缘啊孽缘啊！还是花钱消灾吧！"薛渌清用纸巾擦了擦身上的污渍，然后走到附近卖彩票的大叔身边，报了一下骆涵的车牌号码，买了一张两元的彩票。不知为何，看见那一串数字，她的心情瞬间好了很多，于是继续骑车往衡越的方向行去。

而始作俑者骆涵坐在车里，扫到薛渌清被污水溅湿时露出的纠结表情，不由得心情大好，还吹了声口哨。

身后忽然传来一道异常清冷的声音："骆涵，不知为什么，看见你的笑容就觉得特别欠扁。"

骆涵不禁一笑，扫了一眼后视镜。西装笔挺的男人正低头敲打着面前的键盘，好看的眉头不知又为什么烦心事而紧皱在一起。

"大鸟，一般缺爱的人看什么人都不太顺眼。"骆涵调侃道。

后座的男人眨了眨眼，抬起头时，一眼便看见那对清淡又幽深的双眼："骆涵，你找死。"

"我好怕哦！"骆涵假装拍了拍胸口，那样子痞味十足，哪有半点平时在人前儒雅绅士的模样。

后座的男人不慌不忙地扯开一抹笑容："你说要是让你顶头上司知道晚上要开演唱会的某人不但没有提前赶到现场，反而被我抓到在玩游戏会怎么样呢？"

骆涵一听见顶头上司四个字就忍不住一阵哆嗦："祝翎翮，

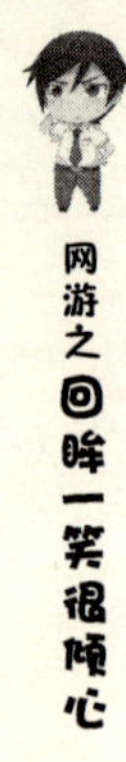

算你狠。”

被唤作祝翎翩的男人挑了挑眉，果然骆涵一路上都没有再吱声，不错，世界瞬间变得安静了好多。

薛渌清一来到衡越，庆然就一脸兴奋地跑过来拽住她的胳膊激动地嚷嚷：“啊啊！我刚刚和骆涵擦肩而过了！他好帅好绅士，我都要晕了！”

薛渌清无语，这个表里不一的男人不知道欺骗了多少无知少女的芳心啊！她试图找到一个温和的方式劝慰庆然不能被骆涵的外表给骗了。

“庆然，其实每个明星都很帅的。”

“我觉得骆涵是最帅的！”庆然一脸花痴的样子。

“心灵美才是真的美。”

“骆涵就是心灵和外表都美的人，简直完美！”庆然嘴角划过一抹可疑的液体。

“也许骆涵并不是我们表面看见这样的呢？”

“你是说骆涵私底下比他表现出来的更完美吗？”庆然已经快要晕过去了。

“颜色越鲜艳的蛇毒性越剧烈。”

“你是想表达骆涵具有一种野性诱惑的美吗？”

“……”薛渌清忍不住轻咳两声，野性诱惑美？她确定自己已经没办法和庆然沟通了，只能放任她继续活在童话故事里了。

晚上十点半左右，负责大厅的服务人员就陆续下班了，薛渌清一个人待在值班室里上网。宿舍里的其他三个还在游戏里，几个人在帮派里聊得火热，而且赵倩兰同学已经以迅雷不及掩耳之势和绯村杨小过发展了感情，瞧那欲语还休的态度，瞧那惺惺相惜的语气，看得薛渌清啧啧称奇。

【帮派】水也清清：黑夜给了我黑色的眼睛，我却用它来寻找感情……

【帮派】赵家一朵花：清清！你来啦！

【帮派】绯村杨小过：啊啊！我们绯村帮的大红人出现了，大家快来膜拜！

薛渌清一头雾水，她平时很低调的，怎么忽然变成了大红人？

【帮派】绯村一口酒：水也清清，我的偶像！你终于粗（出）线了！

【帮派】滴滴答答：水也清清的本尊出现了！下面是采访时间，请问你对让大神下装备有什么感想？经过不确切统计，自从大神下了装备后，被仇家至少杀了十次以上。对于以后如何面对大神，你又有什么看法呢？

【世界】水也清清：我相信大神是心胸宽大的人，他是不会记恨我的，在我遇到困难的时候还会鼎立相助！（笑脸）

薛渌清打完发上去，发现怎么帮派又瞬间安静了？仔细一看，不禁汗颜，不小心发到世界上去了……

两秒钟后，世界又瞬间炸开了锅。支持水也清清的人有之，骂水也清清的人自然也不在少数。赵倩兰还直接私信她：清清，你是故意的吧！我好崇拜你！

这个，真不是故意的。

薛渌清有点多说多错的感觉，为了避免不必要的意外，直接屏蔽了嘈杂的世界频道，一个人跑去野外挂机刷怪了。

然后她开始浏览平时经常去的网页和论坛，不知过了多久，薛渌清再次打开游戏，吃惊地瞪大了眼睛。

她的面前正躺着一具血淋淋的尸体！关键是这尸体头顶那刺眼的三个字不是“邪羽君”是谁！薛渌清还没反应过来，不一会儿邪羽君就自动原地复活了，但是守在尸体周围的几个人没多久又把邪羽君杀了。

周围的人杀了邪羽君好几次，他的经验掉了不少。薛渌清

有点看不下去了，忍不住在附近频道说话。

【附近】水也清清：各位，你们这么做也太不人道了……这简直是乘人之危！大神现在肯定是在挂机[1]，而且还一不小心忘记开和平模式[2]了。但是你们怎么能趁机杀大神呢？这是千不对万不对的！引起仇恨事小，引起帮战就事大了。好歹大神是一帮之主，到时候带着帮众去杀你们帮的小号就不好了，这样会引起不必要的麻烦，真的，相信我……

【附近】刺刺：这人好啰唆……

【附近】天边的狼：你是水也清清?！哈哈，别装了，看见仇人被杀是不是很爽？多亏了你啊，要不然哥们几个不知道什么时候能把这垃圾杀掉，叫他老是跟我们喷狗帮作对，我今天要虐死他！

【附近】我只喷饭：水也清清，你的事迹我们听过了，怎样，要不要和我们一起杀？

【附近】刺刺：好主意，我今天反正也杀够了，水也清清，接下来就交给你来虐了！

【附近】天边的狼：对对！水也清清，交给你虐了！

薛渌清刚想说自己不是来杀他，只是来劝架的好不好！那几个不靠谱的喷狗帮人就把这光荣而艰巨的任务交给了她！之后就集体闪人了，好像还很信任她似的！太不靠谱了！

薛渌清默默地看着邪羽君白色的尸体躺在她的脚边，不知道是离开还是留在这里以防又有仇家趁他挂机来秒他。就在这时，邪羽君又原地复活了，而她的好友框也跳了起来。

【私聊】邪羽君：我刚刚在挂机，怎么样，杀得很爽吧？

---

① 一般指游戏中游戏人物依然处于登陆状态，但是玩家却在做别的事情的一种状态。

② 网络游戏中的一种状态，处于此状态时，玩家杀不了别的玩家，别的玩家也无法杀死玩家。

【私聊】水也清清：不是……不是我杀的，这是个误会！

【私聊】邪羽君：嗯，是误会，一场误会引发的血案。

【私聊】水也清清：相信我！我真的一刀没砍！

【私聊】邪羽君：嗯，一刀没砍，我的经验值难道是我自己掉的！

【私聊】水也清清：你根本不相信我！

【私聊】邪羽君：嗯，我真的不相信你。

【私聊】水也清清：……

【私聊】水也清清：大神，你欺负人！

【私聊】邪羽君：……嗯，我就喜欢欺负不说实话的人。

【私聊】水也清清：大神，我们不打架的时候都是开和平模式的……

【私聊】邪羽君：……嗯，开和平模式，所以你是在控诉我自己找虐[①]吗？

【私聊】水也清清：……为什么你总在扭曲我的意思……

过了很久邪羽君都没有回话，薛渌清一边做任务一边心不在焉地查看私聊的对话框。咦？大神生气了？还是找不到反驳她的话了？又或是不小心戳中了他的心声所以心虚了？她正想入非非的时候，门外忽然传来一声异响。

薛渌清吓了一大跳，她从座位上站起来，推开值班室的门朝外张望。墙壁上挂着的壁灯正散发出柔和的昏黄色光芒，外面很安静，似乎什么人都没有。

值班室在酒店二楼，靠右的大厅是酒店的宴会厅，而靠左边的是几个小型包间以及厨房的所在地。这么晚了会有什么人来？薛渌清一边想一边往厨房的方向走去。

还没走到厨房门口，忽然一个黑影一头向薛渌清撞了过来。

① 自己给自己找不痛快的意思。

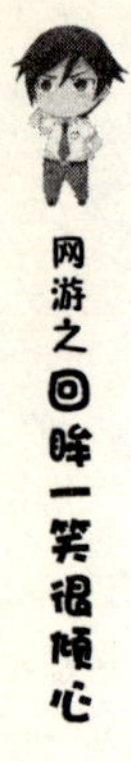

她的反应也算快的了，一下闪到一边，那人因为没有力量支撑，一下摔在了地上。

薛渌清无语，蹲下身子来戳了戳那人的后背，小心翼翼地问："先生，你没事吧？"

良久后，一声沉闷又带着点熟悉的声音传入薛渌清的耳朵里："你……谋杀啊？"那人边说边从地上爬了起来，抬起头时，薛渌清一眼就看见那张阳光帅气的脸，只不过紧皱的眉头让他的形象大打折扣，是骆涵。

"是你啊……"两人异口同声。

"你怎么在这里？"再次异口同声。

骆涵不说话了，薛渌清也不说话了。骆涵眯着眼睛意味不明地看着薛渌清，薛渌清眯着眼睛若有所思地看着骆涵。不久后，两人像是受不了彼此似的再次异口同声："你看着我干吗？"

话音落，骆涵就忍不住笑了起来，一双眼睛像洒满了星光，无比炫目。但他忽然想起什么，又十分不爽地向薛渌清抱怨："我说你们这什么破酒店，晚上饿了想要去厨房找点东西，竟然还上锁？"

薛渌清简直又好气又好笑，微微笑了一笑，十分有礼貌地反驳道："骆涵先生，听说您今天开演唱会，怎么好像喝醉了？我们酒店叫衡越，不叫骆涵的家哦！如果您饿的话，完全可以打电话给酒店客服或是叫24小时外卖的。"

骆涵听完，面部表情肌僵了僵，指了薛渌清半天，忽然邪气地笑了起来。薛渌清直感觉不妙，这男人上次可是调戏过她，这次她可不想被他又占了什么便宜。

于是，薛渌清不动声色地往后退了一步，骆涵见她这样，不怀好意地越靠越近："上次威胁你是我不对，但是你可千万别讨厌我啊！你长得这么漂亮，我还是挺喜欢你的。"

可恶、无耻、下流！骆涵此人真是没得救了。薛渌清愤懑了。她一边挂着无害的笑容后退一边摸索着走廊壁灯的开关，到时候灯光一黑，她就假装害怕一脚踩在骆涵的脚上，看他还怎么得瑟去！

就在这时，安静的走廊上忽然响起了轻快的音乐声，是骆涵新专辑的主打歌。

骆涵有些不耐烦地拿出手机，看了一眼来电提示，这才接起了电话："大鸟，你打来得正好，你这什么破酒店……"

薛渌清耸耸肩，失去了整人的乐趣，这个自恋的人竟然连手机铃声都是自己的主打歌！她嫌弃地看了眼在角落里接电话的骆涵。转过身，往值班室的方向走去。等骆涵挂了电话，走廊上哪里还找得到薛渌清的身影？

薛渌清一回值班室就看见邪羽君在私聊窗口给她留言。

【私聊】邪羽君：要不要向我道歉？道歉了我就原谅你。

【私聊】邪羽君：在吗？

【私聊】邪羽君：水也清清？

【私聊】邪羽君：道歉了还有很多好处的。

薛渌清看见有很多好处，不假思索地回复邪羽君。

【私聊】水也清清：什么好处？

【私聊】邪羽君：我可以带你练级，送你装备，和你组队打怪……

【私聊】水也清清：我喜欢你的凤凰坐骑，也可以送我吗？

本来薛渌清只是开个玩笑的，并不是真的想要那只凤凰坐骑。没想到邪羽君却当了真，不一会儿，邪羽君就向水也清清发起了交易，薛渌清吓了一跳，并没有点同意。

【私聊】邪羽君：不要？

【私聊】水也清清：无功不受禄，哈哈！

【私聊】邪羽君：嗯，既然你不要，我以后送给你别的坐骑吧。

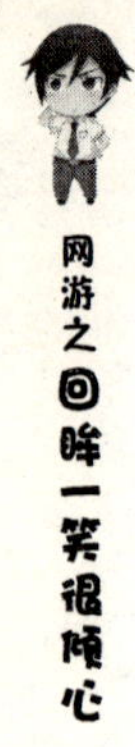

【私聊】水也清清：嗯嗯，谢谢大神！

【私聊】邪羽君：你背包里有花吗？

薛渌清查看了一下背包，里面有九朵花，是做任务的时候系统赠送的，薛渌清一直放在背包里，也没什么用。

【私聊】水也清清：我有哦。

【私聊】邪羽君：嗯，我也有，反正也没用，我们互相送了花，就不计前嫌怎么样？

薛渌清想了想，反正也没什么损失，就同意了邪羽君的要求。

可是，意想不到的事情发生了！薛渌清的花一送出去，系统就自动在世界刷屏：水也清清玩家向意中人邪羽君玩家送上了九朵玫瑰，爱意无限，情意绵绵！邪羽君玩家向意中人水也清清玩家送上了九朵玫瑰，爱意无限，情意绵绵！

于是乎，世界又沸腾了，帮派又沸腾了。这次带来的震撼无异于大神下装备，或者说更轰动。

【私聊】水也清清：大神，你要我吗……

【私聊】邪羽君：（笑脸）

薛渌清不由得感叹，这人简直太腹黑、太邪恶了！于是乎，被大神的腹黑"陷害"到的薛渌清同学被各种认识的不认识的人质问轰炸，大神却稳坐泰山，一副"去留无意，坐看天边云卷云舒"的架势。薛渌清只能默默咬牙，屏蔽了所有的消息，嗯，眼不见为净。

早上一回宿舍，薛渌清就被舍友们轰炸了。

赵倩兰十分严肃地说："薛渌清小同学，请如实交代你是如何招惹大神的？"

薛渌清十分严肃地回答："我不觉得我招惹了大神。如果一定要说谁招惹了谁，我觉得是大神招惹了我。"

这句话说完，其他人再也憋不住了。莫晓语托着下巴沉思良久，藏在黑框眼镜后漆黑的眼睛幽幽地看着薛渌清，看得人一片毛骨悚然："清清，我最近正构思一篇网游小说，刚好你这句话提醒了我……"说完就飘向了电脑的所在地。

薛渌清："……我提醒了你什么。"

C宝也托着下巴沉思了良久，忽然恍然大悟地说："这样也行，在绯村帮和大神的双重帮助下，我们一定可以将我们的江南四大才女帮发扬出去！"

赵倩兰见众人都倒戈了，眼睛滴溜溜转了一圈，一拍大腿，露出一脸激动的表情："既然清清和大神冰释前嫌，反正大神那些下掉的装备也派不上用场，我也不嫌弃，送我算了！"

她遭到了集体的嫌弃。

于是，在舍友们各自毫无联系丝毫没有因果关系的恍然大悟中，薛渌清默默地开了电脑。她想起之前用骆涵的车牌号码买的彩票还没有兑奖，也不抱什么希望地打开了兑奖页面。

薛渌清震惊了！再三揉了揉自己的眼睛，又揉了揉才确定自己的确中奖了，还是一笔不小的数目，五千块！

"亲们，晚上我请你们去饭店吃饭吧！"薛渌清闷哼了一声，然后默默地开口道。

"是个好主意。"莫晓语推了推眼镜，幽幽飘走。

"正好我这个月伙食费要没了。"C宝埋首唯美漫画中，正云深不知处。

"嗯嗯，我想想晚上吃什么！"赵倩兰不客气地开始在网上查看资料。

薛渌清："你们不问我为什么请吃饭吗？"

"不是你拿到打工的工资吗？"莫晓语理所当然地回答。

"不是你提前预支奖学金吗？"C宝正看到故事高潮处，激动得面红耳赤，勉为其难地抽空回答了薛渌清。

"不是你生活费比较富余吗？"赵倩兰依然在查看哪里有好

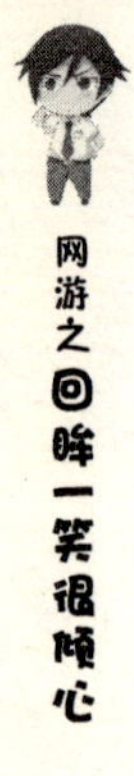

吃的，一副“我管你，反正你说了要请就得请，不请也得请”的架势。

薛渌清滴汗：“其实……我中奖了，而且中了五千块。”

“什么！我的耳朵出现幻觉了？”

“什么！我的耳朵难道出问题了？”

两声巨吼，几乎震破了薛渌清的耳膜。她确定以及肯定地又强调了一句：“真的，我中奖了，五千块。”

四个人浩浩荡荡地出了校门，赵倩兰死活要去薛渌清打工的衡越酒店，美其名曰看看薛渌清的工作环境，顺便熟人还可以打个折。在赵倩兰的软磨硬泡下，薛渌清只好妥协。

庆然看见薛渌清来很高兴，把她们安排在一个靠窗的位置，几个人一坐下，就开始问薛渌清中奖感言以及中奖小窍门，等等等等。

薛渌清轻呼了一口气，随口说只是因为被路过的车子打湿了衣服，记下了车牌号码，拼拼凑凑买了张彩票而已。

赵倩兰听得两眼放光，C宝抱怨上天对自己的不公：“为什么我没中奖？以后我看哪个车子不爽就拿它车牌号码买彩票！”

只有莫晓语默默地坐在那里微笑，偶尔抿一口茶，看起来很优雅的样子。

薛渌清不由得感叹道：“还是晓语最淑女。”

莫晓语继续微笑，一道亮光从她厚重的镜片上打过去，她推了推眼镜开口道：“在我们左前方四十五度处，有一个大帅哥，时不时扫一眼我们这桌，兰兰、C宝，你俩刚刚张牙舞爪的样子已经被帅哥尽收眼底了。”

于是世界瞬间安静了。

赵倩兰和C宝偷眼瞥向帅哥的方向，激动得心花怒放：“好你个莫晓语啊，有帅哥不知道通知我们，看我不要你好看……”赵倩兰说着就要动手。

薛渌清立马打圆场："嗯，帅哥又看过来了。"于是，张牙舞爪的赵倩兰同学立马端坐如淑女，并且露出了极为"优雅"的笑容。

薛渌清不得不说这顿饭吃得很爽。为什么呢？因为平时不淑女的几个人今天都特别地淑女，还不停地往薛渌清碗里夹菜以显示自己大家闺秀的作风。

这虚伪的情操，这猥琐的作风，这做作的态度，让薛渌清对眼前的三个人又有了全新的看法！至此之后，她们便多了三个外号，美名曰：赵猥琐、C虚伪、莫做作。当薛渌清情真意切地说出自己的想法及三人的新外号后，深切地感受到了三人眼神中的杀机，所以说女人绝对是不能惹的。

薛渌清从洗手间回来就看见赵倩兰和C宝在那里嘀嘀咕咕，她顿时有了不好的预感，扫了一眼莫晓语，看她笑得一脸腹黑，深知的确有不好的事情要发生了。

果然，赵倩兰一把抓住了薛渌清的手："清清！我有一个不情之请！"

"嗯嗯。"薛渌清点头。

"清清！我也想买一张彩票！"

薛渌清继续点头："嗯，我支持你。"

"清清！这个号我觉得一定能中奖！"赵倩兰再次情真意切。

"嗯，一定能中。"薛渌清还是点头。

"但是，我需要你的帮助！"

"嗯，需要我的帮助……嗯？我怎么帮助？"薛渌清闻到了阴谋的味道。

"其实，我需要的号码就是那个坐在我们旁边帅哥的电话号码！"果然，这是一个赤裸裸的阴谋！

薛渌清义正词言地拒绝："为什么让我去要？不去！"

C宝也谆谆善诱："清清，你刚中了奖不是吗？有好运不是

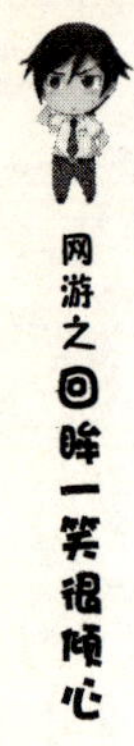

吗？你去问就可以给我们也沾上好运不是吗？那我们就中奖了不是吗？中奖了大家就又可以出来 HIGH[①] 了不是吗？大家 HING 了我们就……”

“停！”为了避免 C 宝无休止地说下去，薛渌清只能打断她。

“清清！”不远处的莫晓语也透过眼镜幽幽地看着她，“我们认识到现在，我有求过你什么事情没有？只有这一件！清清，去吧！勇敢地去吧！”

“晓语……你也被带坏了……”薛渌清一头黑线。在众人的怂恿下，她硬是被推到了那个据说有帅哥的桌子前。

“小姐，有事吗？”身边传来一把略带笑意的嗓音。

“这个……那个……其实……”薛渌清边说边抬起头来看向发出声音的人，吃惊地发现竟然还是个熟人！

“方方方……”薛渌清的舌头打结了。

“薛渌清，好久不见！不要告诉我你这么快就把我这个前男友忘记了。”方仲眨了眨眼，一脸无辜地说。

于是，整个宿舍的女同胞们都震惊了。

赵倩兰“悲痛欲绝”：“清清！清清！清清！我一直以为你没有男友，还一心一意地想要把你推销出去，你知道我收了多少男同学的好处费，不不，口误口误，你知道我收了多少男同学的情书吗？我一直挑挑拣拣，就是为了挑出一份最好、最适合的转交给你！”

薛渌清黑线：“……前男友。”

C 宝“恨铁不成钢”：“清清！清清！清清！有男友这么大的事情你竟然没有告诉我们！”

薛渌清继续黑线：“……前男友。”

“我不管我不管！在很久以前，我一直以为你不喜欢男人，

---

① 指情绪很高、很兴奋。

要不然像你这么漂亮的怎么可能交不到男友？我原本还打算我俩凑合着一起……”C宝话没说完，宿舍里的其他三个人立马避开老远，后怕地说：“C宝，原来你有这嗜好！”

C宝翻了个白眼：“听人把话说完好不好，我说原本打算和清清凑合在一起过着单身贵族的生活，你们一个个思想纯洁点好不好？”

莫晓语就很“淡定”：“清清，交男友是好事啊，哎，嫁出去的姑娘泼出去的水。对了，方仲电话多少？别忘记买彩票了！”

众人：“……”

其实薛渌清真的很无辜，方仲此人虽然是她的前男友无疑，但更确切地说是她的——远房亲戚。之所以冠了一个“前男友”的名号，完全是因为在薛渌清还年少无知的高中时代就长了一张招蜂引蝶的脸。那些蜜蜂和蝴蝶简直让她不厌其烦，作为好学生、书呆子的薛渌清同学恰巧在这时遇见了转学而来的远房亲戚方仲同学，两人一见如故，一拍即合，遂深受言情小说荼毒的薛渌清同学灵机一动，想出让方仲来冒充她的男友从而摆脱那些蜜蜂和蝴蝶的方法。不过高中毕业，薛渌清考到外地的大学后就和方仲失去了联系。

在听完薛渌清无比辛酸的血泪史后。赵倩兰第一个拍了拍她的肩膀：“好狗血①！”

接着是C宝：“狗血到人神共愤了！”

最后是莫晓语：“怎么比我现在写的小说还狗血？”

于是薛渌清默默地泪奔了。

只有刚刚被赵倩兰和C宝死命拉过来一起坐的方仲面露忧愤，在听完薛渌清添油加醋的叙述后，更是无比纠结，最后终

---

① 网络语言，俗套的意思。

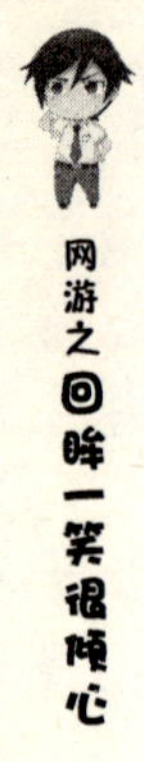

于忍不住纠正薛渌清的故事：“薛渌清，当初觉得一见如故、一拍即合的只有你一个人吧？明明是我不答应你的要求你就不帮我辅导作业好不好！”

薛渌清：“……”

众人：“……”

“OH，NO！帅哥，可怜的方仲小同学，为什么你要遇到薛渌清那个不和谐的，要是早一点遇见我，你的命运将会彻底改写！”从狗血中抽出的赵倩兰一边欣赏起旁边的帅哥来，一边在幻想中感慨。

方仲的表情于是更加纠结了，那表情哪里还有刚刚半靠着椅背轻抿咖啡时候的优雅。他后知后觉地意识到似乎因为刚刚那不经意的一句话误入了狼窝。

从酒店出来，在赵倩兰和C宝的软硬兼施下，方仲只能把自己的电话号码贡献出来给她们买了彩票。薛渌清和方仲走在最后，快到彩票购买点的时候，方仲忍不住问薛渌清：“你知不知道高中毕业后的那个暑假发生了很多事情？可是我怎么都联系不上你！我去你家找过你，陈阿姨就差拿扫把把我撵走了！简瑶也不接我电话，还有陈弗他……”

薛渌清不易察觉地轻皱了皱眉头，努力保持住脸上的微笑：“嗯，发生了点小意外，不过现在都过去了。咦？你说她们拿你的电话号码买彩票，要是中奖了怎么办？”

“肯定要分我一半。”单纯的孩子就这么被轻巧地转移了注意力。

C宝抗议：“切，顶多请你吃顿饭，你又没想到拿自己的电话号码买彩票。”

赵倩兰贼笑了两声：“小帅哥，要是你愿意从了我，我还考虑买一送一哦。”

方仲恶寒[1]了一下。

莫晓语在旁边提醒薛渌清："清清，你还不快点兑换你那张中奖的彩票?"

薛渌清这才想起来，她掏出皮夹，打算把彩票拿出来问问关于兑奖的事情，哪知道无论是皮夹还是背包，翻了半天都没找到。

"不会刚刚付钱的时候掉出来了吧?"莫晓语问。

"可能吧，那我先回去看看。"薛渌清说完就转身向酒店的方向走去。看着她远去的背影，方仲小同学又后知后觉地想起刚刚他的问题薛渌清一个没答，简直太……太过分了!

一阵阴风刮过，不远处才走至衡越酒店门口的薛渌清莫名打了个寒战。

薛渌清找遍了她们吃饭的桌椅四周都没有找到那张遗失的彩票，她想起之前去过洗手间，便又折回洗手间附近寻找。哪知道一拐弯，便看见一道熟悉的黑色身影斜倚在走廊的墙壁上，正侧着身子眺望窗外的风景。

金碧辉煌的走廊上此时正铺就着一条暗红色的地毯，走廊的墙壁上还挂满了来自世界各地的名画，这条走廊的尽头便是洗手间的所在地。而靠着走廊墙壁的那人仿佛丝毫沾染不上这片世俗的气息，甚至将这条一眼望到头的道路衬托成一座富丽堂皇的艺术殿堂。那薄薄的光影洒在那人的身上，完美得像是谁遗落在角落的艺术品。

在听见薛渌清的脚步声时，那人动了动身子，向薛渌清的方向看过来，光影在他脸上晃了晃，晃出一抹明媚灿烂的笑容。

薛渌清的心跳不由得加快两拍，随即她便开始鄙视自己，并且不停地心理暗示此人是妖孽，是祸害，是表里不一的大

① 网络语言，被吓到的意思。

灰狼！

“骆先生，不好意思，你堵住厕所门口了。”很好，一句话瞬间破坏了所有的美好。

骆涵挑了挑眉，居然听话地为薛渌清让开了一条道。薛渌清悄悄瞥了眼骆涵脸上的笑容，嗯，很明媚、很灿烂，但怎么好像还有点不怀好意？

“你那眼神是打算问我为什么这么好心地让你过去吗？”骆涵继续挑眉，无奈地叹息两声，“哎哎，所以说现在的人嘛真是的，我不让又要问我为什么不让，我让了又要质疑我的好心，你说我到底是让还是不让呢……”话没说完，骆涵就“囧囧有神”地发现薛渌清不知道什么时候已经走进了洗手间。呃，他掩饰似的用手指摸了摸鼻子下方，自说自话的感觉还真不太好。

薛渌清在洗手池边找了找，并没有发现可疑的白色纸张，只能悻悻作罢，看来时运不济，命途多舛，她薛渌清这辈子都别想有发财的命了。她摇了摇头，祈祷上天关了她的那扇门，快点给她开一扇窗吧！然后，她就真的看见了她的那扇窗，远远地，在骆涵的手上飘呀飘。

骆涵用眼角的余光注意到走到门口的薛渌清那副怀疑中略带吃惊，吃惊中又明显不解的表情，不禁更加卖力地将彩票在手指间不停地翻转。

“这是你的？”骆涵那双洒满星光的眼睛此时正写满了笑意。

薛渌清微笑道：“是我的，谢谢骆涵先生发挥了中华民族的传统美德，拾金不昧的伟大精神。”

“哦！”骆涵作恍然大悟状，“可是我怎么觉得这张彩票的前四位数这么眼熟？好像是……”

薛渌清假装淡定，笑着解释说：“如有雷同，纯属巧合！”

“哦！”骆涵继续恍然大悟状，薛渌清默默地抽了抽嘴角，“薛小姐，我想我不能把这张彩票还给你。”

“为什么?”薛渌清继续微笑，心底已经默默抓狂了。

“第一，这张彩票上没写上你的名字；第二，你叫这张彩票一声它也不会答复你；第三，它是我捡到的；第四，也是最关键的，前四位数是我的车牌号码。”

强词夺理，厚颜无耻！薛渌清默默咬牙，说出的话依然温和有礼：“可是这张彩票真的是我的。”

“薛小姐，拿别人的车牌号买彩票不好吧?”骆涵一副“训导主任”的嘴脸，“在我们家乡有个传说，拿别人的车牌买彩票是会给车主带来不幸的。薛小姐，如果这张彩票真的是你的，我觉得你至少应该为你的行为负责。”

薛渌清无语，拿别人的车牌买彩票会给车主带来不幸？骆涵到底是从哪个山沟沟里跑出来的？他当她是三岁小孩，随便编了个故事出来她就会信？幼稚，太幼稚！无聊，太无聊！

“骆先生，我想说这真是个巧合。”

“虽然是个巧合，但这张彩票伤害了我，你不能一笑而过。”骆涵又换做一副“实在没辙了，我也没办法”的表情。

薛渌清无语凝噎。

骆涵再接再厉：“不知道赵领班今天在不在，否则让他给咱们评评理，你说好不好?”

薛渌清微笑着低下了眼睑，默默腹诽道：那副无辜的小白兔表情是怎么回事？怪不得骆涵最近接拍了一部电影，转战大屏幕，这演技，啧啧，真是一流啊！而且这家伙竟然敢拿领班来威胁她？要是让领班知道了这件事，就凭他阿谀奉承的性格，薛渌清以后绝对别想好过！

“骆先生，其实，有话我们可以好好商量的。”薛渌清微笑再微笑。

“哦，其实我这人也是很好说话的。正好我结束了演唱会，会在N市待一个星期，我之前没来过N市，想要好好游览一

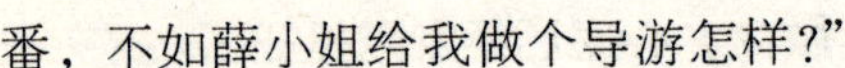

番，不如薛小姐给我做个导游怎样？”

“哈哈，我只是个小小的打工学生妹而已，导游这件事……”

“咦？刚刚走过去的好像是赵领班？”

“导游这件事好说好说……包在我身上！”此话说完，薛渌清直想咬断自己的舌头，为什么见到骆涵她会变得这么不淡定？难道真有传说中的一物降一物之说？

直到和赵倩兰她们会合，薛渌清才不敢相信地看着自己的手机，偶像小天王骆涵就这么轻而易举地把手机号码给了她？

莫晓语再次从薛渌清面前飘过，幽幽地开口：“清清，你想拿谁的手机号码买彩票了？”

众人：“……”

只有方仲还有些哀怨地盯着远方，现实太可怕了，果然，还是游戏里才是他的天下！想到这里，方仲双手默默握拳，脸上再次挂上自信的表情。他还不知道，现实是残酷的，还有更大的打击在等着他。

第三章　绝情谷下龙女花

晚上薛渌清打开游戏，世界里竟然还在讨论她和邪羽君昨天晚上互相送花的事情，而水也清清的私人留言以及信箱几乎被关于邪羽君的各种问题塞得满满当当。各种怪异奇葩的问题简直层出不穷，更有玩家想象力异常丰富，质疑水也清清之所以要求邪羽君下装备完全是一场蓄谋已久的炒作，其目的就是想引起大神的注意，吸引大神的目光。昨天晚上两人互赠鲜花就是最好的证明！水也清清的做法简直可怜、可恶、可耻！

薛渌清彻底汗颜[①]了，她打开好友栏查看，发现邪羽君的头像是亮着的，忍不住找他吐槽。

【私聊】水也清清：大神，你知道昨天晚上送完花给你后，我发生了什么事情吗？

这回邪羽君回复得倒是很快，不一会儿，一行蓝色的字体便跳进了对话框里。

【私聊】邪羽君：（笑脸）知道，我们的友好度增加了。

【私聊】水也清清：我被你的粉丝轰炸了。你不能坐视不理，求大神去世界解释！

【私聊】邪羽君：打是亲骂是爱啊！

薛渌清抓狂了，这人简直答非所问啊！她的脑袋过滤了一下之前舍友们对她说的话，估计被迫下掉装备的邪羽君真的是恨她恨到脚抽筋，见准了时机来虐她呢！薛渌清意识到自己确

---

① 网络语言，无话可说的意思。

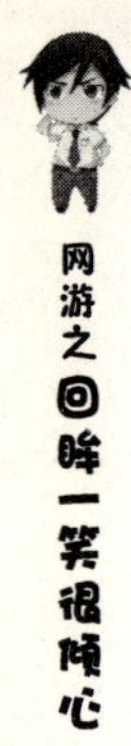

实和这人没什么共同话题，邪羽君总是挑准了各种时机，抓住了各种字眼来扭曲她的话，找他向众人解释？只要他别来残害她就好了。

于是，水也清清华丽丽地无视了邪羽君。打是亲骂是爱不是吗？那薛渌清天天祈祷有人爱邪羽君，爱到死去活来，爱到人神共愤，爱到山无棱天地合乃敢与君绝。

薛渌清做了几个任务，发现等级一下提高到了45级，可以组队进副本刷怪了。

赵倩兰欣慰地拍了拍她的肩膀，露出一脸“真心不容易啊”的笑容对薛渌清说：“清清，赶紧地，加入过过的队伍，我们几个正准备进副本呢！”

过过？薛渌清悄悄抹掉身上冒起的鸡皮疙瘩，然后点击申请加入了“绯村杨小过”的队伍。果然，一进队伍，她就看见穿着橙色长裙的女战士正和一个穿着蓝色长裳的法师亲密地腻在一块，一个一口一个“过过”，一个一口一个“花花”，简直肉麻死了。

【队伍】赵家一朵花：过过，我们要进哪个副本嘛！

【队伍】绯村杨小过：花花，你说进哪个我们就进哪个嘛！

【队伍】赵家一朵花：过过，人家听你的嘛！

【队伍】绯村杨小过：花花，你的决定就是我的决定嘛！

【队伍】赵家一朵花：过过，你这样说人家会害羞的嘛！

【队伍】绯村杨小过：花花，我就喜欢你害羞的样子嘛！

……

旁边的三个队友实在没办法再看下去了，C的宝贝从腰间抽出赤色长剑，然后作势放在脖颈处仰天长啸了三声：“拜托！你们再一口一个嘛字我就去死！”

水也清清站得比较近，在看见赵家一朵花和绯村杨小过互相抛个媚眼或是偶尔调个情的动作后，也无法淡定了，抓住C

的宝贝橙色长袍的衣角哀号道："不不，你不要去死，你死了我怎么办？先把赵家一朵花和绯村杨小过的嘴堵上或者杀了他们你再去死!"

【队伍】C 的宝贝：我以为你要和我一块去死。

【队伍】水也清清：……你想多了。

整个队伍只有 SHUT UP 人如其名一般地淡定如常。莫晓语的人物此时正如她的人一样，着一身黑色衣裳，一块薄纱黑布罩着她的半张脸，让她看起来又诡异又神秘，黑色衣着的秘士沉默良久，终于幽幽地从肉麻兮兮的两人面前飘过，带来一阵阴森森的冷风。

【队伍】SHUT UP：看我的名字。

【队伍】众人：……

【队伍】SHUT UP：SHUT UP!

于是整个队伍终于彻底安静了。

《天脉》游戏系统最近新出了一个叫作"绝情谷"的副本，每天晚上八点半，玩家可以组队进入绝情谷，去谷底采集龙女花，采集到一定程度的龙女花，会吸引出谷底的高级别神仙怨侣，有极大的几率爆出上等的打造装备材料，有极小的几率爆出一个叫作"神雕"的坐骑。

绯村杨小过带着众女同胞们浩浩荡荡地进入了绝情谷。在与赵家一朵花打情骂俏的同时也没忘记布置任务。

【队伍】绯村杨小过：我们要先穿过迷雾森林，才能找到绝情谷的入口，迷雾森林没有地图提示，很有可能迷路，所以大家要跟紧我！在迷雾森林里会遇见吐枣老妖，如果遇见了我们千万别打，这个妖怪很变态，死了之后森林里的所有菜鸟小怪全部会变成无敌状态替吐枣老妖报仇。到时候我们所有进副本的玩家就全部完蛋了。好了，现在大家一起进迷雾森林吧!

【队伍】C 的宝贝：原来绯村杨小过是会正经说话的!

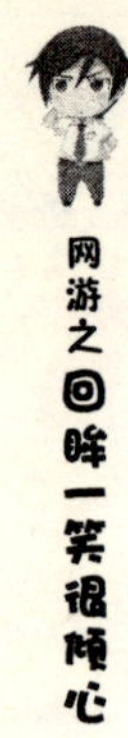

【队伍】水也清清：!

【队伍】绯村杨小过：花花，人家说的怎么样嘛！你看都有人夸我了嘛！

【队伍】赵家一朵花：过过，你是最帅的嘛！

【队伍】绯村杨小过：花花，还是你最了解我嘛！

【队伍】赵家一朵花：过过，人家不了解你谁了解你嘛！

【队伍】C的宝贝：(呕吐）清清，你那感叹号什么意思？

【队伍】水也清清：以最快的速度警告你不要让这两人想起他们刚刚不正常的时候！

【队伍】C的宝贝：……迟了。

【队伍】SHUT UP：SHUT UP!

【队伍】众人：……

五个人在打打闹闹中已经来到了迷雾森林，从森林的入口向里望去，整个森林里所有墨绿色的植被全部被笼罩在一层朦胧的雾气之下，一阵又一阵诡异的叫声从迷雾森林的深处传出来。几个从身边路过的玩家一进入森林，便迅速消失在迷蒙的雾气里。

薛渌清觉得这里的场景有点像之前她进入的那片叫作炎黄死地的地图，就是在那里她第一次遇见骑着凤凰的邪羽君，也是在那里，可怜的水也清清被一次又一次残杀了！水也清清下意识地抬头望天，这雾气弥漫的天空上哪还有那只赤红色拉风到死的凤凰坐骑？

薛渌清下意识地撇撇嘴，等她反应过来的时候，身边的队伍竟然已经进入了森林里?!

【队伍】水也清清：亲们，你们就这么放心把我一个人留在森林外吗？

消息发到队伍里，薛渌清才发现根本发不上去，原来她的电脑断线了！要不要这么巧合？薛渌清无语望天，重新连上网，就听见身边赵倩兰的大嗓门忽然大吼了一声："清清！你跑哪里去了？我们碰到吐枣老妖了，这死变态竟然主动攻击玩家，啊啊啊啊，我死了死了啊！"

薛渌清侧头看了一眼赵倩兰惨痛的表情，愤愤地说："断线了！我断线了！我竟然自动脱离队伍了！"

赵倩兰那边几次想摆脱吐枣老妖都被它一掌拍死了，在宿舍里爆发出一阵又一阵的惨叫，同一个队伍的C宝和莫晓语都选择不约而同地戴上了耳机，而薛渌清也好不到哪里去，她十分成功地在迷雾森林里迷路了。

本来薛渌清这个等级在绯村杨小过这个高手的队伍里应该是没有什么危险的，现在她脱离了队伍孤军奋战，身边一阵一阵鬼怪的哀号都昭示着水也清清的危险。怎奈绝情谷副本每天只能进入一次，薛渌清只好咬着牙继续在迷雾森林里穿梭。

不一会儿，几个灰褐色的小雕怪就出现在水也清清的身边，围着水也清清龇牙咧嘴，好像她只要一个动作就会一下向她扑过去。水也清清的宠物火狐已经开始主动攻击小雕怪了，火狐的攻击吸引了小雕怪的仇恨值，一群小雕向水也清清围攻起来。水也清清后退两步，无奈，只好操起法杖往小雕怪的头顶拍去。

因为战斗力实在不行，就算是这一群菜鸟级的怪兽水也清清都打得相当地吃力。薛渌清一边操作着键盘一边飞速用鼠标按动着水也清清的技能栏，好不容易将最近的那只小雕怪打得就剩一滴血了。就在这个时候，不知道从哪里冒出一个穿着白色纱裙的女战士，竟然是天涯皇者帮的副帮主独孤笑笑！独孤笑笑轻轻一挥衣袖，一个群技能，瞬间将水也清清周围的怪物全部秒杀了！四周瞬间陷入异常的寂静之中，就连之前一直在不停叫嚣着的鬼哭狼嚎的鬼怪声都瞬间沉默了下来。水也清清半张着嘴崇拜地看着独孤笑笑纯白色的衣角在风中翩飞起舞，

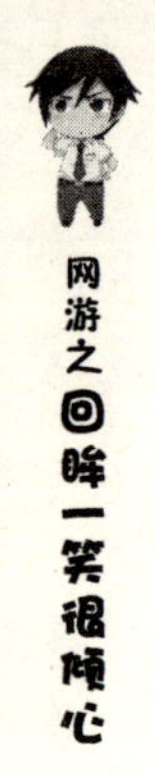

独孤笑笑则抱臂侧头看了一眼水也清清，面无表情地转身，轻轻地走了，不带走一片云彩。

水也清清傻了，坐在电脑前的薛渌清也傻了！这这……这独孤笑笑的眼神简直是赤裸裸明晃晃的鄙视！

就在水也清清欲哭无泪地在被鄙视的情绪中哀悼时，独孤笑笑忽然发来一条私信。

【私聊】独孤笑笑：愣在那干吗，跟我走！

说完，就向水也清清发来了组队的邀请。薛渌清半张着嘴作惊讶状，然后就鬼使神差地点击了确认加入。再然后薛渌清就后悔了，因为队伍里除了独孤笑笑以及同是天涯皇者帮的天天甜甜和平一剑以外，还有一个她很想无视但又无法无视的人——邪羽君。

邪羽君扫了水也清清一眼，然后继续和独孤笑笑并肩往前方的迷雾中走去，好像根本没看见她似的，倒是队伍中的另外两个人有些聒噪和不满。

【队伍】天天甜甜：副帮，你怎么把水也清清加进来了？她害得羽哥哥掉了那么多经验，为什么还要和她组队？

【队伍】平一剑：你真是水也清清本尊？你竟然还敢和我们组队？

【队伍】天天甜甜：水也清清，你接近羽哥哥到底有什么目的？不要以为你装得一副无辜的样子我就不知道你有什么阴谋！自觉点的就主动离开队伍！

【队伍】平一剑：对了，副帮，你难道忘记了之前那个叫水也清清点的人害得你被截杀了那么多次，怎么这次又上了水也清清的当？我看叫水也清清的就没几个好人。

在看见这句话时，坐在电脑边的薛渌清抽了抽嘴角，叫水也清清的就没几个好人？这是什么逻辑？哎，现在的孩子都太偏激了。她默默摇头不语，也不想回应天天甜甜和平一剑的任何指责，但这两人就跟打了鸡血似的，直到他们找到了绝情谷的入口，还在喋喋不休、滔滔不绝中。

水也清清看了看身边的邪羽君，此人依然一副事不关己高高挂起的样子，翩翩的白衣在云雾中若隐若现，此时他正临风而站，就像不食人间烟火的仙人一般。而独孤笑笑也好像把是她邀请水也清清进队的事实忘得一干二净，不但不出来帮水也清清说两句话，还能无视天天甜甜和平一剑的各种攻击，安然自若地布置任务。

水也清清抹了一把脸上的辛酸泪，这天涯皇者帮的帮主和副帮主都不是好人！果然不是一家人不进一家门！

水也清清愤愤地翻了翻背包，然后找出两瓶水分别送给了天天甜甜和平一剑。

【队伍】水也清清：两位，说了这么长时间渴不渴？这两瓶水是小妹我特地为你们准备的。(笑脸)

天天甜甜和平一剑愣了几秒钟后，终于反应过来水也清清话中的意思，正打算继续在队伍里敲字回应，没想到他们的帮主大人邪羽君终于发话了。

【队伍】邪羽君：也给我一瓶吧，我也渴了。

【队伍】水也清清：十元宝一瓶，邪羽亲，这是看在你对我这么好的份儿上打五折给你的价钱哦！

【队伍】天天甜甜：十元宝一瓶？你怎么不去抢？

【队伍】水也清清：甜甜，你现在正在喝的水就是我之前抢你的羽哥哥抢来的哦！

“噗……”天天甜甜一口水喷了出来，正好喷在了她和身边的平一剑的身上。顿时，刚刚还气势嚣张的两人犹如两只刚从下水道里爬上来的落汤鸡一般狼狈无比。

【队伍】水也清清：甜甜，你怎么了，你怎么了？我背包里正好有一件换洗的衣服，要不要借给你？你看你的羽哥哥看见

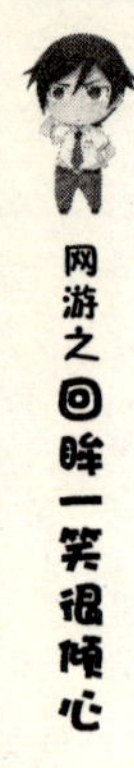

你这副模样，都已经彻底吓傻眼了。

天天甜甜将手中的水瓶猛地朝地上一扔，整个人气得直抖，但在低头看见她全身狼狈的模样时，又忍不住瞥了眼身边的邪羽君，于是更加生气，气得脸和眼眶都红了。

【队伍】天天甜甜：羽哥哥，我有事先下了。

说完就自动脱离了队伍，而少了一个帮手的平一剑小同学气焰顿时降了不少。在看见水也清清对他露出“慈祥”的笑容后，也借口他妈喊他回家吃饭，闪人了。

整个队伍终于变得异常安静，邪羽君在队伍的对话框里对水也清清发出了一个竖起大拇指的表情。

【队伍】邪羽君：你一共说了四句话，就把我的队友赶走两个，厉害厉害！佩服佩服！

【队伍】水也清清：不敢不敢！客气客气！大神一共就说了一句话就让你的队友愤愤离场，我才应该佩服佩服！久仰久仰！

【队伍】独孤笑笑：羽，不好意思，本来是想把水也清清加进来虐一下她的，反而被她虐。

队伍沉默了一分钟，一分钟后，独孤笑笑终于意识到了自己的失误。

【队伍】独孤笑笑:？本来要发到私聊频道的，不小心发到队伍里了，大家无视吧。

【队伍】水也清清:!!!

【队伍】水也清清：无视?!!

【队伍】水也清清：你们都不是好人!!

于是，整个队伍里，除了水也清清以外，邪羽君和独孤笑笑都做到了彻底无视了刚刚的话。邪羽君无视得异常彻底，他像没事人似的一马当先地找到了绝情谷副本的绝情谷主，接了任务后，就姿态优雅地跳入了绝情谷底。跟着是独孤笑笑。在跳下去的一刻，两个白衣人物周身忽然散发出金色的光芒，那璀璨的金色光芒顿时吸引了一旁玩家的所有目光。

“啊啊！大神就是大神，不解释啊！”赵倩兰羡慕忌妒恨地看着电脑屏幕。

“兰兰，他们怎么身上冒金光呢？”薛渌清不耻下问。

“笨！身上冒金光代表大神们吃了金元丹，金元丹可以加强50000点的生命上限，加强10000点暴击！”

“咦？金元丹是从哪里来的？我怎么没有？”薛渌清更加不解。

“打世界怪兽爆出来的啊！薛渌清，你到底有没有给我认真玩游戏！我之前给你的《天脉》游戏升级笔记你到底看没看？”赵倩兰一声大吼。

薛渌清咽了口吐沫：“我看了，但是你的字一个个都像在跳舞，太具艺术气息了，我不太能理解它们的节奏。”

赵倩兰反应良久，张了张嘴不满地抱怨道：“薛渌清，说人话。”

薛渌清：“字太潦草了，我看不懂！”

赵倩兰：“啊啊啊啊！我以后再也不想理会薛渌清这个不和谐的了，再也不想了啊！”

不远处的C宝和莫晓语同时塞紧了耳机，开大了音乐。

等邪羽君和独孤笑笑跳入谷底后，邪羽君开始在队伍里催促水也清清也快点跳下来，薛渌清还没有从刚刚的愤怒中抽离出来，但看见邪羽君似乎有点焦急的催促，转而又十分阿Q地想：反正有两个战力这么高的玩家带着她也不吃亏。于是，她眼睛一闭，便往绝情谷底跳了下去。

谷底带来的强大冷风一阵阵朝水也清清的脸上吹来，吹得她无法睁开眼睛。不知过了多久，水也清清忽然感到身子一轻，再睁开眼睛的时候，自己不知道什么时候正被邪羽君抱在怀里。邪羽君抱着水也清清在空中潇洒地转了三圈，不远处的龙女花

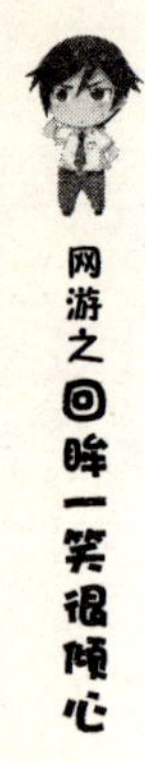

花瓣在风的吹拂下环绕在水也清清和邪羽君的四周，两个翩跹的人影配上随风散落的花瓣，美得如同幻境一般。

水也清清愣了半天，才一下从邪羽君的怀抱里跳出来。但是，太晚了！因为世界频道又开始议论了起来。

【世界】恋恋笔记本：难道我的眼睛又出问题了？我似乎看见大神怀里抱着一个类似于女性的不明物体？

【世界】赵家一朵花：清清，原来这就是真相！你竟然敢拿断线迷路来忽悠我脆弱的小心灵，原来你和大神组队了，你不是人！

【世界】美出翔来了：所以大神是受虐型的吗，喜欢虐他的女人吗？姐原来一直搞错了方向，我一直以为大神喜欢我这样的御姐！

【世界】路人甲：心碎了，把它剪碎了随风飘入大海！

……

面对众人的非议，邪羽君大神依然保持着一如既往的淡定优雅，他微微一笑，朝着龙女花海翩然而去，留下水也清清在原地无语纠结。

【队伍】水也清清：大神，你又耍我！

【队伍】邪羽君：看看你的四周。

水也清清下意识地朝四周望去，只见四周全是五颜六色的人堆，哀号声响成一片。从谷顶跳下来的人无不是摔得狼狈至极，要不就是四脚朝天，要不就是吃一口大黄沙，要不就是 A 砸着 B，两人一同哀号震天。

好吧，就暂时原谅邪羽君吧。薛渌清边想边奋力朝邪羽君的方向追去，身后依然是断断续续的惨叫声。薛渌清心想，幸好她没有摔得这么狼狈，要不然，太丢脸了。

仿佛是应景一般，赵倩兰忽然一声惊呼：“该死的过过！你为什么不接住我！我摔得好惨啊！”

莫晓语用指甲刮了刮玻璃杯子的边沿，听不出喜怒地来了一句：“赵倩兰，你肥胖的身体砸中我了。”

C宝大声嚷嚷：“啊啊啊啊啊啊，我的腿断了吗？我的腿断了吗？为什么我看见我的腿脱离了我的身体！”

赵倩兰已经出离愤恨了：“那是我的腿！”

薛渌清抹了一把汗，好吧，现在已经彻底原谅了邪羽君。

邪羽君和独孤笑笑都走得很快，两人白色的背影在满是红色龙女花的谷底显得格外扎眼。水也清清一边在后面奋力喊着邪羽君的名字，一边以最快的速度冲刺以求追赶上他。

《天脉》游戏里有个非常变态的规则，战力越高的玩家行动得越快，战力越低的玩家行动得越慢，也就是说只要你战力足够低，遇到高战力的玩家，被杀只是0.0001秒的事情，你还来不及看清杀你的人长什么样子，那人就已经在你的眼前消失了。

等到水也清清终于一只手能抓住邪羽君的白色衣角时，她的脸上终于露出了激动欣慰的笑容，不容易啊，不容易啊！要人命啊，真是要人命啊！而且邪羽君大神似乎半点不懂得何为怜香惜玉，一点慢下来等等她的意思都没有，这人的气量真心不是一般地小啊！水也清清一边抹着额角的汗水一边在心里数落着邪羽君的不是。过了不知道多久，她发现四周安静得可怕，只有风声一阵阵刷过她的耳畔，带来轻微的瘙痒，而身边的邪羽君和独孤笑笑都置身于其中，没有半点声响。水也清清这才想起要抬起头来看看四周的风景，这一看，她顿时就为眼前的景色所折服了。

满眼鲜红似血的红色龙女花散遍整个谷底，在迷雾的映照下展现着绝美中又略带诡异的容颜。水也清清每走一步，那些娇艳欲滴的花朵便轻轻颤动一下，好像风一吹，那些红色的花瓣便会颤然落下，散在泥土里，化作春泥。在红色花海的正中间，是一片冰蓝透彻的湖泊，几片红色的花瓣偶尔散落在湖泊

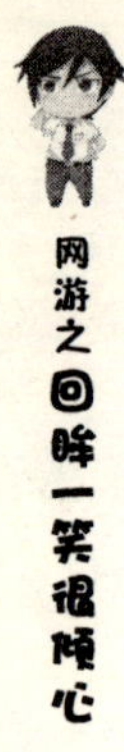

上，水便漾开一圈极小的波纹，然后便一圈一圈地荡漾开来。湖面的正中间，一个穿着红衣的绝美女子正躺在用寒冰炼制的冰床上，她一动不动地睡在那里，衣摆随着微风晃动着，一簇衣角正跌落湖面，鲜红配上冰蓝，有一种说不上来的慑人美艳感。红衣女子的周身正散发出异样的金色光芒，这就是传说中的高级别神仙怨侣，只要采集到一定数量的龙女花，就能让它醒过来。

【队伍】独孤笑笑：水也清清，你和羽留在这里采集龙女花，我在旁边拦截想要到这里采花的其他玩家。

独孤笑笑布置完任务，身子轻轻一跃便骑上了她的飞剑坐骑。她像门神一样在这片地图周围四处逡巡，只要看见窥觑这片花海的玩家，一个技能，就让人瞬间倒地不起。短短的几分钟，花海周围已经躺满了各种颜色的尸体，世界上顿时骂声一片，怎奈独孤笑笑的定力就是异于常人，不但能无视世界上的各种语言攻击，还杀得一次比一次狠，美艳的花海顿时变成了一片修罗场①。

薛渌清在电脑前轻轻摆了摆头，大神简直太残忍、太暴力了！不过，霸占一片花海的感觉真的好爽……

水也清清在两位大神的庇护下，兴高采烈地采集着龙女花，而相比之下，同被分配到采花任务的邪羽君大神则显得格外悠闲，采采花看看风景，就差摆张桌子泡一杯茶了。

水也清清十分同情地看了一眼站在战场最前端正奋力抗敌的独孤笑笑，又十分嫌弃地看了一眼正在研究高级别怪兽构成的邪羽君，脑中忽然冒出了一句话：不怕神一样的对手，就怕猪一样的队友啊！

那边正研究得兴高采烈的邪羽君似乎感觉到了水也清清的

---

① 一般指死伤无数的战场。

视线，忽然回过头来看了她一眼。水也清清被抓个正着，十分违心地解释。

【队伍】水也清清：大神，我发现你那边的花比较密集，我们一起采花好不好？

邪羽君的嘴角莫名拉开一抹好看的笑容，他悠闲地在水也清清周围晃荡了片刻，才在队伍频道里解释。

【队伍】邪羽君：我玩这个游戏比较久，每次游戏开新副本的时候，吸引高级别怪兽出来时都会遵循一定的规律，就像每天晚上七点到七点半之间打帮派怪兽就一定会爆出装备来一样。所以我刚刚一直在找吸引神仙怨侣的规律，我发现神仙怨侣躺在冰床上的姿势有点奇怪，脸好像正朝着我刚刚站着的那片花海的方向，而那片花海又比一般花海密集，也许采集那里的花就会吸引大怪兽苏醒。

邪羽君说完这篇长篇大论后，坐在电脑前的薛渌清彻底傻眼了，原来玩游戏还有这么多学问，她今天总算见识到了！邪羽君的形象立马在薛渌清的心中完成了一个从不分青红皂白杀人、自恋腹黑的低级玩家到聪明理智操作技术纯熟的宅男玩家的蜕变！

【队伍】水也清清：大神，你好……

“厉害”两个字还没有打出来，邪羽君又迅速在队伍频道里说话了。

【队伍】邪羽君：水也亲，你采集了多少朵龙女花了？(笑脸)

薛渌清打键盘的手指顿了顿，不知为什么，每次看见邪羽君发笑脸的表情她都觉得这人有什么不可告人的阴谋。嗯，淡定，也许是她想多了呢？

【队伍】水也清清：我采了32朵了，哈哈！

【队伍】邪羽君：嗯嗯，不错，我才采了两朵，是你的零头。

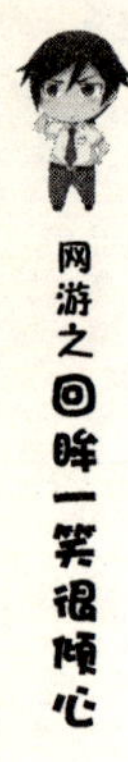

原来大神也会夸人，嗯嗯，刚刚果然把大神想得太坏了。薛渌清咧着嘴轻笑了一声，没想到这回才打出半个字来（汉语拼音才打了个声母出来），邪羽君又在队伍频道里发话了。

【队伍】邪羽君：不过找不到正确的方法来，采再多花也是白采呢。

于是，薛渌清又成功被大神腹黑到了，这次大神采用了先扬后抑的方法。

不远处的独孤笑笑也在百忙之中对正处于震惊与不可思议状态中的水也清清发来了“慰问”。

【队伍】独孤笑笑：这次终于虐到你了。

不知是不是因为太过幸灾乐祸了，刚刚还屹立不倒的独孤笑笑被别人在背后狠狠地砍了一刀，血条[①]唰地一下变得只剩下一滴血，然后就倒地不起了，再然后更加惊悚的事情发生了，独孤笑笑的尸体忽然凭空消失了！就在独孤笑笑倒地直至消失的这短短几秒钟，几个人向着水也清清和邪羽君所在的花海冲了过来，将他们紧紧包围在了正中间。

水也清清扫了一眼这些将他们包围的人的头顶，基本上都顶着“喷狗帮”的称号。她的心瞬间一冷，敢情是邪羽君的仇家找上门来了。

这……这现世报会不会来得太快了一点？薛渌清悄悄咽了咽口水。世界频道此时已经议论纷纷了，喷狗帮的帮主天边的狼得意地在世界窗口里叫嚣着一会儿就要开虐邪羽君和他的新晋小红颜水也清清了。

水也清清真是各种冤枉啊，她什么时候变成了邪羽君的新晋小红颜了？没想到这喷狗帮的帮众行动力十分惊人，还等不及水也清清发话，一群人就向她和邪羽君冲了过来。

---

① 网络游戏中每个玩家都有的生命值。

【队伍】邪羽君：水也，我在前面扛着，你去我刚刚说的地方采花。

【队伍】水也清清：嗯，那我去采花。你能坚持住吗？

【队伍】邪羽君：嗯，我没问题。已经通知帮里没事的人赶过来救援了。

说完，水也清清就按照邪羽君的吩咐开始采集龙女花。她采得极其心不在焉，总是下意识地向邪羽君的方向看过去，看见邪羽君的血条时降时升，她就忍不住一阵揪心。幸好因为刚刚独孤笑笑的强势攻击，窥觑这片花海的人已经另谋他路继续去谷底寻找其他花海了，现在只剩下五六个喷狗帮的人仍然留在这里亢奋不止，在世界频道里叫嚣的最厉害的也是他们，可见喷狗帮对邪羽君和独孤笑笑的怨念之深。

虽然六个喷狗帮的成员战力普遍都不高，但是对付邪羽君一个人却绰绰有余，邪羽君凭借着自己的高灵敏度和闪避能力，不停地躲避着喷狗帮人的攻击，竟然还争取了不少时间。

【世界】天边的狼：邪羽君，你就知道躲，是不是男人？

【世界】刺刺：天涯皇者帮的人，看清你们的帮主，懦夫一个！

【世界】美出翔来了：喷狗帮的狗，以多欺少算什么本事？

【世界】恋恋笔记本：羽老大，我已经在路上，等着我！喷狗帮，你们等死吧！

【世界】平一剑：啊啊啊，老大，等我！我早说了和水也清清待在一起准没好事吧。

【世界】水也清清：……

【世界】赵家一朵花：清清，姐现在也自身难保……

【世界】路人甲：喷狗帮的垃圾，敢动大神一根汗毛，我和我的队友都不会放过你们的！

……

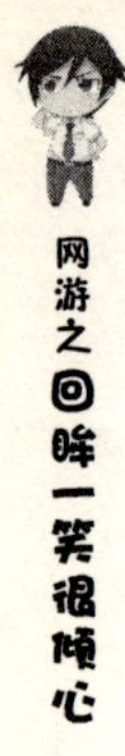

在世界闹腾一片的时候，水也清清终于完成了最后一朵龙女花的采集工作。也就在同时，冰床上绝美的女子慢慢睁开了如湖泊一般冰蓝色的双瞳，慢慢从湖面漂浮了起来，一时间，整个谷底飘满了龙女花的花瓣。

大怪兽终于苏醒了！

所有在其他地方采集龙女花的玩家全部从谷底的各个地方赶了过来，就连正在对邪羽君下手的喷狗帮众人也暂时放下仇恨，企图占了杀死大怪兽的先机。

水也清清这种菜鸟[①]级别的玩家被众人团团围住，费了半天劲才从人群中挤了出来。她一边捂着胸口喘着粗气，一边迅速跑到正坐在不远处花丛中的邪羽君身边查看他的情况。

【队伍】水也清清：大神，你没事吧？

邪羽君抿嘴一笑，眼神犀利地扫过水也清清，水也清清的心里莫名地一颤。

【队伍】邪羽君：我们想出唤醒大怪兽的方法，没理由被别人抢去了吧？

【队伍】水也清清：……的确没理由。

【队伍】邪羽君：水也，你知道的，在没下装备的情况下我的战力是全游戏第一。

水也清清默默囧了一下，自动忽略了“没下装备的情况下”几个字。

【队伍】水也清清：大神，你想表达什么……

【队伍】邪羽君：当初游戏商家不但奖励了战力最高的玩家一只独一无二的凤凰坐骑，还有一个全地图绝杀的技能，只不过我一直保留了。嗯，马上你来掩护我，我要把技能使出来了，到时候，这些活蹦乱跳的人都要挺尸了。

---

① 网络语言，等级很低的玩家。

【队伍】水也清清：啊啊??大神，你太凶残了……

坐在电脑前的薛渌清抹了抹额角的冷汗，果然，她就知道以邪羽君腹黑①的程度，怎么可能让她采了龙女花还看着自己的怪兽被人抢这么狼狈？薛渌清清了清嗓子，为了显示自己的博爱精神，好心地提醒宿舍里的众人："大家闪了，闪了，大神要变身了！"

"虾米（什么）？"C宝不解地回头问薛渌清。

薛渌清正色道："总之，闪开就对了，大神说了，他要使出一套绝杀技能，要不然你们到时候全挺尸了！"话没说完，薛渌清就看见宿舍里其他三人的人物以迅雷不及掩耳之势从大怪兽身边飞速移走，这……这三个家伙要不要这么相信大神的能力啊？

此时，邪羽君已经移至湖泊的附近，离大怪兽只有短短几米的距离，因为众人都抢着打怪兽，所以根本就没有人注意邪羽君的动作。

薛渌清和宿舍的众人都紧张地注视着邪羽君的一举一动，期待他口中的绝杀技能。

忽然，湖面起了一阵冷风，将龙女花的花瓣吹拂得四处飞扬，邪羽君白色的衣襟也随着这阵风而拂动起来，谷底本来就不够明亮的光线此时竟然变得更加暗淡起来。等到抢怪兽的众人发现不对劲的时候，天空原本浮动着的白色的云已经变成了铅灰色，几道明亮的白色闪电噼里啪啦从天空轮番劈了下来，气势极为惊人，仅仅几秒钟的时间就将本地图的所有玩家都劈得倒地不起。

一时间，哀号声响遍四野。邪羽君在队伍频道里对水也清清发了一个"快"字，被刚刚的场景震慑到的薛渌清这才猛然

① 通常用来指表面和善温和，内心却想着奸恶事情或有心机的人。

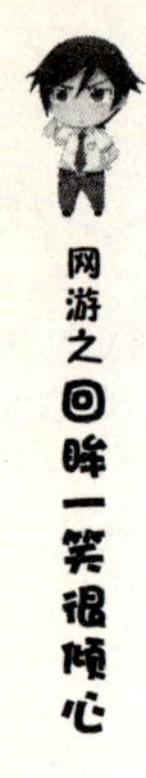

惊醒，立马冲到了神仙怨侣的身边，在邪羽君的配合下，没多久就将神仙怨侣拿下。

【系统】恭喜玩家邪羽君和玩家水也清清一举击杀绝情谷大怪兽神仙怨侣，获得神雕坐骑，真是威风凛凛，叱咤风云！

【系统】恭喜玩家邪羽君和玩家水也清清一举击杀绝情谷大怪兽神仙怨侣，获得神雕坐骑，真是威风凛凛，叱咤风云！

【系统】恭喜玩家邪羽君和玩家水也清清一举击杀绝情谷大怪兽神仙怨侣，获得神雕坐骑，真是威风凛凛，叱咤风云！

系统在世界频道连刷了三遍消息，将消息用红色的字放大并置顶了足足一分钟，在世界又掀起一轮巨大的轰动。

【世界】天边的狼：邪羽君，你这个垃圾！抢我的怪！

【世界】刺刺：邪羽君卑鄙无耻，竟然开外挂，恶心死人！

【世界】恋恋笔记本：我的眼睛难道又出错了，刚刚我到底看见了什么?!

【世界】赵家一朵花：我震惊了！

【世界】C的宝贝：传说中的五雷轰顶??

【世界】我只喷饭：邪羽君，你有本事和我单挑！开外挂算什么本事?!

【世界】SHUT UP：不管你信不信，反正我是信了。信大神得永生。

……

薛渌清正无比纠结地看着吵成一片的世界频道，骂邪羽君的有之，支持邪羽君的也有，但更多的是在揣测刚刚邪羽君使出的到底是什么技能。就在如此风云诡谲的时刻，当事人邪羽君依然泰然自若地坐在龙女花海中。幽风阵阵，将邪羽君银色的头发吹得四处飘扬，竟然有一种放荡的不羁，与身后的景色恰如其分地融合在一起，是那样美轮美奂。

薛渌清的心跳莫名跳快了两拍，她晃了晃脑袋，敲击着键盘在私聊频道里让邪羽君快点离开绝情谷底，要不然等喷狗帮的人缓过气来又会来围攻他的。邪羽君却微微一笑，干脆躺在草丛里看绝情谷上露出的一线蓝天，一副安之若素的模样。

薛渌清皱皱眉，眼睛不经意地扫了一下邪羽君头顶上方的血条，吃惊地发现邪羽君的血条并没有自动回血，而且血条里只剩下了一滴血。

【私聊】水也清清：大神，你的血条是什么情况？

【私聊】邪羽君：（笑脸）刚刚忘记说了，这个绝杀技能使出，我要七天才能回血，而且必须要在在线的情况下。

【私聊】水也清清：……大神！

果然凡事都是要付出代价的，天下没有白掉下来的馅饼，大神绝杀技能的代价就是血条没办法回血，那就是说之后的七天里随便几个小菜鸟都能把邪羽君秒杀了？不知道为什么，薛渌清的心里莫名地就有点难受，脑中忽然浮现起平一剑的话——和水也清清在一起就没好事！薛渌清立马挥散了脑中的念头，邪羽君此时的脸莫名和记忆中的另一个人重合在了一起。

就在薛渌清的思绪不知道飘到哪里去的时候，邪羽君忽然向水也清清发起了交易。因为在想别的事情，薛渌清也没看是什么就点了同意，等她发现自己的背包里忽然多出一只神雕的坐骑时，薛渌清彻底傻眼了。

【私聊】水也清清：大神，这只神雕是你打的，为什么要送给我？

【私聊】邪羽君：嗯，我是个说话算话的人。

【私聊】水也清清：啊？

【私聊】邪羽君：水也，当初送你凤凰坐骑你不要，我说到时候再送你一个坐骑，你忘记了？所以我才带你来打神仙怨侣的。

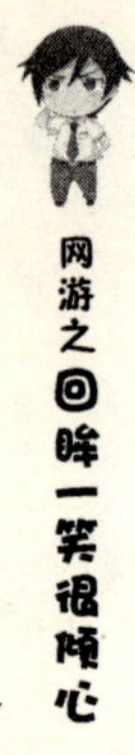

【私聊】水也清清：大神，我误会你了，你其实是个好人！

【私聊】邪羽君：嗯，所以接下来的七天里，你要负责保护我的安全了。如果我死了，相信你也不会苟活的。（笑脸）

【私聊】水也清清：……我刚刚说了什么？

薛渌清就知道邪羽君这家伙腹黑到死，才不会这么好心呢！果然，她又中计了，被同情和感动蒙蔽了双眼！她想在键盘上敲出一句反驳的话，却不想那边几个喷狗帮的成员似乎发现邪羽君头顶的血条不对劲了，几个人在不远处耳语了一番，便大着胆子冲邪羽君的方向走了过来。

【私聊】邪羽君：你走吧，接下来我会死得很惨。

薛渌清刚刚难过的感觉又咕噜噜从心底冒了出来，于是不假思索地回复邪羽君。

【私聊】水也清清：我不走，刚刚你还说让我保护你的。

【私聊】邪羽君：这是你自己说的哦，截图做证据。

【私聊】水也清清：……大神，其实我们可以一起下线。

【私聊】邪羽君：不行，如果现在下线，刚刚打的东西全部没有了。

身边的几个喷狗帮成员已经开始对邪羽君动手了。在发现他的血条真的不会回升的时候，本来还有些拘谨的几个人立马变得亢奋起来，有人还在世界里喊"快来找邪羽君报仇，邪羽君血条没办法回升，血量很低"之类的话。

薛渌清愤怒了，之前以为游戏只是一种放松的娱乐而已，没想到在游戏里也能见到各种各样的人，而喷狗帮的这些人未免太无耻了。她拦在邪羽君的前面，一副视死如归的模样，这模样让同样坐在电脑面前的邪羽君不由得拉起了嘴角。

喷狗帮的帮主天边的狼狂笑一声，举起背后的赤色大刀向水也清清的头顶砍了下去。薛渌清下意识地闭上了眼睛，然而等待她的不是一具血淋淋的尸体，因为就在这千钧一发的时候，发生了一件很不幸的事情。

201 宿舍停电了！

“啊啊啊啊啊啊啊！”包括 201 宿舍在内的整个宿舍楼层的女生都发出了骇人的尖叫声。

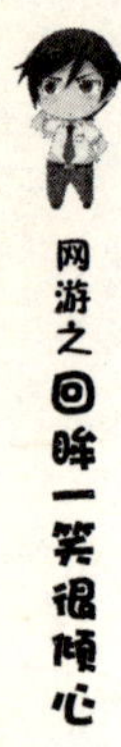

第四章　自恋也是一种病

这一夜，薛渌清竟然失眠了，脑中总是浮现邪羽君白色的衣角、在风中飘扬着的银色长发以及那张看起来永远一片泰然的脸。明明是一个游戏人物，却给她一种如此强烈的真实感和一种莫名的熟悉感。好不容易在快天亮的时候睡着了，她又做了一个可怕的噩梦。

梦中的邪羽君依然站在那片鲜红的龙女花海中，喷狗帮的几个人想要冲上去砍他，他一个闪身，身后绝情谷陡峭的崖壁慢慢幻化成一堵布满尘埃的灰褐色墙壁。墙壁一角忽然裂开一道极细的裂缝，短短一瞬间，裂缝慢慢变长、变大。不远处的水也清清想要冲过去把邪羽君推开，哪知道就在那一秒，墙壁轰然崩塌，将邪羽君和水也清清都埋在了砖块下。四周发出了喷狗帮的人得胜后得意的大笑声，而被埋在黑暗里的水也清清只觉得那笑声异常遥远，渐渐地，除了鼻端充斥的血腥味以外，她什么都闻不到、看不到了。

薛渌清猛地从睡梦中惊醒，她抹了抹额角的汗珠，已经很久没有做过这么可怕的噩梦了。她抬头看向不远处的窗外，天色已经亮了起来，有熹微的阳光从窗缝里慢慢流泻进宿舍里。薛渌清不由得感叹道，也幸好只是一个梦而已。

因为昨晚的睡眠不佳，薛渌清是顶着黑眼圈和舍友们去学校食堂里吃早饭的。

赵倩兰一脸不怀好意地看着薛渌清调侃道："薛渌清小同学，眼睛怎么黑了？"

“精神焕发。”薛渌清因为睡眠不好，脑中还在想着昨天邪羽君的事情，不知道他到底怎么样了，于是想都没想就回答赵倩兰。

赵倩兰一头黑线，C宝在旁边窃笑不止，立马接薛渌清的话转问身边的赵倩兰：“赵倩兰小同学，脸怎么黄了？”

“被薛渌清气的！”赵倩兰边说边狠狠啃了一口馒头。正埋头看早报的莫晓语推了推黑框眼镜：“我以为你是防冷涂的蜡呢。”话音落，赵倩兰一口豆浆喷了出来，路过身边的学生无不退开老远，企图远离赵倩兰这桌。只有薛渌清还处于神游的混沌状态中，不明白为什么刚刚向她们走来的同班同学怎么又忽然绕了开来。

从食堂出来，几个人一起去新教学楼上课。因为下午没课，赵倩兰和C宝一直在课上嘀嘀咕咕下午有什么安排，只有薛渌清和莫晓语在抱着书认真听讲。赵倩兰纠结是要在现实中约会方仲呢还是去游戏里和绯村杨小过继续腻歪呢，被C宝狠狠地鄙视了：“我看干脆撮合绯村杨小过和小方仲好了！”

“你去死！”赵倩兰一掌拍在了C宝的头上，C宝低嚎一声，成功吸引了讲台上方老教授的注意力。

“付迪萌同学，下面这一段你来为同学们讲解一下。”C宝当即就怂了，要知道她连课本都没带，于是一把抢过薛渌清手中的书，当即傻眼。以为自己出现了幻觉，她又抢来莫晓语手中的课本，立马泪奔①，直想撞墙。

在老教授恶狠狠的视线下，C宝决定重新做人，以后一定要好好听课，绝对不能指望宿舍里的其他三个人了！被C宝无视的赵倩兰疑惑至极，好奇地拿过薛渌清和莫晓语的书本查看。

这两人到底是不是人？薛渌清和莫晓语正在看课外书！在

① 网络语言，夸张地形容很伤心。

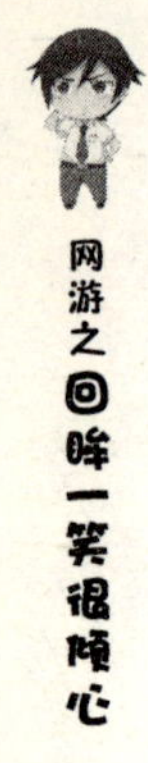

接触到赵倩兰崩溃的视线时，薛渌清将食指轻轻放在唇上："嘘，认真听课!"

听……听什么课啊!

下课后，薛渌清和赵倩兰都打算回宿舍上网，薛渌清是急于想知道邪羽君昨天晚上到底怎么样了，赵倩兰则是和她的"过过"一日不见如隔三秋。怎奈两人一回宿舍，就被舍管告知了一个十分糟糕的消息。舍管怀疑昨天晚上是因为女生宿舍里有人用"热得快"之类的宿舍违禁品才导致电源跳闸了，必须有人把热得快交出来，要不然今天一天都不供电。

几个人互相看看，各自从各自的脸上看见了纠结。最后，只有莫晓语一个人决定回宿舍睡觉。薛渌清和 C 宝去图书馆看书，而赵倩兰在几度权衡下，决定跟着她们去图书馆，嗯，看帅哥。

如果你此时此刻走进 N 大的图书馆，会看见一个短发的女生正抱着一本唯美漫画书不停地流着口水，在看到故事高潮处时，此女还会发出"哦啊，嘻哈，唔噶"等奇怪的声音；而坐在不远处扎着马尾的女生表面虽一副正直认真的样子，其实正在一边给心仪的男生发短信，一边朝三暮四地透过书的缝隙偷看对面的帅哥；只有坐在最里面的长发女生看起来比较正常，阳光照在她柔顺的长发上，细小的碎影在她微长的睫毛上不断地跳跃着，一切看起来就像一幅静物画像一般纤细美好，如果女生的眉头没有紧紧地皱在一起的话，真的很美好。

薛渌清第三次接起了电话，听见电话对面的女声带着沉稳的声音对她说："喂？薛小姐吗？我是骆涵的助理 Adda，骆先生今天下午有空，他让你下午 1:30 在衡越停车场等他。"

"喂？薛小姐吗？骆先生说想吃 N 市的特产，我们对 N 市都不太了解，如果您有空的话能不能麻烦带一份特产到衡越？

"喂？薛小姐吗？现在有很多娱记躲在酒店门口打算跟拍骆

先生，他说在停车场见面不太方便，打算直接到你学校门口见面，您看可以吗？

“喂？薛小姐吗？骆先生想要看 N 市的夜景，如果你方便的话，可以带骆先生四处观光一下吗？

“喂？薛小姐吗……”

“对不起，您所拨打的电话号码已开通短信呼业务……”薛渌清说完就按掉了电话，直接忽视周围的人投来的异样目光。从进图书馆到现在，骆涵的助理给她打了不下十个电话，如果世界上有后悔药，她绝不会答应骆涵给他当导游的。薛渌清简直悔得肠子都要青了，什么叫作误上贼船，这就是啊！

她有些纠结地晃了晃脑袋，调整了个舒服的姿势在想怎么才能摆脱骆涵的纠缠。不远处的 C 宝嫌弃地朝薛渌清的方向挥了挥手：“清清，让让，挡着光了，影响我看漫画！”

漫画！薛渌清的眼睛亮了亮：“C 宝，你漫画快看完了吧？要不要一会儿我陪你再买几本？”

“好啊！”C 宝不假思索地低头说。

薛渌清立马不厚道地拨通了 Adda 的电话，非常遗憾地说：“Adda 姐，不好意思，能不能麻烦告诉骆涵先生，我下午的时候要陪舍友买书，没空陪他游览了。嗯，我们可以改天的，那书对舍友来说很重要，她一个人搬不动，非要我去帮忙。嗯，不如我让舍友和你说吧，不用了？好好，谢谢，我想骆涵先生会谅解的，嗯，再见！”薛渌清微笑着挂了电话。

“愚蠢，愚蠢！被投机分子利用而不自知！”不远处正在偷听薛渌清讲电话的赵倩兰露出一脸腹黑的笑容，薛渌清默默抚了抚额头上的汗珠，十分坦荡地回视着赵倩兰的视线。

“清清，谁给你打电话呢？”赵倩兰眼睛闪啊闪。

“朋友。”薛渌清嘴角翘啊翘。

“NO！NO！NO！清清，你可别想骗过聪明绝顶美艳动人

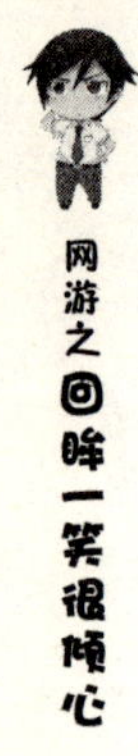

人见人爱花见花开车见车载的赵倩兰赵大美女!”

薛渌清:“……能不自夸还夸了这么多吗?”

赵倩兰自动忽视了薛渌清的话，正色道:“我似乎听见了骆先生?骆先生是谁啊，你男朋友?”

“这不科学。”薛渌清略微激动了一下。赵倩兰眼睛眯了眯，似乎找到了突破口:“清清，你看你都找到心仪的对象了，而我呢还是孤家寡人，人家是求着你给你打电话，我呢是我发短信不回，打电话也不接，我命苦啊!”赵倩兰拍了拍桌子，一副苦大仇深的样子。

“兰兰，注意场合。”薛渌清瞥了瞥身边人异样的目光，提醒赵倩兰。

赵倩兰更加“痛哭不已”:“清清，连你都嫌弃我!”

薛渌清黑线:“我不嫌弃你。”

“你不嫌弃我你帮我把方仲约出来。”赵倩兰双手合十，泪光闪闪地看着薛渌清。

薛渌清就知道赵倩兰准没好事，略一思考，严肃地说:“兰兰，我话还没说完，我不嫌弃你，我不嫌弃你谁嫌弃你。”

赵倩兰蒙了，然后忽然大叫起来:“啊啊啊啊，你个不和谐的，谁都别拦着我，让我去死啊……”这一声大叫足够吸引所有人的注意力，多亏了赵倩兰同学，薛渌清和C宝都被赶出了图书馆，并且薛渌清从图书管理员的脸上捕捉到了，他希望这三人再也别出现在图书馆的事实。

在赵倩兰的软磨硬泡下，薛渌清只得拨通了方仲的电话，在愧疚中她得到了解脱，同时在看见赵倩兰露出了一副大灰狼看见小红帽的眼神后，薛渌清默默在心里道:上帝请保佑我可怜的远房亲戚吧。

送走了屁颠颠离开的赵倩兰，薛渌清和C宝两人一起去学校外面买漫画书。不远处的街角有一个二手书摊子，C宝一看见就兴奋地冲了上去，在老板讨好的笑容下一本本挑拣着她心仪的漫画。

薛渌清忽然觉得陪 C 宝买漫画要比陪骆涵逛 N 市还要辛酸，如果以后还要让她选，她宁愿选择陪骆涵逛 N 市。

所以说药可以乱吃，话不能乱说，在半个小时以后，薛渌清深深意识到了这句话的正确性。因为 C 宝买到了心仪的漫画，而宿舍却没电而灯光昏暗，C 宝不假思索地跑到了之前死活也不肯进的自习教室“奋发图强”去了，薛渌清一个人先去小卖部买了点东西，就往宿舍的方向走去。

从小卖部出来，会途经一片小树林，小树林里种满了低矮的桂花树，每到秋天的时候，这条路上总是散发出一阵阵桂花的清香。在小树林的正中间就是 N 大最著名的情侣亭了，几乎成功的校园情侣都会选择在情侣亭里表白爱意。每当夜幕时分，小树林里就会聚集一对又一对的情侣，在树木的遮掩下谈情说爱，只要有不和谐的人经过，就会惊起树林里一群不知名的小鸟，仿佛在提醒着情侣们。

薛渌清每次听到这个说法都想笑，真的不是她笑点低，而是她一直在考虑什么是不和谐的人。直到今天，她也沦为了“不和谐的人”。

薛渌清像往常一样走进小树林中间铺就的一条雨花石的小道上。正值初春，周围全是新生出的嫩绿色的叶子，偶尔有微风拂过，将枝叶吹得“沙沙”作响，配合着时而响起的鸟叫声，宛如一曲别样的奏鸣曲。薛渌清心情很好，边走还边哼着曾经听过的江南小调，哪知道就在如此和谐的时刻，不和谐的事情发生了！周围的鸟忽然哗啦一下从密集的枝叶里飞了出来，薛渌清吓了一跳，当然，不远处的一对情侣也被这忽然的鸟叫声震惊了，其中的女生还十分哀怨地瞪了薛渌清一眼。

薛渌清无语地抬头看看天空，夕阳的光透过树的缝隙在她

的脸上打下斑驳的光影。她微微一笑，不在意地耸耸肩，继续往宿舍的方向走去。忽然之间，黑暗里猛地闪出一个人影，一把将薛渌清带到一棵大树后。薛渌清感觉自己的背正靠在大树粗糙的树干上，而眼前的光被一片暗色的阴影遮盖住。她慌乱地一抬头，就看见一张灿烂到过分的笑脸。骆涵两只手抵着树干，将薛渌清圈在极其狭小的空间里，他略微地低下头来，薛渌清一眼便看见他眼中永远璀璨如明星的光亮，正晃呀晃得直教人沉迷其中。

薛渌清安抚住自己忽然跳快的心，她看了看骆涵的眼睛，心想原来不和谐的人就是骆涵这样的啊！她笑了笑，这笑容与现在发生的事情似乎有那么一点违和感。

骆涵忽然撇开视线，收回抵住树干的手拍了拍手中的灰尘，十分无赖地说："薛小姐，我以为你会对我说，骆先生请你放尊重点，要不然我要叫人了。然后我就说你叫吧，你叫破喉咙都不会有人来救你的。"

薛渌清囧了，这个骆涵简直太幼稚了，于是她也十分幼稚地问："所以我要不停地喊'破喉咙、破喉咙'吗？"

骆涵："……"

为了缓和一下被自己冷掉的气氛，她清了清嗓子问骆涵："你怎么会在这里？"

骆涵脸上再次挂上灿烂中带着点不羁的笑容："我请不动薛大导游，只有亲自上门来了。"说着脸上的表情随即一变，忽然变得有点可怜兮兮的样子，"薛小姐，你是有多不待见我吗，我好歹还是个大明星呢！"

薛渌清实在受不了骆涵装可怜的样子，实在是太……可爱了？薛渌清真为自己能说出这样的形容词感到汗颜，她在心里默默地鄙视了一下自己。

不远处已经走来几个学生了，有人向骆涵投来了异样的目光，更有人交头接耳地在讨论这人到底是不是骆涵，还有人疑惑地看着薛渌清，在想这人又是谁。薛渌清怕他们走过来，要是知道这个骆涵真是那个骆涵，薛渌清之后的校园生活肯定别想太平了。

她抬头看向一副满不在乎的骆涵，强迫自己露出招牌的温和笑容："骆涵先生，你今天想去哪里玩，我带你去?"

"嗯，我想看看夜景，吃吃比较有名的小吃。"骆涵终于露出了目的达成的笑容。

薛渌清跟着骆涵来到了学校的后门，骆涵黑色的轿车正停在不远处。薛渌清不会开车，一路上都指挥着骆涵往景点行去。等到两人来到景点的时候，天色已经黑了下来，周围亮起了七彩的灯光，将夜色晕在一片柔和美丽的色彩之中。

考虑到骆涵好歹是一个大牌明星，在下车前，他把自己包裹得比较严实，一副黑色墨镜几乎遮住了他大半张脸，活脱脱像一个大粽子。

薛渌清看见他的样子忍不住笑了起来，还好心情地为他开了车门："骆涵先生，我们的目的地到了，请下车。"

骆涵看见薛渌清的样子，得意地笑了笑，还自以为帅气地拨了拨不长的刘海。

虽然是初春，但是今天的气温却很高，薛渌清怕骆涵中暑了，特地去景点旁边给骆涵买了个很可爱的青蛙小风扇。真别说，裹得严实又拿着可爱风扇的骆涵怎么看怎么像一个猥琐大叔，这让骆涵赢得了百分之二百的回头率。

骆涵仿佛丝毫没有意识到自己身上哪里有不对劲的地方，十分自恋地说："哎，如果帅气也是一种错，我觉得我真是错得离谱。"

薛渌清拿着背包的手一抖，包差点从她的手中脱落。她"囧囧有神"地看着骆涵一脸自信的样子，回复道："如果自恋

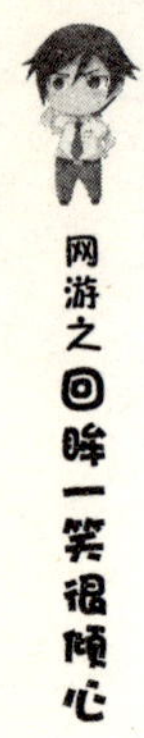

也是一种病，我觉得你真是病得不轻。”

骆涵：“……”

两人进了景点，沿河的地方挂着一条蟠龙的巨大花灯，灯的影子映在河里，格外地生动，许多游客都停下来在这里拍照。薛渌清问骆涵要不要也在这里取景留念，骆涵却一副不理不睬的样子，继续往前面走去。

薛渌清瞧见骆涵的态度，心想他肯定是还在为刚刚说他病得不轻的事情生气呢！于是摇头笑了笑，从背包里拿出一把伞挡在骆涵的头顶。

骆涵这下终于有了反应，疑惑地问薛渌清：“你干什么?”

“替你挡月亮啊，你不知道月亮的光特别容易把人晒黑，你是偶像明星嘛！脸是不能晒的。”

“切！你怎么这么幼稚，快点收起来，丢死人了。”骆涵嗤笑了一声，随即嘴角终于划开了一抹愉快的笑容来，还硬拉着薛渌清又折回刚刚蟠龙花灯的地方拍照留恋。

薛渌清不得不说骆涵这个人和在观众面前表现得优雅绅士简直判若两人，私下里完全跟个小孩似的，跟她才刚满八岁的弟弟有得拼。

沿着景点的河边往前走可以看见一个巨大的仿古牌坊，古色古香的建筑在昏黄灯光的映照下仿若带领着游客来到了另一个世界。牌坊后的小路是一条著名的小吃街，此时小吃街上已经聚满了来自四面八方的人群，各种混杂在一起的香味向四周飘散开来。

骆涵看见有吃的似乎异常兴奋，迈开步子就想往前走，活像一头几天没吃饭的小野兽。薛渌清冲他摇摇手，然后带着骆涵拐了几个弯，离开了灯火通明的小吃街，转而步进了一条昏暗狭窄的巷子。

骆涵不满地撇撇嘴，走了几步便停下步伐，望着薛渌清的背影动也不动。薛渌清一转头便看见身边一大活人忽然不见了，回头一看，骆涵那家伙此时已经将脸上的大墨镜取下，正抱着臂不满地看着她，那双星光闪闪的眼睛晕在夜色中，竟是如此地明亮而璀璨。

“我现在很饿。”骆涵的声音不满中也有丝丝点点的委屈。

薛渌清：“……我现在就是带你去吃饭啊。”

骆涵歪着头掠过薛渌清的肩膀往前方灯光昏暗的巷子看去，那里又脏又乱，还散发出一股奇怪的味道，于是紧紧皱起了眉头，接着他又转身扫向之前经过的灯火通明的小吃街，露出了向往的表情。最后骆涵的目光才炯炯地看向薛渌清，言下之意似乎是“你是带我去吃饭呢，还是想找个偏僻的地方把我卖了”。

薛渌清会意地点点头，微笑着解释说：“小吃街上的东西都是针对游客的，我带你去一家物美价廉的大排档。”

骆涵嫌弃地看了一眼小巷的尽头，不确定地问：“你确定那里能有吃的？”

“确定以及肯定。”薛渌清郑重地点点头。

两人沿着狭窄的巷子继续往前走，大概走了五分钟，眼前豁然开朗，几家大排档正排列在巷子的两侧，虽然地方有些逼仄，但道路两边聚集了不少食客。有些大排档因为生意太好，还把桌子抬出来放在了巷子的两边，人们在露天的大伞下喝酒吃食，聊天畅谈，好不痛快。

“嘿！清清，你来啦！”不远处一个胖乎乎的女生朝着薛渌清的方向招了招手，热情地招呼她过去坐。

薛渌清向骆涵歪歪脑袋，示意骆涵跟她走。骆涵还是一副无比嫌弃的表情，歪着嘴不情不愿地跟着薛渌清向不远处的大排档走去。

“这人谁啊，戴着个墨镜也太酷了吧！”先前向薛渌清招手

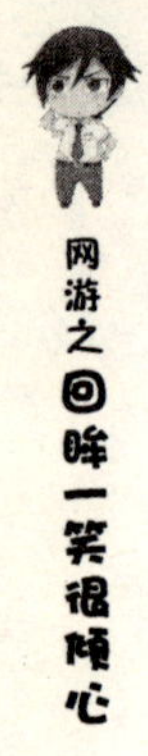

的胖妞不时地向骆涵的方向投去好奇的目光。

“大明星。”薛渌清说完，被骆涵狠狠地瞪了一眼，他压低声音不满地向薛渌清抱怨：“你还真不怕惹麻烦。”薛渌清笑而不语，旁边的胖妞不知道他们在说什么，抓着脑袋憨厚地笑了笑：“清清，你又骗我！鬼才相信他是明星呢！明星才不会跟你吃饭呢！我还不了解你？要是他真是明星你才不会这么爽快地承认呢！”

薛渌清遗憾地耸耸肩：“糟糕，被你发现了！”

“你尽爱骗人，不跟你扯了。来来来，快点菜吧！”胖妞边说边把菜单递给薛渌清和骆涵每人一份，然后就上不远处继续忙活去了。

骆涵看着薛渌清的眼睛笑了笑，冲她竖了竖大拇指：“薛大小姐果然厉害，这招欲抑先扬用得好，小的甘拜下风。”

薛渌清边点菜边不解道：“其实，我只是说实话而已。”

骆涵：“……”

两人点好菜，招呼胖妞过来，胖妞看完菜单有些疑惑地问薛渌清：“咦？清清，我记得你超喜欢吃螺狮的，这次怎么没点？”话音落，骆涵也用疑惑的目光看向薛渌清。薛渌清耸耸肩：“换个口味。”

等胖妞走远后，骆涵的目光始终停留在薛渌清的脸上，让薛渌清有些不自在，她抬起眼睑回视骆涵：“怎么，我脸上是长了一朵花呢，还是长了一个烧饼大的青春痘呢？”

骆涵轻笑一声，眼神里透着一抹探究的味道：“我吃螺狮过敏。”

“哦，真巧。”薛渌清笑了笑，气氛忽然就安静了下来，与周围人们聒噪的聊天声形成了鲜明的对比。幸好就在这个时候，薛渌清的手机响了起来，她像见到救星一样接起电话，终于结束了这段尴尬的气氛。

电话那头传来C宝有些激动的声音："清清，宿舍有电了，我刚刚上《天脉》游戏的论坛去看，论坛里说大神昨天真是惨啊惨啊惨！"

薛渌清瞬间就有点紧张："说具体点。"

"总之你回来就知道啦，我手机快没电了，先挂了啊！"说完，C宝这个不靠谱的就率先挂断了手机，回答薛渌清的只有电话对面"无情"的忙音。

因为C宝的这通电话让薛渌清本来还不错的心情瞬间就有点纠结了，毕竟邪羽君是为了给她打坐骑才会被人围攻的，而她又因为停电忽然掉线了，不知道邪羽君会对忽然失踪的她怎么看呢？

骆涵看着薛渌清一副心不在焉的样子，随手敲了敲她面前的桌面，有点漫不经心地说："薛小姐，似乎和我吃饭不太高兴呢？嗯，让我猜猜，你不会是在想男朋友吧？"

薛渌清喝了口面前的橙汁饮料，不置可否地看了骆涵一眼，继续低头吃饭，嗯，想要套她的话，这只小绵羊还是太嫩了点。

因为薛渌清近似于默认的态度，似乎让本来还挺高兴的骆涵也陷入闷闷不乐的状态中。直到整顿饭吃完，两个人都继承了中华民族的传统美德：食不言。

从大排档所在的巷子出来，骆涵一路上都走得飞快。薛渌清不得不加快步伐才能追上他，她不知道自己又哪里惹到他了，这大少爷还真不容易伺候呢！

直到两人走到街口一个炸臭豆腐的摊位前，骆涵才放慢了脚步。薛渌清注意到骆涵的表情，似乎正假装不经意地扫向卖臭豆腐的摊位，一副垂涎欲滴又极力掩饰的矛盾模样。

薛渌清不由得笑了起来，她让骆涵等等她，向炸臭豆腐的大婶要了一串臭豆腐，然后递给一直不停偷偷看向她的骆涵。骆涵起先还一副"打死也不要"的模样，良久后，不知想起了

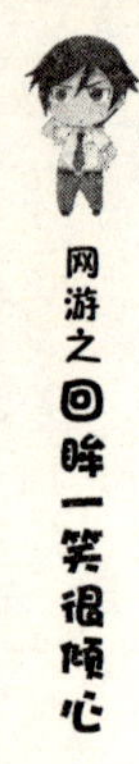

什么，他的眼睛忽然亮了亮，在接过薛渌清递过来的臭豆腐的同时还发出了一阵极为欠扁的笑声。

“你是小孩子吗？有豆腐吃就这么高兴？”薛渌清不由得调侃道。

骆涵抓抓头，不怀好意地看着薛渌清：“我就是不好意思吃你买的豆腐。”

薛渌清：“……原来这才是你的最终目的。”

骆涵：“……”

两人一路向停车的地方行去，途经一处临湖的公园，而骆涵小朋友已经从之前的闷闷不乐中脱离了出来，边吃着臭豆腐还边哼着自己的主打歌。

薛渌清深切体会到了骆涵此人的脑袋如何诠释了何为幼稚，看着他愉快的背影，薛渌清极度怀疑在没人的情况下他绝对会边走边跳的。

两人沿着湖边搭起的木栈道往前行走，湖风一阵阵轻抚着两人的脸，带来舒爽的凉意。木栈道的两边每十米处会设置一条长木凳，每当夜幕时分，总有情侣靠坐在木凳上谈情说爱。尤其是在如此清爽的晚上，吹着湖风，感受着恋爱的甜蜜，似乎是许多情侣梦寐以求的浪漫。

可是浪漫归浪漫，影响市容就不太好了。

薛渌清后悔带骆涵走这条木栈道了，他们没走多久，就已经遇见了第三对“亲密无间”的情侣了。她有点尴尬地对骆涵说：“嗯，我们从前面的那个台阶上去，去停车场比较近。”

“哦！”骆涵听话地“哦”了一声。薛渌清看着他一副若无其事的样子，直感觉骆涵的四周似乎飘散着一抹叫作“阴谋”的味道。

薛渌清不由得加快了脚步，想到骆涵曾经对她的“不良调戏”，她直后悔自己怎么会带他走这条路呢？因为走得有些快，薛渌清不小心绊到了前方的鹅卵石块，眼看就要往前方栽过去。就在这千钧一发的狗血时候，骆涵的手向薛渌清的腰间伸了过去，但是仅短短 0.01 秒的时间，他又迅速把手收了回去。薛渌清一下坐在了不远处的草坪上。

她惊讶地抬起头来看向骆涵正居高临下看着他的那双眼睛，在夜幕下仿佛最明亮的那颗星星，正灼灼闪耀着。

“你……”薛渌清一时半会儿不知道要说什么好了。

骆涵则璀璨一笑，光艳照人：“我怎么了？本来我是想救你的，但关键时刻我想到了你是个遵守中华民族美德的传统女人，比如告诉我要拾金不昧什么的，所以呢，我最后也选择了秉承男女授受不亲的美好情操，放开了想要抱住你的手。怎么，我做错了吗？或者你不是秉承中华民族美德的传统女人？”说完，一对眼睛又冲着薛渌清无辜地眨了眨。

薛渌清一时无语，顺了顺被骆涵气到的胸口，从地上站了起来，她掸了掸身上的灰尘，笑容可掬地咬牙道：“做得好，做得好，做得很好。”

“嗯，你满意才是真的好。”

薛渌清：“……”

因为这个小插曲，薛渌清脑中仅有的一点不和谐的念头早就烟消云散了，两人一路穿过光线昏暗的公园树丛，快速向停车场的方向行去。不知什么原因，停车场上方的灯只零散地亮了几盏，那些停在昏暗灯光下的汽车此时正呈现着极其模糊诡异的轮廓。

薛渌清本来是不怕的，但是身边的骆涵一直很聒噪。这男人表面一副什么都无所谓的样子，其实胆小如鼠，一点风吹草动都能把他惊吓到，但是表面还是要装出一副天不怕地不怕的样子，比如才进停车场的时候。

“薛小姐，害怕的话，可以抓住我的手的，我不介意。”

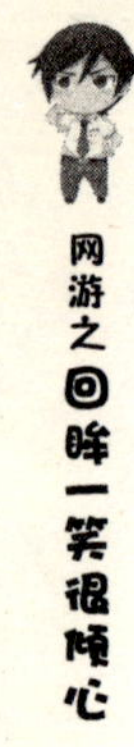

“不好意思骆先生，我是传统女人，你知道的，男女授受不亲。”

于是骆涵彻底噤声了。

又比如刚刚。

“薛小姐，你有没有听到什么声音？”

“不要告诉我，你害怕了？”

“我害怕？哈哈哈哈哈哈。”骆涵尴尬地笑了几声，用蹩脚的借口解释说，“我是想说这声音在停车场里显得很和谐，正好我最近要接拍一部鬼片，也许在停车场里还能找找灵感什么的。”

“咦？你脚边那个红色的是什么东西？”

“什么！”骆涵一下跳了起来，一把抱住身边薛渌清的胳膊。薛渌清实在没忍住，终于笑出了声。

“你骗我？”骆涵跳脚。

薛渌清淡淡道：“我只是看错了。”

骆涵：“……”

又或者说是现在。

两人终于安全抵达骆涵的车上，骆涵终于如释重负般松了一口气。薛渌清则戳了戳骆涵的胳膊，十分严肃地问他：“骆先生，你平时喜欢看鬼片吗？”

骆涵撇撇嘴，心想车里这么安全，薛渌清这次想要吓唬他，简直没门。于是满不在乎地回答她：“太幼稚了，我都懒得看。”

“哦，我是想说很多鬼片都是在主角放松下来的时候，它们忽然出现了，比如忽然趴在车窗户上！”就在这时，薛渌清的手机忽然应景地响了起来，骆涵面色一变，一只手不听话地迅速抓住薛渌清的衣角，眼睛再也不敢四处乱瞟了。

薛渌清忍着笑接起电话，电话那头因为听见薛渌清如此愉快的声音，静默了几秒，良久后才传来一阵幽怨的男声：“薛渌清，我恨你……”

薛渌清囧了：“……啥？”

车子拐了个弯，便绕离这处风景怡然的景区，转而进入了灯火通明的闹市。一瞬间，仿佛从悠然安静的世外桃源穿越进了繁华的大都市，身边穿梭而过的汽车以及言笑晏晏的行人，依次从薛渌清的眼前掠过。

薛渌清接电话的手有些酸痛，她不得不揉揉手腕又换了一只手。

车子在市中心一处繁华的街区停了下来，骆涵略侧过头，从后视镜里看向薛渌清的表情，她的面容虽然有着纠结，但更多的却是掩饰不住的笑意。他的手不由得握紧了方向盘，随后，终于露出一抹无所谓的笑容，用漫不经心的语气问身后的薛渌清：“薛小姐，我们的目的地到了。”

薛渌清挂了电话，一转头便看见不远处的墙边，一个长相帅气但明显带着瘦弱气质的男生蹲在那里。

薛渌清无语地挥散了脑中不和谐的念头，不远处的方仲已经看见了她，气呼呼地冲薛渌清的方向走了过来。

“我被你害死了！”

“呃。”薛渌清有点纠结，看方仲气不打一处来的样子，有些弱弱地问，“兰兰没对你怎么样吧？”

“薛渌清！”方仲冲薛渌清喊了一声，牙咬道，“薛渌清，你很好，约我出来说有重要的事情要说，来的是赵倩兰也就算了，你知不知道她竟然要我陪她去买内衣？我们有这么熟吗？”

薛渌清黑线，解释说：“……兰兰平时是比较豪放的。”

“是够豪放的，”方仲继续咬牙，“买完内衣非要我和她看电影，非要问营业员有没有……有没有……”方仲脸一红，说不下去了。

“有什么？”薛渌清的内心已经有了不好的联想。

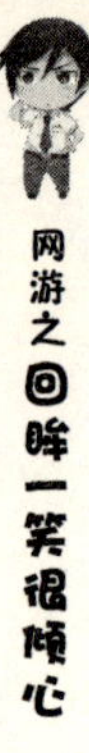

“成人片！”方仲一气之下说得比较大声。这一声过后，两人立即被周围的人当怪物一样围观了。

薛渌清把方仲拉远一点，尴尬地笑了两声：“哈哈……兰兰好幽默。”

“幽默什么啊！”方仲的脸都要气歪了。

“淡定！”薛渌清拍了拍方仲的肩膀，给他顺毛。就在这时，远远地，一道橘黄色的身影愉快地飘了过来，方仲立马捕捉到了那抹身影，眼神一暗，拽着薛渌清的衣袖幽怨地说：“她来了，告诉她我忽然有事回老家了！那边是你的车子吗？借我躲躲！”还没等薛渌清做出反应，方仲便一阵风般地刮到了骆涵的车边，一把打开后门蹿了上去。

薛渌清边摇头边揉了揉额角，冲那抹愉快的影子招呼道：“兰兰，这边这边！”

“清清！你怎么在这儿？有没有看见我们家小方仲！”赵倩兰边说边左顾右盼。

“看见了，他往那边走了。”薛渌清脸不红心不跳地撒谎，并在心里默默地祈求上帝的原谅。于是赵倩兰奸笑一声向薛渌清指的方向飘了过去，边飘边喊：“哦，小方仲，我来了！”橘黄色的衣角迅速没入不远处的拐角。

薛渌清回到骆涵的车上，车上的两人都很沉默。方仲的眼睛死死地盯着赵倩兰消失的方向，而骆涵则半靠着椅背，右手的食指和无名指轻轻地在方向盘上跃动着，打着不知名的节奏，脸上则看不出更多的表情。

“你告诉她我去老家了没？”方仲咬牙低声在薛渌清的耳边说。

“嗯？”薛渌清笑了笑，“兰兰说她可以答应我任意一个条件，只要我不对她说谎。”

方仲眼睛一眯，不假思索地回答：“我也可以答应你一个条件，只要你对她说谎。”

“好的，录音为证！”薛渌清拿出手机晃了晃，露出一脸无害的笑容。

方仲：“……我恨你。”

薛渌清：“……”

因为方仲的学校比较远，两人正在为如何坐车回去的事情纠结。坐在驾驶座一直没有说话的骆涵忽然笑了起来，他脸上挂上优雅绅士的笑容，丝毫不见与薛渌清独处时的狡黠和幼稚。

“我送你们回去。”说完，他转了转方向盘，按照薛渌清的要求先往方仲学校的方向开了过去。不知道为什么，薛渌清看见骆涵如此优雅的笑容竟觉得有些不真实，隐隐地，心里也升起一股不知名的感觉。

薛渌清把方仲送到学校门口才回到骆涵的车上，她有些好笑地摇了摇脑袋。

“你和你男朋友的关系很好，你还特地把他送到学校门口，都不见你对我这个大明星这么上心。”夜色里，骆涵的声音竟然带着点幽幽的凉意。

薛渌清的心莫名地颤了一下，她侧过脸来查看骆涵的表情，他侧脸的线条格外柔和，卷翘的睫毛在眼下投下一片淡淡的阴影，让他整个人散发出一种惊人的美丽。

薛渌清不由得看得有点痴了，良久后才反应过来，她避开关于男朋友的问题不答，只微笑着解释说：“方仲他有夜盲症的，我不送他回学校我怕他明天早上都回不去。”

骆涵没有回话，不知道过了多久，他忽然侧头看向薛渌清的眼睛，有些摸不着调地诉说着：“我也很怕黑的。”

车子一路直行，没多久就在薛渌清的学校门口停下。薛渌清想要和骆涵打声招呼，但看见他晕在月色下的侧脸，莫名地就失去了说话的勇气。她的手刚触碰到车子把手，骆涵忽然俯

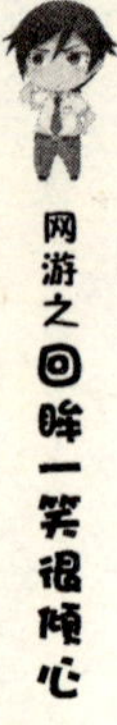

身靠向她，她的整个身子都被一大片阴影所覆盖，包裹在骆涵的呼吸里。

薛渌清觉得自己的耳朵已经开始发烫了，她想要从骆涵的禁锢中逃脱出来，却怎么都推开不了。

“骆……”话没说完就被骆涵打断，他靠在她耳边低声说，话音里带着丝丝点点蛊惑人心的力量：“以后别对我这么好，要不然我会爱上你。”

似乎接触到薛渌清疑惑的视线，骆涵轻笑了一下，他远离薛渌清，将薛渌清给他买的可爱风扇拿出来，带着点玩世不恭的笑容解释着：“怕我热了给我买风扇、给我挡月亮、特地不点我会过敏的螺狮、为了逗我开心给我买臭豆腐。虽然你也许并不在意这些小事，但是我，很容易感动的。”

薛渌清往宿舍的方向跑去，再次经过学校的小树林和那座情侣亭。此时时间已晚，小树林里只余下一片清幽的寂静。

她刚一踏进小树林，就惊起了一阵飞鸟，不见丝毫刚刚的静谧和谐。薛渌清无语，今天已经是她第二次沦为“不和谐的人了”。想到这里，她不由得想到骆涵，想到他那双星光璀璨、仿佛会笑的眼睛。

“可恶啊。”薛渌清抚了抚由于奔跑还乱跳的心脏，回想着骆涵最后对她说的话。

“薛小姐，怎么样，被我的演技吓到了吧？你没见我刚刚一直不说话，就是在酝酿感情吗？哈哈哈，我的演技果然还是很不错的，看来转型接拍电影真是非常明智的选择。哈哈哈哈哈哈哈。”

她微笑着摇了摇头，低声自言自语：“真没见过这么幼稚的人。”边说边快速往宿舍的方向走去。

第五章　大神不玩游戏了

“大神惨遭蹂躏，粉丝泣血泪奔。”

《天脉》游戏论坛里置顶的十二个鲜红色的大字简直触目惊心。薛渌清愣是被这个标题吓得小心肝一颤。

C宝捂着脸在薛渌清旁边点了点头，一副于心不忍的样子，她用眼神示意薛渌清点开帖子查看。一旁的莫晓语倒是比较淡定，她推了推鼻梁上架着的黑框眼镜，黝黑的眼瞳下闪过一抹阴暗的色彩。

帖子正上方是一幅硕大的大神挺尸的截图，几个喷狗帮的成员将大神团团围住，一副气焰嚣张的样子。

文章开篇就是惨不忍睹的一段文字，文字以及中心思想只有一个字——“惨”。发帖人连打了十几排的“惨”字，不知道的人还以为发生了什么惨绝人寰的大事。

薛渌清皱着眉头将帖子的大概内容浏览了一遍，文章大致讲了大神昨天使出了那个全地图绝杀的技能后，血条就无法回血，结果惨遭喷狗帮的小人围攻的事情。不过庆幸的是，幸好没多久，天涯皇者帮的帮众连同几个刚上线的长老赶来救援，但邪羽君还是掉了大量的经验，等级连掉了几级。连当初才开服后没多久，邪羽君和独孤笑笑花了整整一个星期的时间不眠不休地打出的一套极品装备也掉了出来，而且还被喷狗帮帮主天边的狼捡去了。邪羽君的等级已经是整个游戏等级最高的玩家了，对于新手来说掉了几级经验没问题，几天就可以练回来，但是对于邪羽君这种高等级的玩家来说，掉了几级经验几个月

的辛苦都白费了，这是一件能引起公愤的事情。

紧跟着大神被“蹂躏”帖子的第二条帖子就是天边的狼发出的炫耀极品装备的帖子，帖子里除了喷狗帮本帮的群众表示欣喜以及支持外，其余的都是一片骂声。

薛渌清滚动鼠标继续往下查看帖子的留言。被C宝一下抱住了手臂，她咬咬牙正色道：“清清，做好准备，即使被惊吓到也没有关系，来年你还是我的好朋友！”

薛渌清一头黑线，忽视C宝一脸亢奋的表情，继续往下滚动帖子。

底下的留言大多数是痛骂喷狗帮的无耻，但是从第四十楼开始就变味了。

“我倒是好奇了，昨天邪羽君明明是和水也清清在一起的，为什么在这么关键的时刻水也清清却忽然消失下线了？而且今天竟然一整天都没有上游戏?!”

自从一个叫“沁沁”的网友发出了这段质疑水也清清的文字后，底下的人都如梦初醒。纷纷猜测水也清清为什么会在这么关键的时刻忽然失踪，就这样置邪羽君于不顾。以至于到后来，有人开始怀疑水也清清和之前那个水也清清点其实是一个人，目的就是潜入天涯皇者帮当间谍，纯粹的不安好心，不但骗了大神的信任，还拿着他送的神雕坐骑后就拍屁股走人，简直是卑鄙无耻、奸诈狡猾！

C宝同情地摸摸薛渌清的头顶，一副善解人意的样子看着她说：“清清，清清！我知道你心里一定很难受别人这么说你，想哭就哭出来吧，我的怀抱借给你！”

薛渌清抽抽嘴角：“真的吗，你确定?”

不远处刚坐到电脑边的莫晓语幽幽地嗤笑一声，冷声道：“C宝，你几天没洗澡了?”

众人：“……”

C宝受了打击，决定再也不管宿舍里任何群众的喜怒哀乐，声称网络世界才是她的真爱，于是坐回电脑前，举起自己的赤色长剑开始奋勇杀敌，杀死一个就发出一阵类似于“噗哈哈”的怪笑声。

薛渌清笑着摇了摇头，然后沉思着看着面前的电脑。

虽然面对网友的质疑，薛渌清的心里的确有一种说不出的郁闷感，但是事情既然已经发生了，她不能阻止猜测她的那些人，只要作为当事人的邪羽君愿意听她解释就好。

薛渌清点开游戏界面右下角的好友栏，她的好友本来就不多，一眼就可以看见邪羽君位于好友栏的最后一个位置。

飘逸的法师头像此时正沉寂在一片灰暗的阴影里，不动声色地看着她。

薛渌清看了眼电脑下方的时间，离宿舍熄灯还有一段时间，她可以等邪羽君上线了再跟他好好解释一下。

晚上十点的时候，全区会有一个采集符咒的帮派任务。全体玩家进入凤仙谷副本采集符咒，采集得越多，玩家获得的帮派贡献值就越多。帮派贡献值可以换取坐骑喂养丹以及宠物喂养礼包等必需品，以提高玩家的战斗力。

因为凤仙谷副本不允许玩家组队，是要求玩家单独进入的副本，而且只是采采符咒，偶尔遇到几只小怪兽而已，安全值很高。所以十点一到，薛渌清就单独进入了凤仙谷。

朦胧的雾气瞬间散布在了水也清清的周围，迷蒙的雾气里，只能看见几个若隐若现的玩家背影。薛渌清下意识地又查看了一下好友栏，邪羽君还是没有上线。

她有些闷闷地凭借以往的经验往有符咒的地方走去，眼前的雾气渐渐散去，不远处出现了一条浅蓝色的小溪。浅蓝色透明的水底散布着一些红黄相间的长方形横幅，那就是薛渌清要采集的符咒。

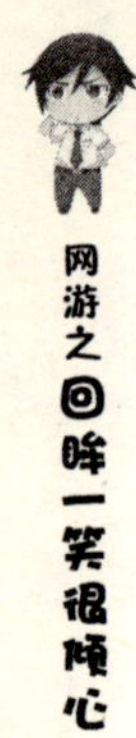

她点开人物技能栏，开启人物潜水功能，然后水也清清就闭着眼睛往小溪里跳了下去。冰凉的湖水包裹着水也清清淡紫色的衣裙，她此时正坐在一颗透明的水泡里，见到符咒出现就操纵着透明水泡向符咒处游过去。

每采集一张符咒都要五秒钟的采集时间，薛渌清便托着下巴边看符咒飞入她的背包里，边时不时查看邪羽君有没有上线。直到背包里已经采集了十二张符咒，薛渌清有些烦心地想：邪羽君明明每天都会上线的，为什么今天死活都不上？

她关掉好友栏，眼光再瞥向自己的游戏人物，发现水也清清的周围忽然多出了七八个透明的水泡。这些人皆来自同一个帮派——天涯皇者帮。

因为这里聚集的人有点多，薛渌清便操纵水也清清往前面偏远的地方游过去，哪知道不管水也清清采集哪里的符咒，都一定会有人在她之前将那个符咒采走。

【附近】天天甜甜：哟，小剑，看见没有啊，有一个莫名其妙的人怎么一直在我们旁边游来游去，都不采集符咒的。

【附近】平一剑：哎哟，你怎么能这么说人家呢？人家有毛病又不是一天两天的事情了。

【附近】恋恋笔记本：你们在说谁啊？这附近除了我们哪里有人哟，只有一堆人渣。

【附近】天天甜甜：恋恋姐好幽默。要是我，才不好意思继续留在游戏里，还采什么符咒呢！

【附近】平一剑：我可做不出看着朋友被人杀，自己却偷跑的事情。

【附近】水也清清：……如果我说这其实是个误会你们信不信？

【附近】恋恋笔记本：哈哈哈哈，这误会未免也太巧合了吧……

【附近】天天甜甜：水也清清，你真是好意思的，羽哥哥对你够好的了，你害得他还不够吗？

【附近】平一剑：我就搞不懂了，一个叫水也清清的，先是害了咱们副帮，现在又来整咱们帮主，你们叫水也清清的家族是跟我们天涯皇者帮的有仇还是怎样！

……

薛渌清有点憋屈地看着附近几个人的对话，她从背包里翻出飞行符，想要迅速离开这里，与几个小孩子吵架有什么意思呢？哪知道水也清清前脚刚踏进一片新的地图区域，似乎早就等在这里的一个黑衣战士就一下把水也清清秒杀了。

【附近】鸽子的哥：不好意思啊，我挂机的，误伤，误伤！

【附近】水也清清：……没事。

哪知道她将“没事”两个字刚发入附近频道的对话框，水也清清又倒在了一片血泊里。

【附近】鸽子的哥：不好意思啊，我挂机的，误伤，误伤！

连续三四次，纵使再笨的人也知道这个叫“鸽子的哥”的人是故意针对水也清清了，她连续死了五六次，本来采集好的十二张符咒已经掉得只剩下一半了。薛渌清极力忍住心里的愤怒，在附近频道里问鸽子的哥为什么要这么做。

【附近】鸽子的哥：不好意思啊，我挂机的，误伤，误伤！

这人连字都懒得跟她打了，都是打好了一串字连续复制发送的是不是！

【附近】水也清清：呵呵呵呵。

她发完这四个字，感觉心里越发地憋屈，又不想麻烦宿舍里的其他人替她报仇，于是退出凤仙谷副本。

一时之间，薛渌清不知道自己到底要干什么，她再次打开好友栏，邪羽君的头像依然是漆黑一片。瞥了眼电脑下方的时间，离熄灯时间还有半个多小时，于是继续找个无人的角落挂

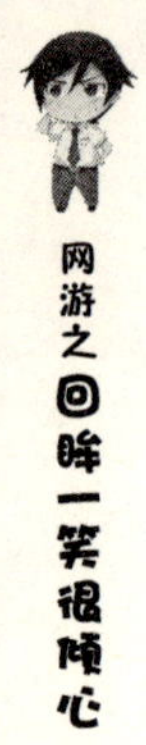

机刷怪，希望在这即将到来的半个多小时里，邪羽君能上线来听听她诉说关于昨天晚上的事情。就算别人不相信她，只要他相信她就够了。

薛渌清随手点开世界地图，情不自禁地点开了那片叫作“炎黄死地”的地图，这里是她和邪羽君第一次见面的地方，也是她第一次被杀的地方。想到这里，薛渌清微微笑了笑，随便选择一块刷怪的地点，便乘坐飞行符飞了过去。

所以说缘分这件事真的是万分奇妙的，找个偏僻的角落刷怪都能碰见熟人，而这个熟人还不是别人，正是天涯皇者帮的副帮主独孤笑笑。

水也清清有点尴尬地站在独孤笑笑的身边，此时，白衣的女战士正挥舞着银色长剑，时不时带起几道银白色的剑光。短短几秒钟的时间，这片地图的怪物就死了一片。怪物发出慑人的哀号声，没过多久又不甘心地从赤黄干裂的土地缝隙里爬了出来，仿佛怎么都杀不完一样。

水也清清随便向身边的怪物丢了一个技能过去，瞬间吸引了怪物的仇恨值，怪物拖着长长的白色口水，歪扭着身子向水也清清扑了过去。

水也清清举起法杖准备承受怪物的重击，就在这千钧一发的时刻，不远处的独孤笑笑迅速向怪物丢过来一个技能，又将怪物的仇恨值引向了自己。

薛渌清有些无语地看着独孤笑笑以一秒钟秒几个怪物的速度杀怪，而自己只要引怪到身边来，都会被独孤笑笑抢到她的手上去。

【附近】水也清清：……笑笑，不要告诉我这只是个误会。

过了大概五分钟，独孤笑笑才惜字如金地发来两个字。

【附近】独孤笑笑：不是。

【附近】水也清清：……其实副帮主在我心里是一个十分明

理的人。

【附近】独孤笑笑：嗯，不管是谁，在面对感情的时候都会不明智。

薛渌清的手顿了顿，她想起之前世界里讨论独孤笑笑和邪羽君是一对的事情，又想到邪羽君昨晚掉出的极品装备是他和独孤笑笑花了整整一个星期的时间不眠不休地打出来的，一时间，心里不知道是什么滋味。

【附近】水也清清：昨天晚上的事情真的只是个误会，我是因为宿舍停电了才会忽然下线的。大家都和我作对，我觉得很难受。

这次独孤笑笑过了很长时间才回答，也不知道刚刚她干什么去了。

【附近】独孤笑笑：嗯，令你难受的办法还有很多，但是令你不难受的办法只有一个——希望你以后离邪羽君远一点，如果有必要的话，也离我远一点。

【附近】水也清清：我知道了。

在这段对话结束之后，薛渌清就退出了游戏，关闭了电脑。她顺了顺郁闷和难受的心情，努力让自己看起来高兴一点。她想起自己第一天玩游戏的时候到处找奇葩名字的兴奋心情，与今日的憋屈似乎形成了鲜明的对比。原来在网络游戏这个虚幻的世界，也可以左右现实里的人心。

看来人果然是感情动物啊！想到这里，薛渌清无奈地笑了笑。

第二天上午就是学校组织的期中考试。临出宿舍前，赵倩兰拦住了薛渌清前行的道路，严肃中又透着纠结的脸上挂满了哀戚。

“清清！一会儿坐我旁边好不好，你知道我昨天有多惨吗？我被小方仲无情地抛弃了，我辛苦兮兮地回到宿舍，看见你们

都睡了！于是我整夜都失眠了，我优哉悠哉啊，辗转反侧啊，想着我的小方仲啊，就夜不能寐啊。在如此悲惨的情况下，我今天一早起来才发现，怎么到了一年一度期中考试的日子了，我命苦啊！”

薛渌清：“……”

C宝则一把挽住薛渌清的胳膊，大声抗议：“清清我早就预约过了，你们谁跟我抢我就跟谁拼命！”

“C宝，你的意思是要跟可怜无助、失恋失忆、痛苦悲惨的我抢吗？”赵倩兰再次瞪大了她那双不大的眼角，极力想露出哀戚的表情，结果事倍功半，竟然露出了凶神恶煞的表情。

C宝怕怕地后退一步，却紧紧拉住薛渌清的衣角不肯松手，结结巴巴地抗议：“……我我……先来后到……清清你说是不是？”

赵倩兰一下向薛渌清扑过去，双手握住了薛渌清的手，用恳切的小眼神望着薛渌清：“清清！你知不知道我对你有多好，为了让你帮我作弊，不不不，口误口误，为了让你高兴，在考试结束后我还特地给你准备了大大的惊喜！”

“……我可以说我不期待吗？”

“清清，你要不要这么对我，要不要这么对我！”赵倩兰继续哀号。

薛渌清扶额，她伸出右手食指指了指旁边又沉浸在暗黑气氛中的莫晓语。

莫晓语阴凄凄地抬起眼睑，露出一口雪白的大牙：“就在刚刚，我录下了你们罪恶的嘴脸，我真想一把把它们撕碎，然后就是血淋淋的真相……”

“啊啊啊啊啊！黑化①了的莫晓语好恐怖啊！”一声尖叫，赵

---

① 网络语言，指忽然出现的负面情绪。

倩兰和C宝狂奔出了宿舍。

薛渌清拍了拍莫晓语的肩膀："不错，最近演技有进步。"

莫晓语左右歪了歪头，活动了下筋骨，顺便摆正了自己的表情，幽幽道："我最近在写恐怖小说，正企图从刺激赵倩兰和C宝的过程中寻找灵感。"

薛渌清："……"

期中考试的题目比较简单，赵倩兰一出教室就咋咋呼呼叫嚷起来："什么破题，能难得住我聪明绝顶的脑袋吗？哈哈哈哈哈。"她这一串大笑吓跑了N+1个从她身边路过的学生们。

薛渌清和C宝都企图远离她，赵倩兰却用阴险的眼神看向薛渌清，言下之意是：还有惊喜等着你哦！

薛渌清硬生生打了个寒战，赵倩兰的惊喜，她还是不要了。没想到脚刚迈开几步，薛渌清就吃惊地发现教学楼上方似乎有什么东西飘下来，一片又一片。

赵倩兰双手合十作羡慕状："哇哇哇哇！好浪漫啊，下雪了，大热天下雪了啊！"

薛渌清："……这个时候下雪不是有冤情吗，怎么会浪漫？"

赵倩兰朝薛渌清翻了个巨大的白眼，自动忽视了她的话。薛渌清耸了耸肩膀，看见赵倩兰故作惊讶地捡起了地上的"雪花"，确切地说是一张又一张的小纸片。

"瞧！纸片上还有字！来，清清，你看看纸上写了什么？"

薛渌清接过纸片，空白的纸面上写着一行楷体小字："薛渌清，我爱你！"她迅速抬头望向头顶的教学楼，那个撒纸的男生由于躲避不及，尴尬地向楼下的薛渌清招了招手。

赵倩兰眯着眼睛捅了捅薛渌清的胳膊："怎么样，浪漫不浪漫？那个男生叫薛照，跟你还是本家，我看这小伙子人还是不错，就帮帮他和你表白了，看这漂浮着的一片又一片的雪花，就是我想的金点子。感动不？"说完满脸期待地看向薛渌清。

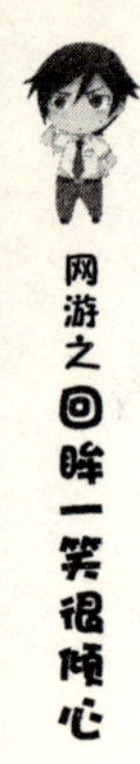

薛渌清纠结地皱起了眉头："兰兰，这样……不环保。"

赵倩兰："……"

托了赵倩兰的"金点子"，薛渌清被周围路过的学生围观了。因为被人表白完了还要清扫操场上散落的纸片。

那个叫薛照的男生一边帮忙扫地一边不好意思地看向薛渌清的方向，还将一束玫瑰花羞涩地递到了薛渌清的面前。薛渌清接过玫瑰花无奈地笑了笑，她一把抓过身边已经怂得缩成一团的赵倩兰，用足够薛照听见的声音温柔地诉说："兰兰，你怎么能这么对我？"

"呃，我承认扫地这个结局，我聪明的脑袋还是有欠一点考量。"赵倩兰很无辜地解释。

薛渌清摇摇头，脸上的笑容温柔得能滴出水来，却让身边的赵倩兰不由得抖了三抖。

"兰兰，我真的不怪你。"

"啊？"赵倩兰的脑门上立马长出了一个硕大的问号。

"你不知道，我其实喜欢的一直是小方仲这类的。"

"他不是你远房亲……"

"对。"薛渌清点了点头，打断赵倩兰的话认真地说，"碍于这层关系，我才苦苦压抑对他的感情，要不然你以为为什么高中的时候我谁都不找，偏要找方仲当我假冒的男友？"

赵倩兰被薛渌清这严肃的样子吓蒙了："清清，你又开玩笑。"

"这次绝对没有。"薛渌清正色道，脸上是从未有过的认真，"你知道为什么我到现在都不交男朋友吗？那全是因为方仲。每当夜深人静的时候，我的脑中就开始回忆和他相处的点点滴滴，有时候你夜里看我睡不着起来看书，那全是因为我太思恋方仲了。这次能再遇见他，你不知道我心里有多激动！但是兰兰，当我发现你好像也喜欢上了他，于是我再次将对方仲的感情压抑在了心底，我很难受，只能靠玩游戏来将方仲彻底遗忘。”

赵倩兰的脸色变了变，不知道到底要露出什么表情来：“清清，你怎么可以……”她的话没说完，一边听得清清楚楚的薛照不敢相信地在赵倩兰和薛渌清的脸上来回逡巡，似乎在确定这一幕狗血的剧情到底是不是真的在现实世界里发生了。直到最后他终于在薛渌清的脸上捕捉到了隐忍，在赵倩兰的脸上捕捉到了绝望，才丢下扫把愤然离去。

薛渌清将被薛照丢掉的扫把捡了起来，靠在墙角处放好，才终于露出了满意的笑容：“以上，其实是我开的一个无伤大雅的玩笑。不过，我承认对于薛照竟然丢下扫把让我们俩继续扫地这个结局，我聪明的脑袋还是有欠一点考量。”

赵倩兰瞬间崩溃了：“……”

薛渌清中午要赶去衡越酒店接班，因为时间比较匆忙，又秉承着浪费可耻的美好品德，想要赵倩兰帮忙把薛照送给她的玫瑰花带回宿舍。哪知道赵倩兰毅然拒绝了薛渌清的要求，嘴里直念叨着薛渌清不是人，死活不肯为薛渌清将花带回宿舍。

薛渌清给赵倩兰顺了顺毛，被她嫌弃地躲开。她只得笑着摇摇头，将玫瑰花放在自行车的车篓里，然后向衡越酒店的方向骑去。

薛渌清将玫瑰花和自行车留在衡越的停车场里，不知为什么，看着昏暗的停车场里一束娇艳欲滴的花朵，她的心情大好，嘴里哼着歌曲往工作间的方向走去。

庆然一看见薛渌清走进休息间就奔了过来，八卦兮兮地凑近薛渌清的耳朵说：“清清，你猜今天会发生什么大事？”

看庆然一脸花痴的样子，薛渌清的脑中忽然浮现一双仿佛会笑的眼睛，她略作思索才开口说：“不要告诉我，你又和骆涵擦肩而过了？”

“错！我是那种为了那么点小事就能激动成这样的人吗？”

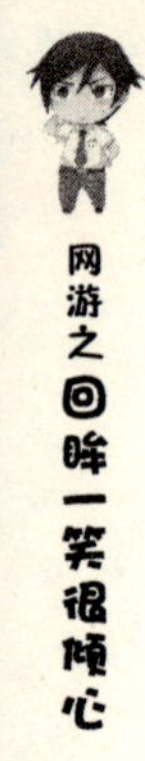

薛渌清："……你是。"

庆然："……"

庆然清了清嗓子言归正传："今天，衡越的大老板要下基层视察了！你知道大老板是谁吗？根据可靠消息，他是叱咤商界的祝氏集团祝长风的独子，他在国外留学的时候就已经是财经界的风云人物了，而且据说人也长得超帅的，我好激动啊！"庆然边说边擦了擦嘴角流出的口水。

薛渌清额头滑下三道黑线，祝氏集团祝长风的独子？财经界风云人物？好吧，她承认自己孤陋寡闻，这个，真没有听说过。

一个下午的时间，因为"大老板要下来视察"的消息，搞得整个服务阶层的女同胞们都人心惶惶，又据说大老板是"青年才俊还帅气逼人"，女同胞们简直忙得不可开交，这边刚上完菜，那边就要跑到休息间里补一个妆。没有化妆品的人则扼腕叹息为什么有一个这么好的机会摆在眼前，自己却没办法珍惜，如果再给自己一个机会，一定要将买零食的钱买化妆品。

面对此情此景，薛渌清觉得自己有必要说出一个虽然会击碎万千少女的心但是毕竟也是一个事实的事情。

"亲们，一个好消息一个坏消息，你们要听哪个？"薛渌清淡淡开口。

"好消息！"几乎所有人都异口同声。

"我刚刚看见大老板来了，因为离得太远，没看清长得帅不帅。"

"啊啊啊？在哪里？我要去看我要去看！"庆然激动地向薛渌清扑了过来。薛渌清一个闪身，成功避开了庆然的魔爪，继续诉说她口中的坏消息："坏消息是，大老板一来就和骆涵进了VIP情侣包间。"

"啊？"一时间，聒噪无比的小小休息间变得安静无比，仿佛一根针掉在地上都能惊起一片惊雷。

“嗯，刚刚听从 VIP 包间出来的人说，这两人关系十分……嗯，要好……”

“噼里啪啦……”小小的休息间散落了一地的少女心，深受某类小说影响的少女们展开了各种联想，庆然则捂着心口默默神伤。

薛渌清偷偷吐了吐舌头，果然和 C 宝待久了，竟然会说出这些话……这个现象不太好。

只有一直站在角落里的田甜却意味不明地看了薛渌清一眼，压低声音用一种很讽刺的语调说：“薛渌清，你知道骆涵不是。”

薛渌清转头看向田甜，她今天看起来很漂亮，那一脸精致的妆容明显花了很多的心思。她忽然想起曾经撞见骆涵和田甜在车里交织在一起的身影，又想起骆涵曾经在车里半开玩笑地对她说他很容易被感动的。不知为什么，心里莫名地就有点发堵。她极力使自己平静下来，笑了笑并没有回答田甜的话。

休息间的讨论在大老板和骆涵从包间里出来后戛然而止，根据庆然的“贴切”形容，她终于近距离地看清了大老板的样子，用一个帅字简直不足以形容大老板的长相，末了庆然还十分贴切地引用了诗句：“此人只应天上有，人间难得几回见。”

薛渌清将手中翻阅的报纸放在桌上，笑容可掬地调侃庆然：“那骆涵呢？具有野性诱惑美的骆涵呢？”

庆然：“……”

一天的时间终于在对大老板的种种猜测中开始，又在被大老板的美貌震慑的纠结心灵里结束了。

薛渌清出了休息室，打算乘坐电梯去停车场取自行车，远远地就看见一个高挑的男人走进了电梯。那男人穿着剪裁得体的西装，脊背挺得笔直，每走一步都带着一种极为慑人的气势。在人群中，那男人散发出的光亮实在让人无法忽视。

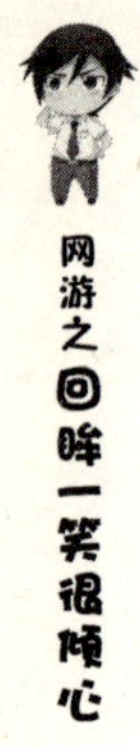

薛渌清往前走了一步，感觉一阵风擦着她的肩膀呼啸而去。她侧头望向刚刚从身边走过去的人，一眼便看见那人的线条柔和到有点粘腻的侧脸。骆涵没有看薛渌清，只是面无表情地擦着她的肩膀向前面的男人乘坐的电梯快步走去。

“啊啊啊啊！大老板和骆涵一起进电梯了，太美型了，我不行了啊！”庆然在薛渌清的耳边发出压低的尖叫声，不远处的电梯门也缓缓合上。薛渌清这才反应过来，自己原本也是要上那部电梯的。

越走近放着玫瑰花的自行车，薛渌清就越发清晰地闻到一种淡淡的清香萦绕在停车场里。她从车篓里取出玫瑰花，向不远处休息间里的赵大叔打着招呼，并且拿出几支送给了赵大叔。

赵大叔黝黑的面容上布满了沧桑的笑意：“丫头，交男朋友了啊？”

“哪有，我自己买的。”

“嘿嘿，这丫头，尽爱胡说，哪有人自己给自己买这么大束玫瑰花的啊？早点交个男友给你赵叔叔看看哈。”赵大叔笑呵呵地拍了拍薛渌清的肩膀。

薛渌清抱着花从休息间出来，一辆黑色的轿车正好从拐角处开出来。等到车上的人忽然注意到从休息间里走出的人，吓得猛地打起了方向盘，车子一个拐弯，撞到前面放置的护栏上。

薛渌清也被忽然出现的黑色轿车惊吓到了，手一抖，怀里抱着的玫瑰花因为这突然的事故而散落满地，将眼前的地面铺就成一片明艳的色彩。

薛渌清将视线移向停在不远处的黑色轿车，有些吃惊地看向车子的车牌号码——那是骆涵的车。此时车里正端坐着两个人，骆涵戴着巨大的黑色墨镜，几乎遮住了半张脸，他歪着头向薛渌清的方向扫了一眼，不知是不是错觉，薛渌清仿佛看见他的嘴角拉起了一抹奇怪的笑容来。而端坐在骆涵身边的人有些眼熟，薛渌清皱着眉头想了半天终于想起来，这人就是最近红到发紫，而传闻远在M国拍戏的小天后岳景长。

岳景长不满地扫了一眼薛渌清，侧过头有些紧张地查看骆涵有没有什么事情，而骆涵的眼睛似乎正停留在那散落满地的玫瑰花上，然后他忽然抬起眼睑，与薛渌清的视线撞在了一起。

薛渌清不知道自己脸上此时是什么表情，也许在笑，也或许没有表情。她看见岳景长和骆涵如此亲密的动作，竟隐隐地有些不爽，她蹲下身子捡散落在地上的玫瑰花，并且暗暗问自己：骆涵是什么人？表面绅士优雅的大明星，私生活却无比混乱，风流多情的花花公子。

不远处响起了车子发动的声音，一阵温热的风掠过薛渌清的脸颊，吹起她有点散乱的头发，薛渌清微抬起头来向车子驶走的方向望去。

撞到的护栏歪倒在一边，一朵被碾碎的玫瑰花静静地躺在地上。

薛渌清不由得笑了笑，总感觉今天的骆涵有点怪怪的，果然骆涵私底下还更像一个善变的小孩。

薛渌清回到宿舍后，照例登录《天脉》的游戏界面，鼠标点击右下角的好友栏。

依然是灰的。邪羽君的头像静静地蹲在最后的位置上，安静得好像从未亮起过。

之后的几天里，邪羽君的头像一直都是灰色的，因为大神长久没有上线，《天脉》游戏论坛里又展开了一番激烈的讨论。

有一则叫作“要是我，丢脸丢到这个份儿上早不玩这个游戏了”的帖子更是引起了薛渌清的所有注意力。

考虑到之前从开服到现在邪羽君每天都会上线的实际情况，连续五天不上线实在有点不像大神的作风。据说现在天涯皇者帮内部的人也在传他们的帮主不再玩这个游戏了。不过话说回

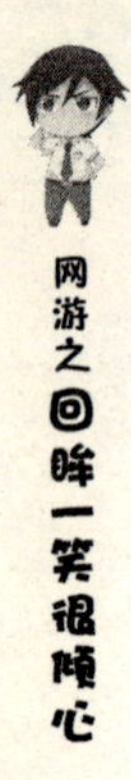

来，如果别人是大神的话，先是被人逼着下装备，辛苦弄来的战力全部付之一炬，之后又接连被仇家追杀，被敌对帮派围攻，最后沦落到掉了这么多经验和等级，连和朋友一起打来的装备都没了，这脸咱真是丢不起啊。与其如此，还不如重新玩别的游戏或者在新服申请个号从头打拼，总比在这里受人白眼强吧！

综上所述，邪羽君大神以后都不会玩游戏了。

第六章　游戏有时也疯狂

与天涯皇者帮群龙无首的局面不同，绯村帮倒是显得一副热火朝天的模样。虽然绯村帮的帮主多铎大神极少上线，但绯村帮在副帮主绯村杨小过的带领下，已经慢慢地爬到了帮派排行榜第二的宝座。

此时帮派里正在热火朝天地讨论着关于天涯皇者帮的事情，热血小青年绯村一口酒正用一副跃跃欲试的口吻诉说着如何乘胜追击，趁着邪羽君不在的这段时间将帮派升级，迅速坐上第一大帮派的位置。

【帮派】绯村一口酒：我觉得咱们帮的辉煌时刻即将来临！哈哈哈哈，这是天意给我们绯村帮大展宏图的机会啊！！

【帮派】小娇娃：咦？酒哥，我加入帮派都快半个月了，一次也没见过咱帮帮主大人，求引荐！

【帮派】赵家一朵花：说起来，我也从来没见过多铎大神！

【帮派】绯村杨小过：花花老婆，你老公还在这儿呢！

【帮派】赵家一朵花：过过老公，在我心里你是没有人能够取代的。

【帮派】C的宝贝：……

【帮派】绯村杨小过：不过话说回来，咱帮主可是个大忙人，连我都很少见到他。不过我有他电话。(奸笑)

【帮派】小娇娃：啊啊啊啊！求引荐啊！求问多铎大神是不是帅哥？

【帮派】框框矿泉水：刚刚看《天脉》论坛出了公告，说是

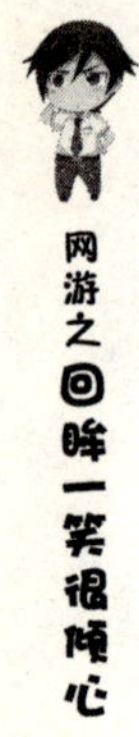

不久后有上传真实头像送时装的活动，到时候咱就可以一饱眼福了。什么邪羽君啊多铎啊，我倒要看看这些杀人不眨眼的大魔头长什么样子！哈哈哈哈哈哈。

【帮派】绯村一口酒：你是咱们帮派的吗……

【帮派】框框矿泉水：呵呵，太激动了。

【帮派】C的宝贝：话说回来，你们有没有看论坛，邪羽君是不是真的不玩了？

【帮派】水也清清：同问。

【帮派】绯村一口酒：我的偶像终于在帮派里说话了！

【帮派】水也清清：（笑脸）

【帮派】小娇娃：酒哥，你的偶像只关心邪羽君大神是不是真的不玩游戏了……

【帮派】绯村一口酒：（泪奔……）

【帮派】绯村一口酒：偶像，听说你最近遇到了不少麻烦。没事，有麻烦的时候就找哥哥，哥哥帮你把那些小喽啰都杀了。

【帮派】滴滴答答：水也，你记不记得曾经那个跟你名字差不多的，叫作水也清清点的人，她不是得罪了独孤笑笑吗？据说她的大号都被天涯皇者的人挖出来了，已经被逼得不再玩游戏了。如果邪羽君真的不玩游戏了，你的前途堪忧啊。

【帮派】赵家一朵花：我家清清才不会不玩游戏呢！她内心是很强大的。

【帮派】C的宝贝：就是，我们还有江南四大才女帮这个重要的使命！

【帮派】小娇娃：那是什么鬼东西……

【帮派】绯村杨小过：小姨子，根据内部消息，要想知道邪羽君到底玩不玩游戏，就该去问天涯皇者的副帮主独孤笑笑，据说他们现实里就是一对，你懂的。

【帮派】水也清清：……谁是你的小姨子。

【帮派】绯村杨小过：花花说你是她大妹子。

【帮派】水也清清：她是我大姨妈。

【帮派】众人：……

坐在电脑前的薛渌清一下被身边的赵倩兰扑倒在了桌子上，所以说女人，尤其是像赵倩兰这种强悍的女人是绝对不能惹的。

其实薛渌清的心里很纠结，她盯着邪羽君灰色的头像很久，不明白为什么跟邪羽君解释一件事会这么困难。这些天里，薛渌清真是遇到了各种的麻烦，有些人说的话也很难听，她没有把这件事告诉舍友们。每次看见赵倩兰、C宝、莫晓语打开游戏时兴冲冲的模样，薛渌清都不由得想，没必要为了这件事不玩游戏，也没有必要让舍友因为她的这件事而不愉快。

她想，如果邪羽君真的不玩这个游戏了会怎么样？也许天涯皇者帮的人会继续找碴逼得她也不再玩这个游戏，也许大神的粉丝会继续骂她是一个卑鄙的内奸让她无法忽视，也许她心里会有一个疙瘩，她其实很不喜欢被人误会。但至少，如果有机会，还是想把这件事向邪羽君说清楚。

薛渌清皱着眉头想了想，然后在搜索栏里打出独孤笑笑的名字，添加独孤笑笑为好友。不知道过了多久，她看见独孤笑笑亮着的战士头像出现在了她的好友栏里。

【私聊】水也清清：笑笑，在吗？

【私聊】水也清清：笑笑，我想问问关于邪羽君的事情，你在哪里，我去找你？

【私聊】水也清清：笑笑笑笑笑笑！哈哈哈哈哈哈！

连续发了很多私信给独孤笑笑，她才慢悠悠地用近乎冷漠的语气回复。

【私聊】独孤笑笑：嗯。

薛渌清轻呼出一口气，不得不说独孤笑笑真的是冷漠得让

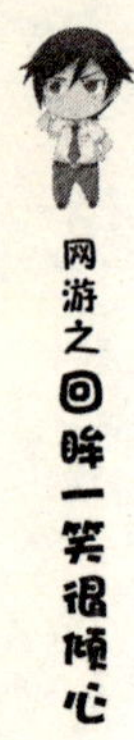

人无法交谈。

【私聊】水也清清：笑笑，你在哪里？我知道你也许可能大概挺讨厌我的，但其实我就是想找你把上次的事情说清楚，也想跟邪羽君解释清楚，我不想被这样一直误会下去。

【私聊】独孤笑笑：你来炎黄死地，坐标125，324①，我在这里刷怪。

【私聊】水也清清：好的。

薛渌清从背包里翻出飞行符，然后根据独孤笑笑给的坐标飞到了她所在的地点。

独孤笑笑站在一群丑陋的红色怪物正中间，她手中正挥舞着银色的长剑，几道蓝光从她的周身散发出来，昏暗的土地四周出现了短暂的明亮，刺得人一瞬间都睁不开眼。等到蓝光渐渐消散，刚刚还张牙舞爪的怪物们已经全部倒地了。

独孤笑笑将长剑收回腰间的剑鞘里，侧过头来扫了水也清清一眼，然后才飘然若仙地向水也清清所在的地方走过来。不知道她用的是什么技能，每走一步，她的脚边便开出一朵洁白的莲花，将这片死气沉沉的土地变得仿若仙境。

【私聊】独孤笑笑：我们去镇魂魔域。

【私聊】水也清清：……那里的怪等级都很高的。

【私聊】独孤笑笑：有我在，你怕什么？

独孤笑笑说完，就乘上她那散着蓝绿色光芒的飞剑向镇魂魔域飞去。两人一起停在魔域的门口，然后向门口一个叫赤炎魔尊的NPC领取了任务，任务的名称叫作“冰释前嫌”。

【私聊】独孤笑笑：你有没有听说过这个副本？

【私聊】水也清清：……没有，但是听这个名字，笑笑你是打算和我冰释前嫌吗？

---

① 网络游戏中，每个地点都有不同的地图坐标。

【私聊】独孤笑笑：这个副本是最近才推出的副本，还没有出攻略，到现在为止，整个游戏只有一对玩家通关了。根据他们自己在论坛里的说法，这个副本只能两个人进，到最后，因为怪物数量惊人，必须由其中一个队友不停地引怪，才能使另一个队友顺利完成任务，完成任务的人有奖励加成以及稀有道具，而引怪的队友不但没有奖励，而且会因为被众多的怪物杀死而掉落大量的经验，只是两人的友好度会瞬间加 1000，被杀玩家会获得“冰释前嫌”的称号。这个副本的名字之所以叫作“冰释前嫌”，是专门针对两个对立玩家设立的。如果两个玩家之前有过节，只要做了这个副本就能冰释前嫌，以后这两个玩家不能互相杀死对方，只要组队，获得的奖励还会加成①。如果是两个之前对立后来又交好的异性玩家想要迅速结婚，也可以来做这个副本迅速增加友好度。因为这个副本很难，又很抽风，所以玩的人几乎没有，更是几乎没人要充当引怪的角色。

【私聊】水也清清：……好复杂的副本。

【私聊】独孤笑笑：我后来想想，上次对你说的话貌似有点过分了。

【私聊】水也清清：（可怜）你也知道的，我真的是因为停电才弃大神于不顾的，天地可鉴啊！

【私聊】独孤笑笑：其实你最近被我们帮人欺负的事情我还是知道的，但是他们其实也没有恶意。我和我们帮的人商量过了，虽然你真的是无辜的，但是他们都是一群小孩，有些人都是盲目地崇拜邪羽君的，他们认为要不是你让羽下装备，之后也不会害得羽掉了这么多等级和极品装备。很多人还是对你很不满的，也想着让你受点惩罚。他们最后协商的结果是只要你和我做了这个副本就跟你解除误会，你同意吗？

---

① 一般指加倍的意思。

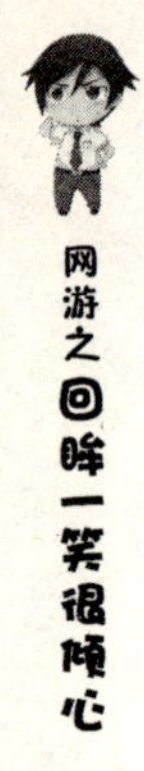

【私聊】水也清清：嗯嗯，这真是天大的误会啊，我比窦娥还冤呢！笑笑，你真的太邪恶了，明明都打算和我解除误会了，还一副不理不睬的样子……

【私聊】独孤笑笑：……不好意思，性格使然。

【私聊】水也清清：……

【私聊】水也清清：不过笑笑，在这之前我还想知道邪羽君到底玩不玩这个游戏了？

【私聊】独孤笑笑：出去后我就告诉你。

【私聊】水也清清：……你确定不是强迫我进去吗？

独孤笑笑向水也清清发来了组队的请求，然后水也清清便跟着独孤笑笑走进了前方看起来黑洞洞的山洞里。

开始的时候山洞几乎没有半点光亮，耳边时不时传来一阵类似于蝙蝠的叫声，越往里走，道路越来越狭窄，等水也清清都以为这条路似乎没有尽头的时候，眼前忽然豁然开朗，起先只是星星点点的绿色光芒，然后绿色的点光越来越多，水也清清终于看清遍布在四周的光芒全部都是萤火虫散发出来的。

【队伍】独孤笑笑：别光顾着看风景，一会儿会有怪物出现。

话音刚落，忽然从暗黑角落的缝隙里冒出一群赤黄相间的蛇。那些蛇看似体型较小，但等级却都很高，嘴里不时地喷射出火球，不一会儿就将漂浮着的萤火虫烧了个大半。

独孤笑笑已经从背包里取出了火符，她将火符抛向上空，火符吸附在最顶端的一块突出的岩石上。一瞬间，整个岩洞都被明亮的红色光芒照亮，水也清清这才看清整个岩壁全部爬满了恶心黏湿的长蛇，它们身子正不断地交错在一起，看起来十分骇人。

因为周围的亮光，所有的蛇都向水也清清和独孤笑笑所站的地方聚集了过来。水也清清闭着眼睛就举起法杖往蛇的身上砍去，独孤笑笑刚想说一个“别”字，就看见薛渌清将临近的几条蛇劈成了两段。

恐怖的事情发生了，那些被劈成两段的蛇像是依然有生命，又分裂成两条新生的长蛇，交错在水也清清的两边。

【队伍】独孤笑笑：我早说过……

【队伍】水也清清：……这个副本很抽风。

【队伍】独孤笑笑：这些蛇叫作赤蛇，光砍是杀不死它们的，你让你的朋友现在去市场上买雄黄药粉，然后邮寄到你的邮箱里。一会儿我们分开两路，你洒这边，我洒那边，然后一起跑向前面的石梯那里，直接上镇魂魔域的第二层。

薛渌清让赵倩兰帮她火速地去买雄黄药粉，在赵倩兰诡异的目光之下，薛渌清咽了咽口水，解释道：“这副本我没做过。”

赵倩兰十分不爽：“冰释前嫌？呵呵呵呵呵呵呵。”笑声震落了一地的鸡皮疙瘩。

“天涯皇者帮太可恶了，竟然让你和独孤笑笑去做冰释前嫌的副本？凭什么啊？邪羽君自己没用关你什么事啊！清清啊，看你平时这么聪明的，怎么会答应独孤笑笑这个要求？”

C宝也十分不爽：“清清，你不会是看上邪羽君了吧，为了他听任独孤笑笑的摆布？”

薛渌清：“……你想多了。”

“清清，你放心，等咱帮帮主上线了，我就去帮你招惹他，然后让胎盘大神替你报仇。”

薛渌清揉揉额角，有些头疼地说：“哎，只是个游戏而已，经验什么的都是浮云，我不想玩个游戏都那么费神，只要大家都开心就好了。”

“哎哎，我家清清这圣母般的情操到底是遗传谁？难道是我？”

C宝狠狠地鄙视赵倩兰，故作惊讶状：“你都老得能做清清

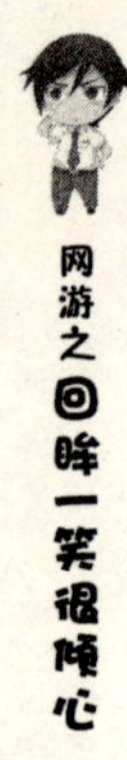

的妈了?”

赵倩兰:“……你去死。”

薛渌清一边躲闪开蛇怪的攻击，一边微笑着抬起头来抽空继续对舍友们说:“冰释前嫌这个副本我没玩过，据独孤笑笑说很抽风，我特别感兴趣。”

众人:“……”

不远处的莫晓语回过头来，眼神犀利:“赵倩兰，怎么不让你招惹的绯村过过替清清报仇?”

赵倩兰闷哼一声:“是绯村杨小过好不好!”

虽然赵倩兰她们嘴上说不爽，但还是迅速将买来的几袋雄黄药粉寄到了薛渌清的邮箱里。薛渌清笑着从邮箱里取出附件，然后按照独孤笑笑之前的安排边后退边在自己的周围散满雄黄药粉。等到快触到不远处的石梯，水也清清一下跳到了石梯之上，刚好与独孤笑笑同时到达目的地。她回头向后看去，那些之前还张牙舞爪的蛇怪已经化作一滩血水，然后血水渐渐融合，凝聚成无数个点滴，点滴向上空漂浮而上，慢慢地幻化成散发出荧光的萤火虫!呃，不得不说，这个副本真不是一般二般地抽风，真怀疑游戏开发者是在失恋的情况下才开发了这个副本。

沿着石梯一路向上爬行，在第二层的拐角处蹲坐着一个哭泣的少女。独孤笑笑走上前去与少女对话，少女一边哭泣一边向独孤笑笑和水也清清诉说自己悲惨的际遇。

大致内容是她和爷爷上山采药，误入一个叫作魔窟的地方，爷爷被妖怪捉去了，而她却跑了出来，不过受了重伤。少女想要前来的侠士去魔窟救出爷爷，她就会将自己祖传的宝箱钥匙送给侠士们作为救出爷爷的礼物。

水也清清跟着独孤笑笑按照少女画出的地图提示，绕了几个弯才找到所谓的“魔窟”。魔窟的大门紧紧地包裹在一片赤红的火海之中，玩家根本就没办法穿过火海进入魔窟。

水也清清和独孤笑笑在魔窟的门口绕了好几圈，两人你看看我我看看你，谁都没说话，然后继续寻找进入魔窟的方法。

水也清清从背包里翻出水喝了一口，在《天脉》游戏里，人物是有饥饿感和口渴感的，如果不及时供给，人物的攻击力就会下降。

水也清清喝完水打算收回背包里，因为不小心，水洒在了一簇蹿出来的火苗上，没想到火苗一接触到水就迅速被扑灭了。独孤笑笑也注意到了这个情况，她问水也清清背包里还有没有水，水也清清翻了翻，只剩下一瓶了。

【队伍】水也清清：笑笑，你是想用水将火扑灭吧？

【队伍】独孤笑笑：虽然可行，但是不太可能。这水是给我们喝的，每瓶的分量本来就很少，因为人物饥饿感的功能是最近才开发出来的，还不够完善，食品商铺里供应的水的数量是有限的，再比较现在魔窟门口的火海，要想把火扑灭，有点不现实。

【队伍】水也清清：咦？我想起来了，你记不记得每天下午五点半的时候，游戏会有一个泼水节的活动，可以增加人物历练值？

【队伍】独孤笑笑：那个幼稚的活动我从来不参加。

【队伍】水也清清：……呃，但是里面有一个采集水源的任务，我收集了很多水源，本来打算到时候泼我的舍友的。

【队伍】独孤笑笑：……你的舍友真倒霉。

【队伍】水也清清：但似乎你口中所说的幼稚的活动，现在却派上了用场。

【队伍】独孤笑笑：……

薛渌清又发现这个副本另一个抽风的地方，必须参加每一个看起来“很幼稚”的活动，可能在这个副本里就会派上重大的作用，要不然就只能无功而返了。

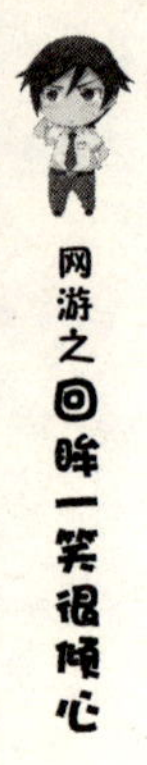

薛渌清将水源从远程仓库里取出来，然后分发一点给身边的独孤笑笑。两人对着魔窟大门的火海不断地喷射水源，不一会儿，就将熊熊燃烧的大火扑灭了。两人将大门猛地推开，一群长得像极了龙猫的怪物呼啦啦全部从打开的门缝里冒了出来。

【队伍】水也清清：数量也太惊人了吧！

【队伍】独孤笑笑：杀。

水也清清闭着眼睛就对周围的龙猫怪一阵砍杀，虽然怪物数量很多，但等级却很低。不过那些怪物大有越杀越多的趋势，十几分钟过后，那些怪物依然蜂拥而出，堵住水也清清和独孤笑笑前行的道路。

【队伍】独孤笑笑：难道现在就到了传说中的引怪的时候了？

【队伍】水也清清：……

【队伍】独孤笑笑：我一会儿收起宠物，然后不再主动攻击怪物往里面走，仔细查看魔窟里面的情况。水也你先留在这里，这些怪物的等级很低，虽然数量惊人，但你是不会被它们杀死的。

【队伍】水也清清：……你去吧。

独孤笑笑的身影一会儿就消失在了水也清清的视线里，薛渌清干脆挂机，让人物自动刷怪，然后登录了常去的论坛。

就在这时，右下角的QQ忽然响了起来，薛渌清点开对话框，发现她的弟弟豆豆给她发了一个吐舌头的表情。

薛渌清：豆豆，这么晚了不睡觉，我要去爸爸和阿姨那里告状！

豆豆：姐姐，我们学校已经开始放五一的假期了！

薛渌清：这么好？可惜啊可惜啊。

豆豆：怎么了，姐姐？

薛渌清：我们学校不放假了。

豆豆：啊？你说了要给我带礼物的。

薛渌清：是吗？我有说过吗？

豆豆：……你真的有说过的！

薛渌清：豆豆，你记错了吧，我记得之前你明明考试得了58分，却偏说自己得了85分，你看你记性一直都不太好的。姐姐给你买的核桃有没有天天吃？那是补脑的哦！

豆豆：……我不想和你玩了。

薛渌清：哦，那礼物真的没有了。

豆豆：……

薛渌清逗玩自家的弟弟，忍不住笑了起来。等到豆豆都以要去睡觉为借口遁了，她才想起游戏还挂在那里刷怪呢！

薛渌清迅速打开游戏的界面，发现身边的龙猫怪不知道什么时候已经没有了，而独孤笑笑则抱臂好整以暇地看着她，一副十分不爽的样子。

薛渌清点开队伍频道，发现独孤笑笑在队伍里留了很多言，而薛渌清的人物却蹲在原地打起了坐。

【队伍】水也清清：……笑笑，不好意思，刚刚有点急事。

【队伍】独孤笑笑：。

【队伍】水也清清：那个句号是什么意思？

【队伍】独孤笑笑：无话可说的意思，以后再也不想和你组队的意思，看着你自顾自打坐很不爽的意思。

【队伍】水也清清：好吧，句号的涵义还是挺深刻的。

【队伍】独孤笑笑：……

根据独孤笑笑后来的叙述，当水也清清一个人堵在门口打怪的时候，她一个人走进了魔窟内部，发现一个花白胡子的老头被人绑在柱子上，而不远处，正坐着一个长着犄角的蓝色怪物。独孤笑笑查看了一下蓝色怪物的等级，毫不犹豫地一剑劈了上去。蓝色怪物顿时愤怒了，一声怒吼就向独孤笑笑扑了

过去。

独孤笑笑花了几分钟的时间就将怪物杀死。怪物一死，她吃惊地发现那些龙猫怪身上冒出了紫色的怒火。不好了，因为大怪兽的死激发了小怪兽身上的仇恨值，小怪兽的实力顿时增强了数倍。独孤笑笑这才升起了那么一点同情心，心想门口的水也清清会不会死得很惨。等她来到门口的时候，发现水也清清果然已经死了一次，但由于没有原地复活，系统则自动安排水也清清去了安全区域打坐了！

独孤笑笑当时就无语了，在队伍频道里呼唤了水也清清数次都不见她有回应，终于意识到这个不靠谱的家伙竟然在挂机！于是她一个人就怀揣着极端不爽的心情开始了水也清清之前杀怪的任务。杀着杀着独孤笑笑就越发地郁闷，于是将剑收起，向水也清清打坐的地方走了过来。当她再回头的时候，发现那些龙猫怪并没有追过来，而是全部回到了魔窟一个固定的区域里——就在被绑架的老头的附近。她觉得有点奇怪，就仔细查看老头附近的情况，竟然发现老头并不是被绑在柱子上，而是被绑在一个很大的水龙头上！独孤笑笑立马就囧了，魔窟里出现水龙头本来就是一件很囧的事情，更囧的是她发现那个水龙头没有关紧，水正一滴滴落在老头儿的脚边，然后慢慢汇聚在了龙猫怪站的那片区域里。

独孤笑笑忽然有了一个联想，于是她以最快的速度跑到水龙头那里，猛地点击水龙头。果然，屏幕上忽然跳出了对话框：独孤笑笑玩家，您是否确定关闭水龙头？

独孤笑笑点击确定，惊人的一幕就出现了：那些龙猫怪立马被水龙头吸了进去，于是世界就太平了。

薛渌清狠狠地被该副本的游戏设定囧到了，她呵呵地笑了两声。

【队伍】水也清清：现在爷爷被救了出来，我们去找女孩

吧！(笑脸)

两人回到女孩那里，女孩看见爷爷被救了出来，十分激动，并将自己祖传的钥匙交给了两人，然后高兴地带着爷爷离开了魔窟。

独孤笑笑周身散发着不爽的雾气，水也清清默默地跟在她的身后，尽量保持沉默是金。

按照游戏任务的提示，两人接下来就是用女孩给的钥匙打开宝箱，这也是“冰释前嫌”副本的最后一个任务。

钥匙插入看起来散着金光的宝箱盒子，“呼啦”一声巨响，两条巨大的黑龙从箱子里破空而出。这两条龙不是中国传统意义上的龙，而是长着翅膀的偏魔幻的巨龙。

两条龙发出骇人的叫声，身体不停地在空中碰撞，撞出明亮刺眼的火花。水也清清立马查看了两条龙的等级，吃惊地发现它们的等级居然高达80级，别说水也清清了，就算是大神级别的独孤笑笑也不是它们的对手。

【队伍】水也清清：什么情况？

独孤笑笑却没有作答，她走到之前打开的箱子边，发现箱子里还有一颗龙蛋。

【队伍】水也清清：我有一个猜测，在天上飞的那两条龙一条是公的，一条是母的，这个龙蛋是它们的孩子……

【队伍】独孤笑笑：……

两人的对话才进行了几句，上空的两条龙似乎注意到了独孤笑笑手中的龙蛋，它们同时哀号一声，猛地向独孤笑笑发起了攻击。纵使独孤笑笑的闪避能力已经算是全区中的佼佼者，但相对于黑龙的级别，还是躲闪不及，当即血条就掉了一半。而两条黑龙似乎根本不愿意放过她，一直对着她穷追猛打。

【队伍】水也清清：笑笑，把龙蛋扔给我。

话音落，独孤笑笑猛地将龙蛋扔给了水也清清，水也清清

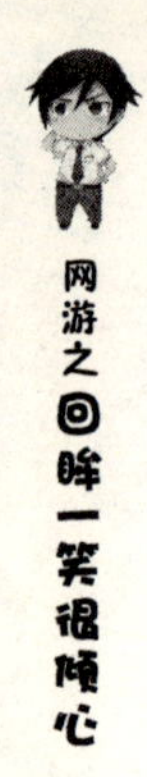

接到龙蛋的一瞬间，两条黑龙又猛地向她发起了攻击。两人就这样来回地将龙蛋扔给对方，没有丝毫的办法。就在独孤笑笑再次将龙蛋扔给水也清清的时候，水也清清因为要躲闪黑龙的袭击，一个闪身，竟然没接住向她飞过来的龙蛋。

“砰”一声巨响，龙蛋瞬间摔在了地上。

蛋碎了！

一时间整个空间都寂静得可怕，可是更可怕的事情还不是这个，就在龙蛋摔碎的一瞬间，无数只小龙从龙蛋裂开的缝隙里跑了出来，令人不敢相信的是，这些小龙的等级全部都是80级。

【队伍】水也清清：笑笑，你真的确定就凭我一个人能引怪吗？

【队伍】独孤笑笑：注意你的血条，快没血了。

水也清清立马眼疾手快地连喝了几瓶红药，哪知道这边才喝完，那边又掉得只剩一滴血。就这样，在无数次巨龙的追逐中，水也清清和独孤笑笑两人已经狼狈不堪，除了逃跑和补血外根本没有任何其他的办法。这样与黑龙你追我赶了将近15分钟，薛渌清才发现不对劲的地方。

【队伍】水也清清：笑笑，你有没有发现，我怎么一直都死不掉？

【队伍】独孤笑笑：我也很奇怪。

【队伍】水也清清：要不然我不补血，让巨龙杀死我试试看？

【队伍】独孤笑笑：我没意见。

【队伍】水也清清：……

水也清清不再喝背包里的红药，闭着眼睛坐等黑龙对她的下一轮攻击。没想到她不但没有死，血条里竟然还有一滴血。独孤笑笑也按照薛渌清的方法等待巨龙袭击，和水也清清的情况一样，她不但没有死，也是只剩一滴血。

【队伍】水也清清：死不掉了，这里没有门，系统是想把我们困死在这里吗？

【队伍】独孤笑笑：按道理这个副本不可能无法让人通过。根据之前的经验，我觉得肯定有什么机关，只是我们暂时没有发现。

【队伍】水也清清：笑笑，你不是说根据唯一过关玩家的经验，必须要有一个人充当引怪的角色吗？难道是骗人的？

独孤笑笑很久都没有说话，她就站在原地等黑龙的攻击。整个画面非常地诡异，只见黑龙对两个玩家又打又杀、又抓又咬，但是两人还是泰然自若地站在原地聊天说话。

【队伍】水也清清：我忽然有一个想法，现在这个密封的岩洞里只有这个箱子和这么多条黑龙，而之前的通关者又说必须有一个人引怪，会不会是让一个人躲在箱子里，另一个人打怪？

【队伍】独孤笑笑：……要不要试一试？

独孤笑笑爬进箱子里，而水也清清则在外面将箱子紧紧地关上了。几乎只是一眨眼的时间，所有的黑龙全部被吸进了箱子里，薛渌清顿时傻眼了，她张了张嘴，快速在队伍频道里问躲进箱子里的独孤笑笑。

【队伍】水也清清：笑笑，龙全部被吸进箱子里了，这是怎么回事？

良久后独孤笑笑才诉说了一个惊人的发现。

【队伍】独孤笑笑：我知道所谓引怪的意思了，水也，你去查看箱子有没有血条？

水也清清点击箱子，果然发现箱子也有血条，而且箱子的等级只有 30 级。她将这个重大的发现告诉独孤笑笑。同时似乎也推测出了一点门道。

【队伍】独孤笑笑：原来是这样的，需要引怪的玩家要躲进

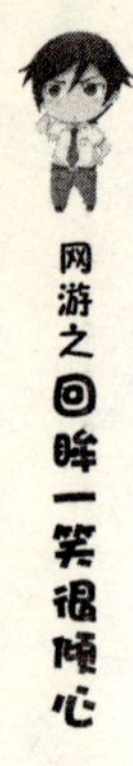

箱子里，然后将怪全部吸进来，外面的玩家再将箱子杀死。这样，一个玩家就会牺牲，这就是所谓的冰释前嫌。

这个副本果然十分抽风。

【队伍】水也清清：笑笑，那你出来吧，我来进箱子里。

【队伍】独孤笑笑：你来砍箱子。

【队伍】水也清清：笑笑，到关键时刻才发现你其实是个大好人。

【队伍】独孤笑笑：……我只是忽然发现自己已经出不来了。

【队伍】水也清清：……

法杖散发出蓝色的技能环，蓝色光环慢慢扩大，将箱子框在一阵刺眼的蓝光中，蓝光渐渐地扩大，然后猛地迸裂开来。只短短几秒钟的时间，红色的箱子便在水也清清的眼前幻化成无数片细小的碎点，然后消散无踪。

同一时刻，世界频道也出现了系统的自动刷屏。

【系统】这究竟是怎么样的奇迹？这究竟是什么样的精神？玩家独孤笑笑和玩家水也清清竟然独闯镇魂魔域，大获全胜，同时获得了冰释前嫌的称号！

【系统】恭喜玩家独孤笑笑和玩家水也清清一举击杀魔域黑龙，获得霓裳羽衣！简直叱咤风云，所向披靡！

系统大红色的字不断出现在游戏的界面顶端，一时之间，整个世界全部沸腾了！

薛渌清吃惊地发现无论是自己还是独孤笑笑都没有掉经验，显然之前通关者的描述是不真实的。后来薛渌清才知道，之前的通关者之所以通关完全是因为认识《天脉》游戏内部的工作人员，而因为工作人员透露该副本虽然难度惊人，但会有百分之一的几率爆出仅有一件所向披靡的极品装备霓裳羽衣，所以通关者散布了不真实的消息，不希望有人进入副本，才导致了之后的误会。

【世界】绯村杨小过：传说中的冰释前嫌！传说中的霓裳羽衣！传说中的镇魂魔域！传说中的通关！

【世界】赵家一朵花：清清，我不得不说做圣母还是有必要的！

【世界】绯村一口酒：不愧是我的偶像！

【世界】天天甜甜：副帮，你带水也清清去魔域竟然也不通知我们?!

【世界】平一剑：我只关心水也清清到底有没有掉经验。

【世界】C的宝贝：天涯皇者的人果然卑鄙，一心就想让人掉经验。敢问霓裳羽衣要怎么分配?

【世界】恋恋笔记本：C的宝贝少维护你们帮的人，要不是因为我们天涯皇者的人心宽，水也清清还能继续玩这游戏?

【世界】独孤笑笑：好了，水也清清掉了不少经验，这件事就结束了。以后天涯皇者的人不会找水也清清的麻烦了。至于霓裳羽衣的归属问题，我想等到我们帮主上线了再作定夺，之前很多人误会邪羽君不玩游戏了，我在这里做个证实，他只是因为最近比较忙才没有上线，大家不要再猜测了。

知道邪羽君没有不玩游戏，水也清清一颗悬着的心终于放下了。她忍不住给独孤笑笑发了个笑脸，没想到独孤笑笑根本就不搭理她。

因为独孤笑笑亲自发话了，世界关于水也清清和天涯皇者的恩怨终于告一段落。大家八卦的苗头开始转向邪羽君和独孤笑笑究竟是什么关系，似乎独孤笑笑很了解邪羽君似的，更有“知情者”透露了邪羽君和独孤笑笑不得不说的二三事。

【世界】我什么都知道：话说独孤笑笑和邪羽君从开服没多久，两人就携手建立了天涯皇者帮，一路扶持至今，成为咱61区公认的神仙眷侣。

【世界】百晓生：楼上还什么都知道呢？我呸！你们这些后来的新人都不知道，当初邪羽君和绯村帮帮主多铎那可都是平分秋色的人物。就在不久之后，独孤笑笑出现了，她美丽的外表、冷漠的性格，仙子般的优雅很快俘获了两位大神的芳心，最后，邪羽君棋胜一筹，多铎大神黯然离去，所以后来的人几乎都没怎么见过多铎大神！

【世界】小娇娃：真的吗？听起来好凄美！

【世界】百晓生：再后来，据说邪羽君和独孤笑笑已经在现实中见过面了，成为了现实中的情侣。因为两人都比较低调，所以才没有在游戏里结婚，不过明眼人都知道这两人是准夫妻。

【世界】天天甜甜：我羽哥哥和副帮那么深的感情，怎么是水也清清那样的人能比的？

【世界】赵家一朵花：楼上把话说清楚点，什么是水也清清那样的人？

【世界】天天甜甜：呵呵，还要我说得更清楚吗？水也清清的事情大家也不是不知道，当初用极端的手段引起了羽哥哥的注意，还想尽办法让羽哥哥送鲜花，当第三者也就算了，最后害得羽哥哥离开了游戏，我说得还不清楚吗？我都怀疑她就是之前那个水也清清点的小号！

【世界】C的宝贝：楼上的智商低就不要出来丢人现眼，没听你们副帮说邪羽君只是有事没时间上游戏吗？还有，你说谁是第三者呢？明明是你们“可爱”的帮主大人缠着我们家清清好不好！

【世界】天天甜甜：你说谁智商低？

【世界】SHUT UP：智商果然低。

【世界】路人甲：……

【世界】平一剑：如果不想让人误会，以后就离我们家帮主远一点。谁没见只要帮主一在，水也清清就跟在他屁股后面跑啊！

【世界】赵家一朵花：我看你说反了吧？你还是让你们家帮主以后少跟在我家清清屁股后面！

【世界】独孤笑笑：好了，甜甜、小剑，帮派开副本了，大家快点到帮派营地集合吧。

【世界】绯村杨小过：花花，小C，走，带你们刷副本去。

在两个副帮的出面调和下，世界终于安静了。

事情本来已经得到了进一步的解决，但现在世界上又莫名扯到了水也清清和邪羽君的身上。夺人所爱吗？薛渌清轻笑了一声，如果她真的是这种人，那么几年前她绝不会选择一直逃避，让她失去了最好的朋友，同时也失去了对她来说很重要的人。

薛渌清的鼠标不由得滑到电脑上方的关闭按钮，她本来打算下线的，就在这时，独孤笑笑的头像忽然跳了起来。

【私聊】独孤笑笑：我觉得甜甜和小剑他们说得太过分了。

【私聊】水也清清：（可怜）你知道就好。

【私聊】独孤笑笑：不过话说回来，你到底是不是之前那个水也清清点的小号？

【私聊】水也清清：……

一时间，薛渌清不知道自己究竟要说些什么，只望着电脑发了一会儿呆。赵倩兰注意到薛渌清的表情，从桌上抓起一个苹果扔给她，豪迈地说："清清，不要理这些人，一群脑残！"

薛渌清笑着啃了一口苹果："好像一直理她们的是你吧……"

赵倩兰："……"

最后，薛渌清不由得回复独孤笑笑。

【私聊】水也清清：笑笑，我不是水也清清点，我也不会当第三者的。你之前让我离邪羽君远一点，我会做到的。

这次她等了很久，独孤笑笑都没有回答她。薛渌清伸了个懒腰，最后退出了游戏。

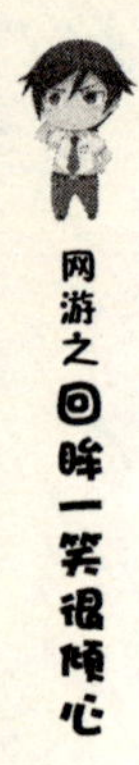

第七章 明星女装也耀眼

随着最后一场期中考试的结束，N 大的学生们终于迎来了五一黄金假期。

莫晓语和 C 宝一考完试就赶火车回家去了，赵倩兰只买到了第二天的火车票，她十分幽怨地回了宿舍。薛渌清则赶去衡越酒店向赵领班请假回家，经过停车场的时候，她下意识地往左后方的停车位查看，一辆宝蓝色的商务车取代了原先黑色轿车的位置。

薛渌清不由得就有些感叹，自从上次与骆涵在停车场遇见，她就再也没遇见过他，而他更没有让助理打电话来让她带着他游览 N 市。

果然是玩性大的明星呢！一时兴起和小小的服务生玩闹几天，觉得没意思了就拍拍屁股走人，连句道别的话都没有。薛渌清边想脸上边露出了一抹近乎无奈的表情。

离开宿舍的前一天晚上，赵倩兰显得特别"亢奋"，一边玩游戏打怪，一边不停地打电话邀约方仲一起去火车站。

"方仲，你要知道人家是女孩子嘛！火车站那是什么地方？那里好多好多人啊，关键是，混迹在众多人群中的不仅有像我这么柔弱的女生，还有小偷、强盗、杀人犯！天啊，你到底明不明白，那里简直是仅次于荒山野岭的全世界第二危险的地方！想我手无缚鸡之力，到时候被人欺负了都不知道要找谁诉说！"赵倩兰向方仲发表了她的一大串歪曲事实的长篇大论，简直把火车站说成了刀山火海，就像她在没有人陪伴的情况下踏入火车站就再也不会回来似的。

薛渌清掏掏耳朵，一边收拾回家的衣物，一边有些无语地听着赵倩兰的滔滔不绝。就在赵倩兰再次不爽地挂了电话后，薛渌清从她深深受伤的表情中看出方仲再一次无情地拒绝了她需要“保镖”的要求。

“我命苦啊!”

“我命苦啊!”在赵倩兰向薛渌清扑过来之前，她重复了赵倩兰每次挂电话后都会重复的不下十次的话。

赵倩兰愣了愣，感动地双手交握，对着薛渌清的方向呼唤：“……清清，还是你最了解我！连我要说什么都知道!”

薛渌清的手顿了顿，有些不可思议地看着恬不知耻的赵倩兰同学：“不，兰兰，你误解了我。我只是很纳闷你小学到底是怎么毕业的，为什么用了这么多次，词汇量就只有这四个字。”

赵倩兰：“……”

在赵倩兰再次的哀号声中，薛渌清决定抱着脸盆去洗漱，嗯，没有赵倩兰的世界瞬间变得非常美好。

薛渌清在洗手间里接到了方仲的电话，她无奈地叹了一口气，听见电话那头幽怨中带着点怒气的男声：“薛渌清，我恨你!”

不得不说，在词汇量这个方面，赵倩兰和方仲真的是绝配中的战斗机。

方仲小朋友今天晚上差点要被赵倩兰逼疯了，他从结果慢慢地逆推到了这一系列疯狂事件的起因，结果得出了“要不是薛渌清的所作所为，他的世界绝不会如此疯狂”的结论。

薛渌清有些头大地抚了抚额头，她认真地对方仲诉说了自己的看法：“方仲，你真的不觉得事情的起因是因为你妈妈生下了你吗?”

方仲：“……”

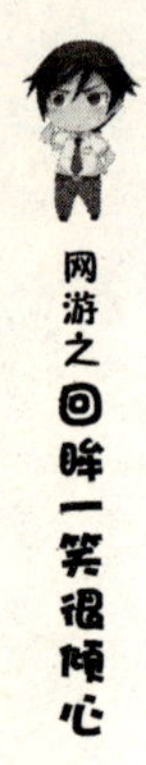

方仲清了清嗓子，尴尬又生硬地扭转了话题：“薛渌清，你五一是不是也要回C市，我们一起走啊！我帮你买票好不好，你千万别告诉赵倩兰我的行踪好不好?”

薛渌清笑了笑：“嗯，我不回C市，五一我会回本市的家里。”

“虾米?”方仲有些不解地惊呼，不知是因为薛渌清不愿当他的保镖，还是因为他极有可能被赵倩兰逼着当她的保镖。

薛渌清将电话夹在耳朵和肩膀的地方，然后将盆中的水倒进了水池里。她有些纠结到底要怎么跟方仲解释事情的前因后果。

其实在薛渌清很小的时候，的确是和方仲一起住在C市的。薛渌清没有父亲，她的母亲在她很小的时候就撒手人寰，当时才6岁的薛渌清被送进了C市一家比较有名的孤儿院。也就是在那个孤儿院里，她认识了比她大两岁的陈弗。不久后，她就被陈弗的母亲陈美琴收养了。不过就在她高三毕业那年，她的亲生父亲找到了她，至此之后的三年多时间里，薛渌清一直和亲生父亲薛锦知住在一起。

方仲恍然大悟地“哦”了一声：“我就说高三毕业后我去你家找你，陈阿姨不但没欢迎我，竟然还用扫把把我赶了出来。估计她是生气你找到父亲就走了吧。”

薛渌清摇了摇头，但忽然想到对面的方仲根本看不见，只得用听起来还算愉快的语气说：“或许吧，也许她以后都不想看见我了。”

第二天，赵倩兰是一早出门的，她兴冲冲地挎着她那红色的小背包向学校门口奔去：“小方仲，我就不相信今天截不到你!”

薛渌清侧头看了看四周目瞪口呆的同学，见怪不怪地挥了挥手：“果然是话剧社的栋梁之材。”

话音落，周遭的同学才恍然大悟了，原来刚刚奔走的女生是话剧社的，怪不得一举一动都充满了夸张的戏剧范儿，原来如此，原来如此啊。就在众人感叹的间隙，薛渌清已经微笑着走出了老远。

薛家坐落在市中心一栋气派的小区里，薛锦知是N市著名的商人，因为工作的原因经常出差，平时也很少回家。只有作为全职太太的妻子周悦冬和刚上小学的儿子豆豆在家。

也许是因为今天薛渌清要回家，她一打开房门，就看见薛锦知靠坐在沙发上。他的视线扫到了薛渌清，推了推鼻梁上的银框眼镜，用常年打拼商场的严肃口气说："清清，你回来了。"

薛渌清微笑了一下，点了点头："爸。"然后又转头看向不远处围着围兜正从厨房里走出来的周悦冬说，"阿姨，我回来了。"周悦冬面露微笑地点了点头。

"咚咚咚！"随着地板有节奏的踩踏声，一团小小的肉球从卧室里冲了出来，一下扑进了薛渌清的怀里，肉球摊开胖嘟嘟的小手，充满期待地问："姐姐，我的礼物呢？"

不远处的薛锦知略微皱了下眉头，有些不满地冲豆豆说："姐姐回来都不知道喊，出来就要礼物，像话吗？"豆豆害怕地拽住薛渌清的衣角，躲在她的身后偷偷冲薛锦知做了一个鬼脸。

虽然薛锦知一直是一副严肃的态度，但晚上吃饭的气氛却很轻松。他不停地催促薛渌清多吃菜，逼着豆豆吃素菜，豆豆一副苦大仇深的样子让薛渌清忍不住发笑。她只得不经意地用一条电视上正在播放的新闻转移了父亲的注意力，这下倒好，薛锦知竟然因为新闻和周悦冬争论起来，两人争得面红耳赤，到最后，薛锦知还用不喝汤的方式来表达了他的不满。

"别看你爸爸这样，其实就是个老男孩。"周悦冬看着薛锦知离开的背影对身边的薛渌清说。

薛渌清没有回话，只是笑着点了点头。

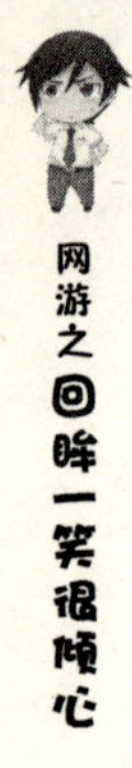

薛渌清不知道自己对周悦冬究竟抱着一种怎么样的情绪，不能说她喜欢这个继母，也不能说她不喜欢她。就这样一直保持着一份不远不近的距离，也未尝不是一件好事。

薛渌清洗完澡，照例登录了《天脉》的游戏界面。这中间还有个小插曲，豆豆不满地来薛渌清房间"质疑"薛渌清送给他的礼物。

"这个魔方可是个好东西。"薛渌清摸了摸豆豆的头认真地诉说魔方的种种好处。

"不要，太幼稚了，姐姐小气鬼，就送给豆豆一个魔方。"豆豆在薛渌清的床上打滚耍赖。瞥见薛渌清正在玩游戏，更加不满，"哦，姐姐自己偷偷玩游戏不让豆豆玩，我也要玩！"说完豆豆就要向电脑扑过来。

薛渌清一把将豆豆手上的魔方拿过来，一脸遗憾地说："哎，谁说这个魔方幼稚了？我本来打算你把它拼好了，就送给你一个最好的礼物呢！那个什么变形金刚？遥控飞机？超大的跑道和赛车……"

豆豆一听两眼立马散发出兴奋的光芒，他一下扑到薛渌清的怀里夺过魔方，兴冲冲地趴在床上研究起魔方来。

鼠标习惯性地点上了游戏界面右下方的好友栏，邪羽君的头像还是灰色的。薛渌清不由得轻叹一声，看来这个邪羽君现实中是个大忙人，这会儿还出差没回来呢！

【帮派】赵家一朵花：走走走，去副本，我和过过带队！

【帮派】绯村杨小过：走走走，帮派里谁来副本？

【帮派】水也清清：带我一个。

【帮派】绯村杨小过：带上小姨子，还差两个，谁来啊？

哪知道今天绯村杨小过的号召力有点欠妥，吆喝了半天，队伍里就他和赵家一朵花以及水也清清三个人。

【队伍】绯村杨小过：放假了，一个个都不知跑哪里逍遥了，花花，小姨子，跟着我走，有肉吃。

【队伍】赵家一朵花：有肉吃有肉吃？哦，过过，你就是我的肉！

【队伍】水也清清：……

薛渌清看见绯村杨小过和赵家一朵花肉麻兮兮的对话，较之之前，似乎又上了一个层次，不由得有点体会到为什么帮派里明明有人在却没人跟他们组队了，估计是都受不了吧。

几个人一起进入了锁妖塔的副本，明明只是等级非常低的怪兽，赵家一朵花非要做出一副“好怕怕”的样子躲在了绯村杨小过的身后。绯村杨小过举起剑，一副正气凛然的样子，挡在了赵家一朵花的身前，大声地对前面的怪物叫嚷了起来。

【队伍】绯村杨小过：你们这些恶魔，不要动我的花花，要杀就杀了我吧！我和你们拼命！

【队伍】赵家一朵花：我的过过，我的过过，你有没有看见我的心在滴血，你不能就这样抛下我，过过，你不能！

【队伍】绯村杨小过：花花，你不要管我，来世我们还要在一起，携手打怪捡装备，笑傲江湖！

绯村杨小过说完就向前面的怪兽冲了过去，身中数箭，颓然倒地。赵家一朵花哀号一声，猛地向绯村杨小过的方向扑了过去，一把将他抱在自己的怀里。

【队伍】赵家一朵花：过过，你不要离开我，你走了我怎么办，过过！

【队伍】绯村杨小过：对不起……对不起……我的花花，来世我还要来爱你……

【队伍】赵家一朵花：不不，你死了我也不愿意独活的，过过，我的过过！

【队伍】水也清清：我能退出这个队伍吗？

【队伍】绯村杨小过：……

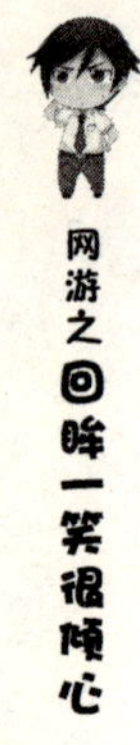

【队伍】赵家一朵花：……清清，你难道就不觉得很惨很凄美吗？

【队伍】水也清清：……我可以说我只觉得很恶心吗？

【队伍】赵家一朵花：……你去死！

薛渌清决定以后再也不要加入绯村杨小过和赵家一朵花的队伍了，为了她后半生的幸福，她绝对不想在如此年轻的时候就因为惊吓过度而突发心脏病导致一命呜呼或者半身不遂……

为了眼不见为净，之后薛渌清都选择挂机了，再也不想看见赵家一朵花和绯村杨小过的对话了！她转身查看豆豆的魔方拼得如何了，没想到豆豆竟然已经在她的床上睡着了。口水从豆豆的嘴角缓缓流了出来，薛渌清想要把他抱到自己的房间里睡觉，没想到这小家伙似乎认定了薛渌清的床，睡着了还死死抓住薛渌清床上的床单，一副誓不罢手的样子。

哎！怎么一个两个的都这么让人头疼呢！她将叠起的被子敞开来，然后给豆豆盖好，才转头继续查看游戏。

赵倩兰的QQ在右下方跳动了起来。

薛渌清："不要告诉我是因为你之前的肉麻行径深刻地伤害到了我幼小的心灵，所以特地来找我道歉了？"

赵倩兰："呵呵，不解释。"

薛渌清："……"

赵倩兰："清清，你知道我今天有多惨吗？我一大早赶去方仲的学校拦他，你猜怎么着？方仲竟然坐巴士回家了啊！方仲他家坐巴士还是要转火车的啊！不但耗时还耗钱啊，他是多不想看见我，我好想哭！"

薛渌清："不是吧，你干吗非要吊死在方仲这棵歪脖子树上？你不是和绯村杨小过挺好的嘛。"

赵倩兰："这不一样！虽然过过是不错，但是我又没见过他，万一他是个丑男怎么办？"

薛渌清："鄙视外貌协会的。"

赵倩兰："清清，你少来，你也是外貌协会的好不好！"

薛渌清："……我不否认。"

赵倩兰："……反正我不管，你说，你有没有什么事情没告诉我？"

薛渌清："其实那天我看见你偷吃了C宝的橙子，但是橙子之前被晓语弄到了地上，她用桌上的纸巾擦了擦，不过那张纸巾是我之前用来擦鞋底的，而我的鞋之前在外面踩到了类似于狗粪的不明物体。这件事算不算？"

赵倩兰："……我去年买了个表！"

薛渌清："……"

赵倩兰："薛渌清，你个不和谐的，我才不相信你说的话呢！快说，等在宿舍外面的帅哥是谁？"

薛渌清："什么帅哥？在哪儿？"

赵倩兰："小样，藏得够深啊！我今天没拦到方仲，火车的时间也还早，以为你还没走，就又回了宿舍。结果，我就在宿舍门口看见了一个如此惊心动魄的帅哥！"

薛渌清："……惊心动魄可以这么用吗？"

赵倩兰无视了薛渌清的话，继续激动地说："虽然戴着眼镜，裹得挺严实，但我依然透过厚重的衣服看出了这帅哥身材不错。"

薛渌清："……说重点。"

赵倩兰："帅哥问我认不认识薛渌清，我心想不对劲啊，这帅哥怎么会看上你个不和谐的？于是就想探听原委，没想到帅哥还挺酷，听说你不在就走了。不过帅哥走后，203宿舍的汪菲菲非说这人是大明星骆涵！这丫头眼睛长脚上了吧，骆涵能跑咱这地方，还找你？我当场就教育了她，大胆想象是好事，但是过分想象就是脑残了。"

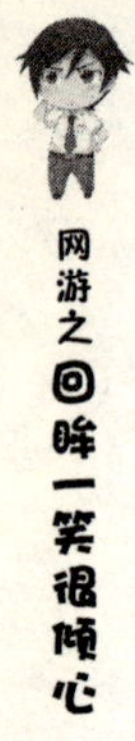

薛渌清："……"

赵倩兰："清清，老实交代，帅哥是谁？是不是那天在图书馆打电话约你出去的那人？你好啊，背着姐们儿明修栈道，暗渡陈仓的，不厚道啊！"

薛渌清很无语，没想到骆涵竟然这么光明正大地到学校找她，这家伙究竟搞什么鬼？她有些头痛地看着赵倩兰的“质问”，眼睛扫向QQ的好友栏，正好扫到了一个“小白兔”的头像。薛渌清摇了摇头，又摇了摇头，无辜地想：可怜的小方仲，为什么这么关键的时刻你又出现在了我的眼帘里呢？

薛渌清："兰兰，你真的想知道那个人是谁吗？"

赵倩兰："谁谁谁？他是谁？为了谁？我的姐们儿我的朋友！"

薛渌清："……嗯，我觉得在你知道他是谁之前，我必须和绯村杨小过说明一下你和方仲之间不得不说的故事。"

赵倩兰傻眼："啊！啊？清清，我懂你的，你不是这种人！"

薛渌清："为了你，为了我的姐妹，为了我亲爱的朋友，我不得不变成这种人！"

赵倩兰："……假装我什么都没说过。"

赵倩兰终于偃旗息鼓，临下线的时候还不甘心地对着薛渌清发了一个奸笑的表情，真是寓意深刻、用心良苦啊。

第二天晚上，薛渌清要和父亲参加一个朋友聚会。一大早她就被周悦冬叫起来买衣服。

市中心的专卖店里全是高档华贵的礼服，周悦冬正耐心地帮薛渌清一件又一件地挑选着。

其实对于这样的聚会，薛渌清是不喜欢的，但是薛锦知这么些年却总喜欢带着她参加各种各样的聚会，甚至连自己的妻子都不带，只带着她来回奔波。其实她知道父亲这么做只是为了补偿她，补偿他当初与母亲失散的遗憾，因为有着这一层的关系，薛渌清每次看见父亲的脸都没有办法拒绝他。

周悦冬微笑着看着从试衣间里走出的薛渌清。她穿着纯白色的礼服，袖口处绣着一朵兰花，将衣服点缀得高贵典雅，衣服也将薛渌清衬得宛若仙子。

“真漂亮。”周悦冬由衷地说。

“谢谢。”

下午七点钟，薛渌清就跟随薛锦知的车来到了聚会举办地点。与其说是朋友之间的聚会，还不如说是有钱商人举办的私家宴会。只见会所门口停满了高级的轿车，时不时有衣着华丽的人从门口路过，甚至还有目前很红的明星前来助阵。

薛渌清不禁汗颜，薛锦知严肃的脸上终于露出了一抹久违的笑容：“这是你张叔叔的儿子晨峰帮他父亲办的生日宴。老张一生简朴惯了，儿子却是个大手笔，要是老头子看见这宴会是这样的，都不知道是什么表情，我有点期待了。”

“爸，你邪恶了……”

薛锦知：“……”

正如薛锦知所料的，老张的脸色很不好。在看见最近的当红组合在舞台上大跳热舞的时候，老张的嘴唇已经开始默默颤抖了。但碍于面子，只能勉强挤出一抹看似开心的扭曲笑容。

此时薛锦知已经和那些朋友谈起了商场上的事情，薛渌清因为无聊端着一杯饮料站在角落里。过眼的皆是衣裳鬓影，谈笑宴宴的人们，倒显得薛渌清所在的角落如此落寞。

就在这时，这场宴会的“主办人”张晨峰远远地向她的方向走过来，薛渌清略一皱眉，但现在要走已经来不及了。

张晨峰此人总有一种与生俱来的优越感。好像全世界都没有他家有钱，全世界的男人都没有他长得帅，全世界的女人都会拜倒在他的西装裤下似的。不过薛渌清不太待见他，虽然见到他的时候都是一副笑笑的样子，但是明显地看见他就一副想

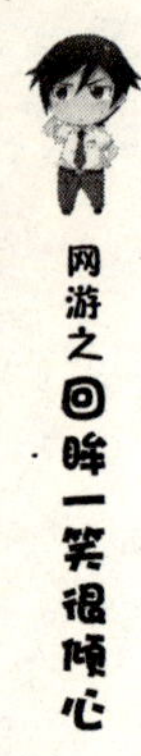

躲的样子。张晨峰好像就因为这件事很不爽。

“嘿，薛小姐，觉得我今天办的宴会怎么样？”张晨峰从招待手中接过一杯香槟，倚靠在薛渌清身边的墙壁上，做出一副优雅风流的样子。

“嗯，从张叔叔的表情来看，这场宴会是很成功的。”薛渌清淡淡道。

张晨峰似乎没有听出薛渌清的言下之意，得意地扬了扬头。薛渌清汗颜，张晨峰的智商真的很让人着急啊。

远远地，又走来一个穿着大红色礼服的女孩。女孩长着一张娃娃脸，看起来很可爱。薛渌清觉得她有点眼熟，但一时半会儿没想起来。女孩不友善地扫了眼薛渌清，然后拐着张晨峰的胳膊，一副宣示主权的样子。薛渌清终于想起，这女孩叫作笛露，姓什么不知，是演艺圈的小明星，最近和张晨峰一直在传绯闻，看现在两人这关系，看来这绯闻还是挺有真实度的。

“晨峰，她是谁啊？”笛露用听起来腻死人的声音撒娇道。

“智想集团的千金，薛渌清薛小姐。”

“智想集团？哦这个我知道，你就是薛渌清？之前看八卦说你是智想总裁薛锦知的私生女是吗？”笛露说完，张晨峰假模假样地骂了她一句，这种刻意的表现不得不让薛渌清怀疑笛露之所以这么说完全是由于他教唆的。女孩因为被张晨峰骂了，嘴一嘟便露出一副泫然欲泣的模样，演技惊人，怪不得是新生代的偶像明星呢！

薛渌清笑笑，倒也不是非常生气。这些年说她是私生女的人多着呢，她要是一个个跟他们生气，那说不定就会成为史上第一个因为流言蜚语而气死的人，这样也太不值了。

薛渌清刚想开口，不远处却响起了一连串音乐声，她侧头往声音发出的地方看去，竟然傻傻地愣住了。

骆涵穿着黑色的礼服，正低头微笑，他修长白皙的手指在黑白琴键上轻轻一划，便流泻出一首动听的音乐。柔和的白色灯光打在他柔顺的侧脸上，勾勒出他完美的轮廓。他一边脸在如此柔和的灯光下，一边脸掩在灯光照射不到的阴影中，让他整个人柔美中透着一股难以捉摸的神秘感。

一曲演奏完毕，骆涵从原地站了起来，他侧头往薛渌清的方向看过来，眼里洒满了点点星光。

不远处又响起了舒缓的音乐，年轻的男女开始相邀跳起舞来。张晨峰向薛渌清伸出了手："薛小姐，我要向刚刚的事情道歉，让我陪你跳一支舞如何?"他的手刚伸出来，另一只修长的手便伸到薛渌清的眼底："抱歉，薛小姐之前已经答应和我跳舞了。"

薛渌清抬头看骆涵，他的眼底写满了舒缓的笑意，轻轻一带便将薛渌清带进怀里，随着音乐的节奏踏出优雅的舞步。忽明忽暗的灯光碎在他的周身，最后又碎在他的眼底，如同黑暗中美丽的夜空，星星点点又璀璨夺目。

薛渌清不由得有些看痴了，她很难将骆涵此时此刻优雅绅士的模样和他私底下任性不讲理的样子联系在一起。

真是善变自恋表里不一的小孩啊！想到这里，薛渌清不由得笑了出来，在迎上骆涵不解的视线后，她用极轻的声音在他耳边说："骆先生，我们又见面了。"

两人优雅的舞步几乎吸引了宴会上所有人的目光。一曲完毕，薛渌清后退几步，看见骆涵绅士般地对着她鞠了一躬，这人真是不伪装不行啊。

骆涵作为偶像小天王，他的到来无疑是给整场宴会带来一些小轰动的。年轻的女生们纷纷想要找他搭讪，他都一一礼貌地回应着。与他交谈的富家小姐们无不觉得他优雅绅士，简直完美。

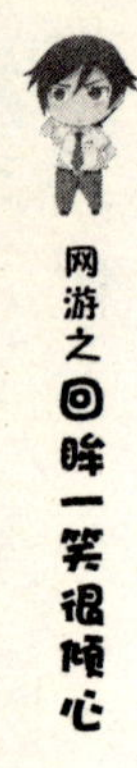

完美？薛渌清的眼睛弯了起来，丝丝笑意渗入眼底。就在这时，她背包里的电话忽然响了起来，是赵倩兰的催命夺魂呼。

"清清，出大事了！"赵倩兰痛苦哀号。

"哦，大事？难道你的袜子又莫名其妙少了一只？"

"清清，你欺负我！"赵倩兰低低呜咽。

"兰兰，进入主题吧。"

"今天过过说想要和我见面了！清清你知道的，我内心一直在小方仲和过过之间不断地摇摆，一方面我喜欢方仲那型的，但是他只是一味地逃避我；另一方面我又和过过无法分离，我怕和过过见面后发现他是个丑男，让我美好的幻想彻底破灭！OH，NO！我的人生为什么会如此地纠结！"

薛渌清黑线了："兰兰，你还说你不是外貌协会的？竟然这么在意绯村杨小过的外表！"

"我害怕嘛！我害怕嘛！要是你发现你家邪羽君是个丑男，你也会心碎的嘛！"

"……邪羽君跟我有个什么关系。"

"总之我很纠结嘛！求开导！"赵倩兰继续各种哭诉。薛渌清只能不断地"鄙视"她以锻炼她幼小的心灵。等赵倩兰真的无法承受薛渌清的鄙视了，她愤恨地挂了电话，决定以后再也不要找薛渌清诉苦了。

薛渌清好笑地挂断电话，一抬头就看见一个人影斜靠在走廊旁的墙壁上，骆涵歪着头看着薛渌清，那眼神竟然有些意味不明的味道。薛渌清被他看得浑身不自在，连心跳都加快了几拍。她不得不移开视线，与此同时，她听见了骆涵发出了魅惑般的低低笑声。

薛渌清抬头往前走，一种慌乱的感觉从心底慢慢升起。她走了几步又退后几步，看着骆涵依然在笑笑地看着她。

薛渌清轻咳了一声，极度不和谐地说："骆涵先生，你又堵在厕所门口了。”

骆涵的笑容瞬间僵在了脸上，薛渌清发现了她最新养成的恶趣味，“调戏”骆涵原来这么有趣。

坐在父亲的车上，她一想到骆涵窘迫的样子就想发笑。薛锦知侧头看了薛渌清一眼，眼神中透着一丝疑惑和谨慎。

“清清，骆涵还是少接触一点的好，之前老王家的女儿因为一个明星闹出了不少笑话。我知道你很懂事，一定能明白我说的话。”薛渌清的手顿了顿，她侧头望向窗外，街边灯红酒绿的情景与车上此时冰冷的气氛似乎有点大相径庭。

这一路上，车子里一直弥漫着一种说不出的沉默，直到回到家里，躺在卧室的床上，薛渌清还在想着父亲说的话。就在这时，放在枕边的电话忽然响起了清脆的铃声。

薛渌清吃惊地看着手机屏幕上写着“骆涵”两个字，犹豫了几秒钟，才按下了接听键。

“嗨！”电话那头是低沉中带着点魅惑的嗓音，骆涵低低笑了起来，这笑声不由得让薛渌清想起酒会上，光影交错中，骆涵略低下头，看着她的明媚笑容。那双仿佛永远会笑的眼睛里，星光明亮，甚至比镶嵌在那天幕中的繁星还要璀璨。她的心不由得又加速跳动起来。

薛渌清不得不说，这世界上有两种人，永远不在她的掌控之中——他们分别叫作男人和小孩。

当她思想挣扎了将近半个小时，终于决定换衣服出门时，门口抱着卡通枕头的豆豆正一脸无辜地看着她。

“姐姐，你去哪里？哦，我知道了，你竟然深更半夜地偷偷跑出门，你不学好！我要去告诉爸爸。”豆豆仿佛抓到了什么天大的把柄，肥嘟嘟的脸上露出一抹狡黠的笑容。

薛渌清头痛地揉了揉额角，笑眯眯地摸了摸豆豆的头，耐心地循循善诱：“豆豆乖乖去睡觉啊，姐姐只是去上个厕所。”

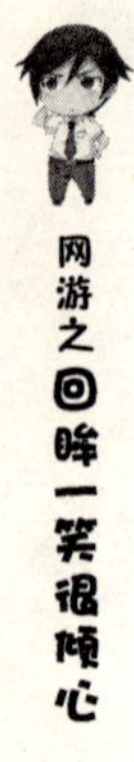

“哦！”豆豆点点头，仿佛真的相信了薛渌清的话，认真地说，“那我在姐姐房间里等着，我今晚要和你一块睡。”说完，就抱着他的小枕头，揉了揉惺忪的睡眼，往薛渌清房间的门走去。

所以说说谎是要付出代价的，豆豆这孩子就是这么实诚，真的是天生的。

薛渌清决定先把豆豆安抚睡着了再出门，这次豆豆睡得倒挺快，薛渌清在他耳边叫了他几声，他都没什么反应。她微笑着摸了摸豆豆滑溜溜的脑门，准备起身。哪知道豆豆这家伙竟然死死抓住了薛渌清的袖口，怎么掰都掰不掉，一副誓不罢手的样子。

“豆豆，豆豆！”薛渌清在豆豆紧闭的眼前挥了挥手，见他没啥反应，又拽了拽自己的衣袖，还是怎么都拽不出来。

薛渌清无语地看着豆豆：“煮豆燃豆萁，豆在釜中泣。本是同根生，相煎何太急啊！”她在心里默念着诗句。就在这时，骆涵的夺命追魂电话又响了起来，她一下接起电话：“来了来了！马上就来了！”那边的骆涵终于满意地挂断了电话，这边的薛渌清不得不抱着睡着的豆豆一起出了家门。

夜风很凉，豆豆在薛渌清的怀抱里缩了缩身子。

薛渌清有点后悔了，她真没见过像骆涵这样说风就是雨的家伙。刚才的酒会上明明有那么多好吃的东西，那个甜点竟然还是殿堂级的菜肴——拔丝泡芙塔！放着这么好的东西不吃，竟然深更半夜地打电话给她说自己肚子饿了！这也就算了，骆涵这人真心没什么眼力劲儿，没看都这么晚了嘛！没看大家都睡了嘛！没看她婉转地拒绝了嘛！最关键的是，没看他们两个不熟嘛！居然还敢把车子开到她家门口，这明显是赤裸裸、红果果①的威胁嘛！别说是被她爸看见了影响不好，就算是轧到她

① 网络用语，赤裸裸的意思。

家门口已经熟睡了的花花草草也是不道德的啊！

薛渌清无语地继续往前面的小公园里走去，怀里的豆豆动了动身子，找了个舒服的位置继续趴在薛渌清的怀里。

“你们……都是坏人。”薛渌清两眼泪汪汪，欲哭无泪。

公园在薛渌清所住的公寓附近，此时已经深夜，宽敞的道路上一眼望去，没有半个人影，只有头顶的路灯光，在如水的夜色里晕开一抹别样的色彩。

拐了个弯，薛渌清便踏进公园里。夜色里，一抹修长的身影正立在路灯打出的黄色灯光里。

骆涵还穿着宴会上的服装，一袭剪裁得体的西装包裹出他修长的身材，远远看过去，他头顶的路灯仿佛深夜中一缕最温暖的阳光，让骆涵整个人显得如此绅士和优雅，仿佛全身上下都能散发出如此灿烂的光彩来。

似乎感到身后的视线，骆涵转过了头，脸上先是挂上一抹微笑，然后视线慢慢下移，直到看清薛渌清手中抱着的类似于“小孩”的不明物体时，嘴角的笑容瞬间凝固住。他纠结地拧起了眉头，几番表情在他帅气的脸上变换过后，他咽了咽口水，指着豆豆尴尬地笑笑：“哈哈，薛小姐，没想到你看起来挺年轻的，孩子都这么大了。”

薛渌清：“……”

薛渌清深深地囧到了，不过更囧的是，在骆涵脱口问出话的下一秒，豆豆黑漆漆、圆溜溜的眼睛猛地睁开了，幽幽地发出骇人的贼光。

“我是姐姐的弟弟！你是谁？”

薛渌清没想到豆豆这孩子竟然敢装睡，害得薛渌清一路上抱着他走得腰酸背痛。她轻叹了一声，将豆豆放下，看见豆豆用亮闪闪的眼睛盯着骆涵研究了良久，终于恍然大悟地指着他说：“我认识你！”

“哦？”骆涵挑挑眉，一副“认识我也很正常”的理所当然的表情。

“你是每天晚上《真我风采》节目的报幕员！”

骆涵额角滑下一滴冷汗：“……孩子，是主持人。”

“呵呵。”豆豆顿时就乐了，“我外婆说一个晚上就看见你在那里说个不停，也不见有人出来表演，到最后你自己还要表演一首歌。她说现在经济危机，报幕员自导自演，电视台的节目都这么省钱了。”

骆涵的额头冒出几条黑线，囧囧有神地看向薛渌清。

薛渌清清了清嗓子，尽力不让自己笑出来，但最后，实在没忍住，还是背过身子，肩膀不停地颤抖着。

骆涵不爽，很不爽，以至于从上车到现在已经过去了 15 分钟，他的脸上一直挂着一副“生人勿近”的牌子。

“姐姐，叔叔的脸怎么黑了？”

“刚烧完煤，忘记洗了。”

车子猛地一颤，几秒钟后才继续平稳地向前行驶。

“姐姐，叔叔的脸怎么又红了？”

“听见我们夸他烧煤，高兴的。”

车子忽然停在了某个路口，身边高挑的男人猛地侧头瞪了一眼旁若无人的两人。待两人都颤巍巍地噤声了，骆涵才猛地踩下油门，向前驶去。

“姐姐，叔叔干吗瞪我们？”

“嗯。”薛渌清托着下巴沉思了片刻，“也许是想让我们知道他的眼睛很大？”

“咦？叔叔的眼睛还没有豆豆的大呢！”豆豆毫不羞愧地反驳道。

“这个，所以才会瞪我们。”

“哦！”豆豆恍然大悟。

几分钟后，骆涵终于把车子停靠在了路边。

“到了！”豆豆兴奋地想要跳下车，却被骆涵一下拦住。他帅气阳光的脸上此时遍布阴霾的气息，骆涵深呼吸了两下，努力使自己看上去“平易近人”，但殊不知拼命挤出的笑容不由得让薛渌清和豆豆默默地退后了一点点。

“呜呜……叔叔好可怕！”豆豆一副要哭出来的样子，薛渌清不得不将自己和豆豆与骆涵之间保持一定的安全距离。

“小朋友，我是好人。”骆涵皮笑肉不笑地看着豆豆，然后抬起右手指了指薛渌清，“她是你的姐姐，我和她差不多大，我是你的什么人？”

“叔叔。”豆豆不假思索地回答。

骆涵：“……”

薛渌清：“……噗。”

骆涵生气了，后果好像真的有那么点小严重。

他一个人快速地走在前面，薛渌清和豆豆则弱弱地跟在骆涵的身后。直到前面已经走到了死胡同，骆涵猛地停下了脚步，他回过头来，意味不明地看着身后的两人。

薛渌清立马说：“我保证，我不是故意没有提醒你前面走不通的。”

骆涵好看的星眸眯起了一条危险的细缝：“不是故意？没有提醒？双重否定代表肯定，你是故意没有提醒我前面走不通的！”

薛渌清：“……你到底有没有文化。”

骆涵：“……”

豆豆：“？”

薛渌清在心里轻叹了无数声，终于带着骆涵和豆豆找到了位于街口深处的大排档，胖妞看着薛渌清这么晚来这里吃饭，很是吃惊。

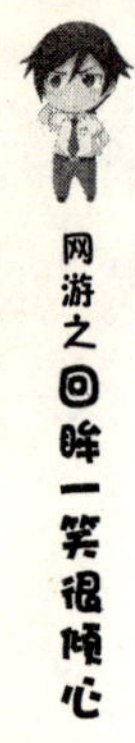

她的眼睛暧昧地扫了眼薛渌清，又扫向了一脸阴霾的骆涵，最后定格在豆豆的脸上，露出了嘿嘿的怪笑声。

薛渌清十分严肃地介绍道："这是豆豆，我的弟弟，这位骆涵先生你见过了，是豆豆的叔叔。"

"哦!"胖妞恍然大悟，不好意思地抓着头看着骆涵，"哈哈，骆先生，你看起来这么年轻，没想到都已经做叔叔了。"

薛渌清感到背后带着怨恨的视线射了过来，她笑着耸耸肩，不顾某人的怨念波，自顾自和豆豆讨论起究竟要点什么菜来。所以说千万别得罪薛渌清这样记性超级好的女人，这不，刚刚骆涵还嘲笑薛渌清娃都这么大了，这会儿就被嘲笑侄子都这么大了吧!

骆涵很不爽，只顾着低头猛地吃饭，还不满地趁着间隙抬起头来，无辜地对薛渌清说："薛小姐，我出来太匆忙了，竟然忘记带钱了!"

薛渌清囧了，笑了笑，无视骆涵的幼稚："没事，我来付钱，谁叫你是豆豆的叔叔呢!"

骆涵深深地囧了一下，他低头吃了一口平时最爱吃的椒盐排骨，觉得今天的菜怎么这么涩口呢?低头深思良久，忽然抬起头来对着不远处的胖妞打着招呼："老板，再给我上几道你们这儿最贵的最好的菜!"

薛渌清同情地看着骆涵一副报复成功的得意表情，幼稚，太幼稚了!

薛渌清和豆豆都很能吃辣，骆涵因为是偶像歌手，再加上本来不能吃辣，所以基本都不会去吃特别辣的菜。他低头吃着胖妞提供的"最贵最好"的菜，不知为何，怎么吃怎么不是滋味。骆涵用眼角的余光扫向正吃得津津有味的姐弟二人，两人脸上洋溢着的幸福的微笑是怎么回事?那看起来红通通的酸菜鱼真的有这么好吃?

仿佛感觉到骆涵不解的视线，薛渌清低头笑了笑，她放下筷子，将酸菜鱼往骆涵面前推了推："尝尝？"

"切！"骆涵鄙夷地从鼻子里哼了一声，但是又忍不住挑起一块肥嫩的鱼肉送进嘴里，一股川椒带来的呛人味道一下子窜上了他的鼻子，他忍不住捂着嘴咳了出来。

薛渌清没想到骆涵这么不能吃辣，赶忙抓起面前的果汁递给他。骆涵猛地喝了一口，良久后才终于气息平稳，不过原本帅气的脸上多出的两朵红晕实在有点可爱。

薛渌清忍不住侧头笑了起来，骆涵气呼呼地看着薛渌清颤动的双肩，知道薛渌清又在嘲笑他，于是装作十二分不在意的样子，又来了一块鱼送进嘴里："嗯，这鱼真挺好吃的啊，就是不太辣！"

薛渌清侧过头来看骆涵那副强忍着的别扭表情，向胖妞招了招手："妞，骆先生说你这鱼不够辣。"

胖妞一听，兴冲冲地跑了过来，笑着说："骆先生挺能吃辣的，姐们儿给你再加点。"说完就端着盆兴冲冲地跑走了。

"姐姐，哥哥眼睛里怎么水汪汪的？"豆豆在百忙之中抬起头来不解地问。

"能吃饱喝足，太幸福了。"

骆涵："……"

这顿饭的后半部分，骆涵吃得是提心吊胆，薛渌清则一副优哉游哉的样子，这期间还跑进厨房和胖妞聊了会儿天。惹得骆涵一双眼睛一直死死地盯住厨房门口，生怕一会儿薛渌清出来，手里会抱着一盆辣到死的酸菜鱼。不过幸运的是，直到饭局结束，胖妞似乎已经把酸菜鱼的事情忘记了，一直没有将重新加工后的酸菜鱼端出来。

临走前，骆涵十分不解地对薛渌清说："哎，这胖妞真健忘，害得我酸菜鱼都没吃成。"

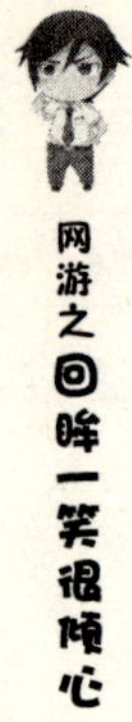

“是啊，下次喊她补给我们双份吧！”薛渌清正色道。

骆涵顿了顿：“……其实也没必要嘛，大家都是朋友，你没看见她生意这么好吗？或许是忘记了。”

薛渌清偷偷撇撇嘴，并没有回话，要不是她刚刚去厨房让胖妞别上酸菜鱼了，估计今儿个骆涵该哭了。想到这里，她抬起头，对着明亮的月光，眼底露出深深的笑意来。

薛渌清和骆涵一前一后地绕进之前经过的小公园，晚风如水般清凉，因为时间已经很晚了，湖边栈道上长长的石凳上已经没有了先前的情侣们。

薛渌清和骆涵两个人一前一后地走在栈道上。他们相隔一米不到的距离，路灯的光将骆涵的身影勾勒出修长的轮廓。他走路的姿势很优雅，腰杆总是挺得笔直。薛渌清低着头看向骆涵的影子，恶作剧般踩着他的影子向前踏步。就在这时，骆涵猛地回过头来，薛渌清刚好向前踏步，两人差点就撞在了一起。

薛渌清能感到骆涵温热的呼吸停留在她头顶的上方，她忽然想抬起头来看看骆涵此时的表情，他的眼睛一定比这湖水折射出的星光更加明亮。她不记得时间在她身边走过了多久，几秒或者几分钟？她感到一只带着温度的手轻轻触了触她的发顶，然后顺着发顶向发梢滑动着。她的心跳瞬间加快了起来，如果不是前面豆豆忽然传来的惊呼声，她想他一定可以听见她的心跳声。

豆豆小小的身影正往湖面倾斜着，薛渌清吓得直向豆豆的方向冲过去。不过她跑得没有骆涵快，他健步如飞，用力将豆豆倾斜的身体往栈道上一拉，哪知道豆豆倒是平安坐在了栈道上，骆涵却由于重心不稳，一下摔进了河里。

“骆涵！”薛渌清焦急地大叫了一声。

骆涵咕咚咚从水里冒出了头，眼中的星光依旧，只是有些狼狈，他一瘸一拐地爬到岸上。薛渌清看着他的腿，有些担心地问：“你的腿没事吧？”

骆涵无所谓地耸耸肩：“没事，跳舞落下的病根，老毛病了。”

薛渌清不易察觉地皱了皱眉头，随即又盯着他的一举一动，生怕他又没站稳，摔进了河里。骆涵看见一旁薛渌清和豆豆看着他的视线，觉得做人做到他这么丢人的，真的是世间少有。他压抑住想要破口大骂的冲动，搜肠刮肚了半天终于找了个合适的借口：“怪不得老黄历说我今天不宜出门。”

薛渌清疑惑：“……你还看老黄历？”

骆涵抬头看了薛渌清一副认真询问的表情，幽幽地说：“……这不是重点，重点是今天不宜出门。”

薛渌清点了点头：“其实这也不是重点，重点是你现在要马上把湿衣服换掉，否则肯定会生病的，但附近的商场都已经关门了，不过，幸好我家就在附近。”薛渌清边说边炯炯有神地看着骆涵。骆涵不禁抖了一下，不知为什么，总感觉薛渌清的眼底有一丝将要恶作剧的光亮。

骆涵想说，男人真的也是有第六感的。

在薛渌清的逼迫下，他十分不情愿地从停靠在大树下的车子里走了出来。他眼睛里的星光闪闪烁烁，明显带着七分不爽三分怒气。

“我不明白，我为什么要穿这个！”骆涵叉着腰，低头看着那一身还带着蕾丝花边的连衣裙，眼神直勾勾地盯着已经笑到不行的某人。

薛渌清忍住笑，摊了摊手无辜地说：“没办法，我的衣服你都穿不上，我看这裙子比较宽大，才特意找来给你的。”说完还十分真诚地眨眨眼睛。

一旁的豆豆兴奋地跑上来，拉住骆涵的裙角，双颊红扑扑地看着骆涵：“姐姐，你好漂亮哦！”

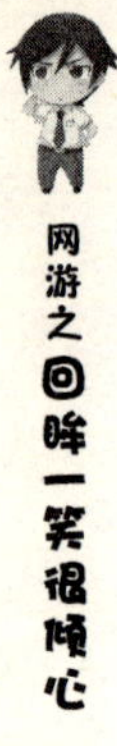

骆涵的脸瞬间黑了，立马撇过头瞪了一眼罪魁祸首。

“姐姐，我能和你合照吗？”豆豆兴奋地问骆涵。

“我宁愿你叫我叔叔……”骆涵已经要抓狂了。

“骆涵，其实我也想说，我能和豆豆一起跟你合照吗？”薛渌清的双眼也放着灼灼的光亮。

“薛、渌、清！”骆涵咬牙切齿。

夜凉如水，晚风轻拂，树下三个身影；月明星稀，树叶轻晃，枝头几声鸟鸣。如果不是骆涵不爽的表情，那张被定格的照片一定非常——完美。

第八章　大神转瞬变菜鸟

邪羽君大神终于回归游戏了！

邪羽君大神终于回归游戏了！

邪羽君大神终于回归游戏了！

……

世界频道上全部是邪羽君回归《天脉》的刷屏，不管是认识的不认识的，就算是才刚玩游戏的小菜鸟都受到世界的影响，激动地在世界频道里跟着群众一起刷屏。而仿佛是为了应景，又可能是邪羽君大神确实给《天脉》游戏带来了不少经济效益，连游戏都特地在主城里撒花庆祝，翩飞的粉色花瓣划破一望无际的湛蓝天空，将主城包裹在一片欢愉的气氛之中。

在邪羽君回归游戏的叫嚣声中，薛渌清众人的五一假期就这样华丽丽地结束了。

夹杂在邪羽君大神回归的刷屏中的是绯村杨小过和赵家一朵花不停地互送鲜花的消息，鲜红的大字夹在粉色的刷屏中显得格外显眼。薛渌清不由得嘴角抽搐，无语地看着这对活宝。而当事人赵倩兰仿佛很享受，直到把背包里积攒的花全部送完，还在吆喝宿舍众人如果有多余的花都可以发到她的邮箱里，她一点也不嫌多。

不远处的莫晓语和C宝根本不想理她，莫晓语一直在潜心研究她的游戏人物秘士到底如何能将技能毒汁炼化到最高级，这样就能使得对手至少一分钟的时间无法动弹、无法说话，当然，这招主要是来对付赵家一朵花和绯村杨小过的。而C宝则

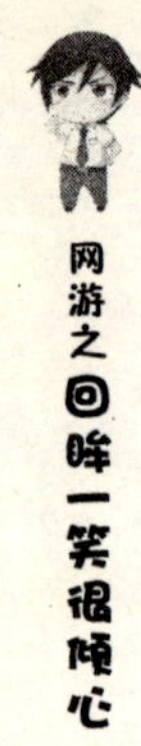

一边挂机刷怪，一边直接无视赵倩兰期待的眼神，望着薛渌清和莫晓语的方向叹息着说：“为什么假期总是如此短暂，为什么呢，这是为什么呢?”

“C宝，送我鲜花我就告诉你为什么!”赵倩兰激动地说。

C宝直接翻了个白眼，塞上耳机，低下头和莫晓语一起研究如何让赵家一朵花和绯村杨小过长久地无法说话。

薛渌清则沉浸在自己的世界里，根本也没有注意赵倩兰在说什么。赵倩兰见到众人如此“漠然”的反应，伤心得投入到绯村杨小过的怀抱里默默诉苦，好不凄惨。

薛渌清此时正纠结地看着电脑屏幕，刚刚因为在主城里看见了刚刚回归的邪羽君，她因为紧张一不小心按错了键，不知道飞到了个什么鬼地方，一只墨绿色的庞然大物一掌把她拍死在了地上。看着水也清清瘦弱的紫色身影如此凄惨，在屏幕里死不瞑目地盯着屏幕外的薛渌清，她原本有些慌张的表情顿时变得无比纠结。

就在这时，一抹白色的身影忽然晃进了薛渌清的眼里。不知何时，邪羽君竟然已经站在了水也清清的身边，正抱着臂看着她。

水也清清惊讶地四周看了看，这个邪羽君也太神出鬼没了吧？他是什么时候出现的？他又怎么知道自己在这片地图里？

仿佛看出了水也清清的惊讶，邪羽君嘴角露出一抹狡黠的笑容，私聊频道里立即出现了他蓝色的字体。

【私聊】邪羽君：在你疑惑我是怎么找到你之前，你难道不想解释一下上次忽然离开的事情?

【私聊】水也清清：呃，那是个误会，那天我宿舍刚好停电了。

邪羽君顿了顿，仿佛对停电这件事情不太感兴趣，反而对水也清清的宿舍很感兴趣。

【私聊】邪羽君：宿舍？你还是学生？

【私聊】水也清清：……是的，上次的事情真的是个误会，因为之前让你下装备，再加上之后发生的事情，害得你这么惨，我还是要向你道歉的。

【私聊】邪羽君：（笑脸）道歉的话就不必了。

【私聊】水也清清：我就知道大神是最通情达理的，大神可以把装备装回去，以后就可以自己保护自己了！

【私聊】邪羽君：嗯，这是想和我撇清关系了？

【私聊】水也清清：大神误会我了！我只是一个小虾米，不想老是跟着大神蹭经验什么的。

【私聊】邪羽君：我不介意。

薛渌清“我很介意”四个字已经在输入栏里打出来了，邪羽君又在私聊频道里发来了一句话，薛渌清立马无语地瞪大了眼睛。

【私聊】邪羽君：因为之后的一个星期里，我要找你蹭经验了。你知道的，我的血条要一个星期才能回血的。

【私聊】水也清清：呵呵，跟着我会死得很惨的，再说你们帮还有笑笑……

【私聊】邪羽君：笑笑很忙，还要带帮派新人，顾不上我。而且……你难道忘记了？当初在绝情谷底，你可是说过要保护我的，我这里还有截图证据的。（微笑）

【私聊】水也清清：……

薛渌清不禁汗颜了，邪羽君此人的脸皮真不是一般二般地厚，自从他重新在游戏里出现后，每天只要薛渌清上线，都能看见邪羽君蹲坐在绯村帮的门口，可怜兮兮地看着路过的众人。等水也清清的身影出现在帮派门口时，邪羽君大神一定会化身为一只柔弱异常的小绵羊，扑到水也清清的面前求保护。薛渌清打算无视他，彻底地无视，可是这家伙不知哪来的方法，就

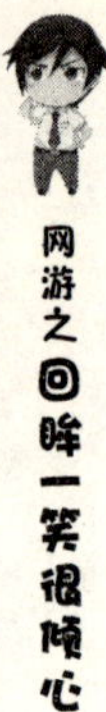

连水也清清和不认识的路人甲组野队进副本时，邪羽君也能凭空冒出来，并且迅速加入他们的队伍！这……要是大神肯把这心思用在如何提高战力上，相信即使不要那些昂贵的装备，他也能很快爬上排行榜的好不好！

可是现在……这是个什么情况？谁能告诉她薛渌清，那个高高在上的邪羽君为什么会变成现在这个样子了？赵倩兰明明说邪羽君冷若冰霜、不爱理人的C宝明明说邪羽君高高在上、眼睛长在头顶都不会看菜鸟一眼的，莫晓语虽然只是冷笑了一下，但薛渌清从那声冷笑中还是可以明白邪羽君可以是大冰块、大变态、大渣滓、大笨蛋，大什么都可以，就是不可能变成现在这样子的大牛皮糖！

邪羽君，你的矜持、你的冷漠、你的骄傲怎么就消失了呢？

薛渌清已经不记得是第几次了，当她想彻底无视邪羽君那张仙姿卓绝的脸上露出一副“楚楚可怜”的表情，想要彻底摆脱邪羽君的跟随时，只要她一回头，就能看见邪羽君白色的尸体趴在地上，一副认人采摘的模样。

人家都是菜鸟变大神，只有他邪羽君是大神变菜鸟！

薛渌清点进人参谷副本，邪羽君也紧随着水也清清跳进了谷里。人参谷是每天中午十一点半才会开的副本，玩家进入人参谷采摘一定数量的人参，然后去谷底杀死人参娃娃获得人参丹，在谷底会随机出现大怪兽人参老妖，大怪兽有一定几率爆出40级装备以及技能残页。完成人参谷必须的采集任务便可离开副本领取副本奖励。

因为人参谷的奖励并不丰厚，爆出的装备只适用于低等级玩家，所以进入人参谷的玩家的等级都比较低，一般大神不太会来做人参谷的任务。考虑到邪羽君现在的水平虽然和菜鸟差不多，但高技能高暴击高闪避毕竟是全区排得上名次的，所以水也清清也没有在意身后的邪羽君，自顾自地采集着人参。

当她采集完人参，终于想起来要回头看看邪羽君。哪知道这不看还好，这一看，邪羽君整个人已经倒在了血泊里。

薛渌清顿时语塞了，就在邪羽君的不远处，站着一个等级很低的玩家，正举着刀兴奋地看着邪羽君。

【附近】水也清清：……这是个什么情况？

【附近】85 区是菜鸟：这就是你们 85 区的大神？哈哈哈哈哈哈，我是 86 区过来探路的。据说 85 区、86 区、87 区过几天就要合区了，看你们 85 区这第一的水平，到时候可别怪我们 86 区的人不近人情啊！

85 区是菜鸟嚣张地大笑了两声，下一秒，笑到一半的 85 区是菜鸟就倒在了血泊中。

此时的邪羽君已经原地复活了，白色的衣摆随风晃动着，那一副仙姿傲骨的模样，哪里看得出刚刚狼狈地躺在地上的人就是他？

【附近】邪羽君：如果乘人之危，背后砍刀就是你们 86 区的风格，那我只能呵呵笑两声证明你们有多蠢笨。

【附近】85 区是菜鸟：邪羽君，就你这水平，还敢骂我们……看我……

85 区是菜鸟的话再一次说到一半，就被水也清清一个技能劈死了。

【附近】邪羽君：清清，果然，你还是会保护我的。

【附近】水也清清：大神误会我了，我只是不小心按错了。

【附近】邪羽君：清清，口是心非是你的风格吗？

【附近】水也清清：……大神，你怎么又改口叫我清清了？

【附近】邪羽君：（笑脸）你不觉得这样更加亲切吗？

【附近】水也清清：……不觉得。

【附近】85 区是菜鸟：你们两个当我死了！！

话音落，邪羽君一个技能又把 85 区是菜鸟秒了。85 区是菜

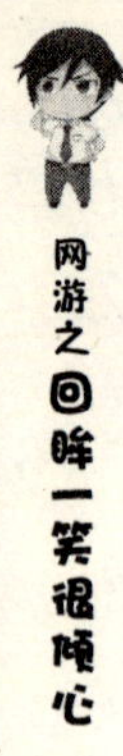

鸟狼狈地趴在地上，刚想站起来又被邪羽君秒死在地上。薛渌清不禁汗颜，此情此景，何其眼熟，历史果然有着惊人的相似啊！

【附近】邪羽君：不要告诉我，你现在不是死的。

【附近】水也清清：……大神，您果然跟之前一样狠毒啊。

【附近】邪羽君：过奖过奖。

【附近】水也清清：……

薛渌清不得不说邪羽君不仅化身成了大牛皮糖，而且是一块非常恬不知耻的牛皮糖，这样子倒和某些人很像。她的脑中不由得浮现出一双洒满星光的眼睛，她想了想，立马摇了摇头挥散了脑中不切实的念头。

邪羽君怎么可能会和骆涵很像，他那样的大明星怎么会玩游戏呢？想到这里，她的嘴角划过一丝苦涩的笑容。

因为邪羽君大神多次被类似于.85 区是菜鸟这样的菜鸟杀死，本来非常轻松的人参谷副本，顿时让薛渌清感到压力山大。幸运的是，不久之后邪羽君有事先下线了，否则薛渌清一定会为了邪羽君“呕心沥血”而死的！但是，很不幸的是，邪羽君在下线之前和水也清清约好了下次上线的时间，并且用一副“我很需要你”的眼神看着水也清清，希望她能明白他此时此刻如此脆弱的一颗小心灵是如何呼唤着她的。邪羽君一边可怜兮兮博同情，一边对水也清清说他过几天又要出差了，希望水也清清一定要遵守约定。

直到邪羽君下线的五分钟后，薛渌清还在回想着邪羽君那幽怨的小眼神，不禁浑身一抖，狠狠地打了一个喷嚏。

薛渌清和邪羽君约好的上线时间是晚上八点，她下午要去衡越工作，七点下班，到宿舍刚好可以如约上线。但是很不巧的是，中间还是发生了一点小插曲。

庆然本来是晚班的，因为家里忽然有急事，找不到人换班，就可怜兮兮地过来拜托薛渌清。

薛渌清托着下巴沉思了片刻，庆然可怜的小眼神和邪羽君幽怨的小眼神此时莫名合并在了一起，她顿时纠结无比。

“可是，我答应一个人今天晚上要登录游戏的。”薛渌清弱弱地说。庆然无语地张了张嘴，鄙视地看了薛渌清一眼，自从她知道薛渌清有玩游戏的爱好后就不停地数落她不务正业、不求上进，等等等等，搞得薛渌清有一阵子见到庆然都有点无地自容了。

庆然拍了拍薛渌清的肩膀，笑着说：“清清！今天晚上我表姐要过来，你就和我换班吧，我过几天请你吃饭好不好？你那个游戏我可以帮你挂嘛！”庆然不懈地在薛渌清耳边劝说。

管他呢！薛渌清暗暗地想，于是将邪羽君幽怨的眼神抛到了脑后，答应和庆然换班。庆然高兴地抱住薛渌清的胳膊，抚了抚胸口才说：“哎呀，我终于可以和我表姐看到N. O组合了，他们今天晚上刚好要到市中心广场表演，太好了！据说真人都超帅的啊！”

薛渌清汗颜，默默地想：“……你到底有什么资格说我不务正业。”

庆然的班是晚上七点到第二天早上六点，在这期间里，薛渌清像往常一样趴在酒店值班室里。不过非常不巧的是，值班室里的电脑前一阵子出了问题，已经送去维修中心修理了，所以偌大的值班室，只有薛渌清一个人坐在桌子前，双手托着下巴对着前面白色的墙壁发呆。

说实话，薛渌清还是有那么一点点歉疚的，虽然邪羽君是变得黏人了些，脸皮是有点厚些，但是他这个人还是蛮不错的，之前因为要送给她神雕坐骑失去了这么多东西，薛渌清心里说不内疚那是不可能的。

“不好意思了，我今天晚上上不了线，你就别等我了。”薛

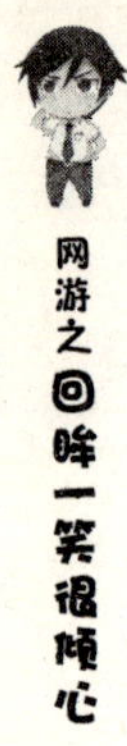

渌清对着桌子上摆放着的仙人掌自言自语，把那盆满是刺的仙人掌想成长满刺的邪羽君大神的脸。这一想，刚刚还有那么一点点的歉疚心思瞬间没了，她好笑地趴在桌上，不知过了多久，就这样慢慢趴在桌子上睡了过去。

薛渌清是被门外“咯吱咯吱”的声音吵醒的，她一下从座位上站了起来，第一个反应就是小偷！第二个反应就是骆涵！

她扫了一眼墙壁上挂着的大钟，不知不觉已经凌晨五点多钟了，再过一会儿就要下班了。

薛渌清推开值班室的大门，果然看见不远处的厨房门口坐着一个熟悉的人影。人影靠坐在厨房旁边的墙壁上，笔直修长的腿伸到前方，手上抱着一袋类似于泡面的东西，正“咯吱咯吱”啃着。

薛渌清立马就被囧到了，当她看见走廊上的昏黄灯光打在骆涵半边近乎完美的侧脸上，再看见他抱着一袋泡面啃着的样子，脑中只有一个念头：这家伙上辈子不是老鼠投胎的就是老鼠投胎的！

薛渌清向前走了几步，就在这时，不远处又一道修长的身影走了过来，是一个穿着休闲衣的年轻女子。薛渌清觉得那女子有点眼熟，但是一时半会儿又想不起在哪里见过。

女子推了推鼻梁上的金边眼镜，十分强悍地把骆涵从地上拖了起来。她叉着腰一把夺过骆涵手中的泡面，指着骆涵半天才说出一句完整的话：“骆涵，你想气死我啊！我有没有告诉你今天上午九点在C市有采访？我有没有告诉你我们要赶早上七点半的飞机？我有没有告诉你让你好好休息？你行啊，一个晚上不睡觉，现在又跑到这里来啃泡面！你是想气死我啊！我今天就不管你了，我看你怎么混！”女子越说越生气，白皙的面孔上已经爬满了愤怒的红晕，就差扑过去痛打骆涵两耳光了。

骆涵瞥了眼女子气愤的模样，偷偷撇了撇嘴，将泡面丢进一旁的垃圾桶里，一把挽住女子的肩膀，笑眯眯地说："哎哟，Adda 姐，别这样嘛！我这不是知道今天有采访，紧张得睡不着嘛！你看看我的脸，有一点疲惫的样子没？我还是很帅的嘛！别生气了，听说 C 市最豪华的餐厅辉星楼有你最爱吃的蜜汁烤鸭，一会儿中午我请你去吃大餐，走！"

"要是还有下次，我真的就不管你了！"Adda 边说边被骆涵拖着往前走，脸上愤怒的表情终于换上了一副笑脸。

看着两人远去的背影，薛渌清这才想起原来那个女子是骆涵的经纪人 Adda，他们两人的关系似乎很好。想到这里，薛渌清的心里不知为何，有一丝苦涩爬过，她摇了摇头，将骆涵撒落在地上的泡面清理干净，然后转身向值班室的方向走去。

右手刚推开值班室的大门，身后就有一只大手忽然将薛渌清拉进了一旁昏暗的角落里。

骆涵低头看着薛渌清，脸上挂着似笑非笑的表情。薛渌清将骆涵推开，向后退了一步，礼貌性地笑了笑。

"薛渌清，你今晚值班？"骆涵靠在身后的墙壁上，歪着头看向薛渌清。

薛渌清点了点头，眼角无意中瞥见骆涵还残留在嘴角的一粒泡面粒，实在没忍住，侧着头笑出声来。

骆涵先是诧异地看着薛渌清，然后这才想到自己脸上有什么东西。他侧头，从口袋里拿出手机照了照脸，尴尬地将泡面粒抹去，这才不爽地重新将视线投在薛渌清的身上。

"偷听可不是什么好的行为。"骆涵决定先发制人。

"偷吃也不是什么好的习惯。"薛渌清十分淡定地反驳。

骆涵轻笑了一声，直勾勾地盯了薛渌清半天，看得薛渌清极度不自在，尴尬地咳嗽了一声，才不满地问他："你看什么？"

骆涵将双手抱在胸前，十分莫名其妙地说："我马上要去 C 市，但是我昨晚一夜没睡，心情非常不好呢！"

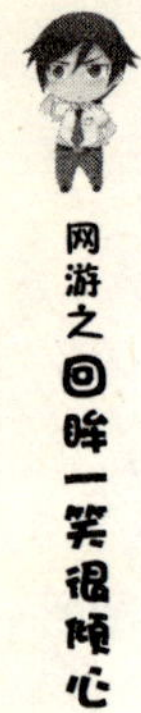

“哦，所以，那关我什么事?”薛渌清礼貌地微笑了一下。

骆涵忽然向着薛渌清的方向迈进了一步，一抹橙黄色的灯光调皮地落在了他的眼底，让他整个人看起来宛如夜间的精灵，不羁中又带着一丝狡黠。薛渌清顺着他的步子又后退了一步，可惜背后就是墙壁，她只能整个人靠在身后冰冷的墙壁上。

骆涵向前倾了倾身子，双手插在口袋里，看了薛渌清一眼，才开口说：“我马上要离开了，好歹我们认识有一阵子了，你就不打算送给我一个临走前的礼物?”

“礼物……”薛渌清刚想说那你要什么礼物，忽然感到整个人被一片阴影遮盖。她想抬头看看，哪知道一抬头，就感到骆涵温热柔软的唇瓣正贴在她的额头上。

一时之间，时间仿佛在这一刻静止了，只有两人夹杂在一起的心跳声，不远处的壁灯流连在两人的脸上，一切像是一幅定格住的画面。

薛渌清觉得自己的脸一定红了，她略一侧身，将自己隐在壁灯照不到的黑暗里，一时间心跳如鼓，甚至都不知道该说些什么。

骆涵将手插着口袋往后退了一步，他的眼睛向四周瞟了瞟，然后终于定格在薛渌清淹没在黑暗中的身影上：“礼物我收了，感觉还不错。”还没待薛渌清回答，他就侧身往前方走去，身影渐渐消失在走廊的尽头。

薛渌清终于从黑暗里走了出来，她拍了拍脸，深呼吸了两下才反应过来刚刚究竟发生了什么事情。

“骆涵，你个……”薛渌清低声说了一句，但始终想不出应该把骆涵归结到无耻还是无聊还是无赖，只能愤愤地想：骆涵，你个××的家伙。

不远处才走至房间门口的骆涵顿时打了个喷嚏，他将手从口袋里拿出来，满手心里全是汗水，看见 Adda 叉着腰站在他的房间门口，用一副“才一眨眼，你又不见了”的眼神瞪着骆涵。骆涵则好心情地对 Adda 招了招手，还吹了声口哨，然后笑着推开了房门。

直到薛渌清骑车走在回宿舍的路上，还久久不能平复刚刚的悸动。她抬头看了看头顶升起的明日，仿佛明日幻化成一张阳光璀璨的脸。她忍不住叹了口气，眼底闪过一丝复杂的神色，然后才猛蹬自行车，向学校的大门骑去。

薛渌清承认她的心情真的很复杂，说心情不好嘛好像也不是，说心情好嘛好像也不太算，她偷偷在搜索栏里输入“喜欢一个人究竟是什么感觉的”，然后点击搜索。

“哇！”一旁传来赵倩兰大嗓门的叫声。

薛渌清立马囧了，想要关闭网页已经来不及了。赵倩兰不但神不知鬼不觉地潜入薛渌清的身后，还以迅雷不及掩耳盗铃之势招呼宿舍众人都来围观薛渌清的“杰作”了。

“喜欢一个人究竟是什么感觉的？清清，你竟然连这是什么感觉的都不知道！”赵倩兰瞪大了那双不大的眼睛，露出简直不敢相信的神情。

C 宝张大嘴巴，然后又贼兮兮笑了起来：“清清啊，来，告诉姐姐，你喜欢上谁啦？”

就连宿舍最淡定的莫晓语都用一副不可思议的眼神看着薛渌清，幽幽地看着她：“清清，你确定？”

如果可能的话，薛渌清真的想找一个地洞钻进去！在赵倩兰等人的强势围攻下，薛渌清只得十分违心地说：“其实，我是替方仲查的！”

“什么！”所有人，尤其是赵倩兰，顿时震惊了。

薛渌清默默地对方仲说了几句对不起，然后才正色道：“是的，他问我喜欢一个人究竟是什么感觉。我也没谈过恋爱，我怎么知道呢！然后我就帮他查一查。”

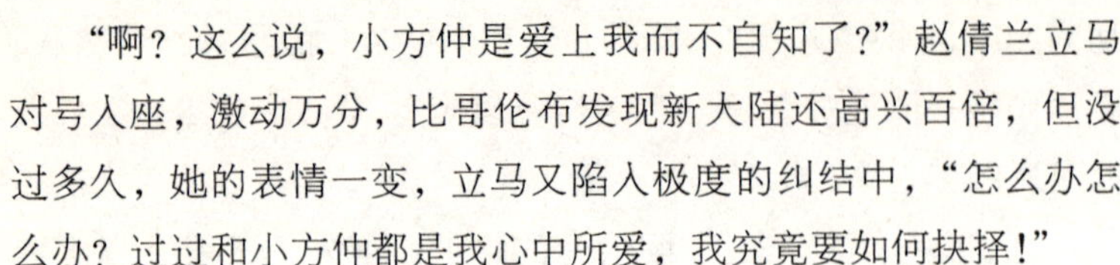

“啊？这么说，小方仲是爱上我而不自知了？”赵倩兰立马对号入座，激动万分，比哥伦布发现新大陆还高兴百倍，但没过多久，她的表情一变，立马又陷入极度的纠结中，“怎么办怎么办？过过和小方仲都是我心中所爱，我究竟要如何抉择！”

C宝鄙视地翻了个白眼，继续回到座位上玩游戏去了。莫晓语则推了推鼻梁上的黑框眼镜，露出幽幽的奸笑声：“我最近写的网游小说，正好差个脑残的女配角，就以赵倩兰为原型好了。”说完，幽幽飘走。

唯有坐在座位上的薛渌清擦了擦额角的冷汗，祈祷方仲小同学能够意识到，虽然道路是曲折的，但是前途还是比较光明的！

薛渌清照例习惯性地打开游戏，游戏加载完成后，一个紫色的身影出现在主城里。今天主城的风景似乎进行了更新，原本遍布淡粉色荷花的荷花池里，多出了很多金光闪闪的珠子，珠子串联成不规则的形状，顺着碧绿色的荷叶滴答滴答落在池水里，荡漾开一圈又一圈美丽的波纹。

薛渌清被景色所感染，干脆找了一块干净的大理石地面席地而坐。她想起第一次玩游戏的时候，自己也是坐在这美丽的荷花池边，看着碧水流云，听着潺潺流水的低语声，别是一番优雅的意境。

就在这时，一道红色的身影在水也清清的眼前闪了一闪，但是一会儿那身影便失踪了。她揉了揉眼睛，以确保刚刚没有眼花，刚刚那个红色的身影貌似是很久没有出现过的胎盘大神？薛渌清不知道哪来的八卦心，迅速去帮派查看成员信息，为首第一个名字就是胎盘大神，不过他的名字是灰色的。薛渌清又查看了一下胎盘大神的离线时间，果然，她刚刚没有看错，胎盘大神刚刚才下线，在荷花池边出现的人影果然就是传说中神龙见首不见尾的胎盘大神！

【帮派】水也清清：我刚刚看见帮主了。

【帮派】绯村一口酒：偶像，你在哪里，求坐标！

【帮派】小娇娃：啊啊，传说中的帮主大人？我也要去围观！

【帮派】赵家一朵花：求问帮主是不是帅哥？

【帮派】绯村杨小过：花花老婆……

【帮派】赵家一朵花：过过老公……

……

因为赵家一朵花和绯村杨小过的出现，好好的关于胎盘大神的对话被硬生生地扭曲成了赵家一朵花和绯村杨小过的肉麻私语。

薛渌清眼疾手快地屏蔽了帮派频道，然后照例去野外挂机刷怪，打开收藏夹，准备进入每天都会逛的网页和论坛。

没过多久，当她继续回到游戏界面，不由得皱起了眉头。右边显示的刷怪记录里竟然只杀死了三十几个怪！按照平时的速度，至少应该杀了一百多个怪才对！这是怎么回事？

薛渌清让自己的人物形象在这片地图上小幅度地走了几步，这才注意到，就在水也清清的不远处，一个玩家躲在一棵大树后正直勾勾地看着她。

薛渌清的眉头不由得皱得更紧了，水也清清往前又走了几步，然后认准一个怪就砍了上去。果然，每当怪物只剩下一滴血的时候，那个玩家就会一个技能放上来将怪物杀死，这样怪物就是那个人的了。

【附近】水也清清：你是谁？为什么抢我的怪？

水也清清问了好几遍，白色的对话框在头顶出现了一次又一次，那个奇怪的人依然站在原地，一动不动。

薛渌清仔细查看那个人的资料，他是一个叫作点点的男战士，而且是一个只有四十几级的小号，无帮无派，很是诡异。

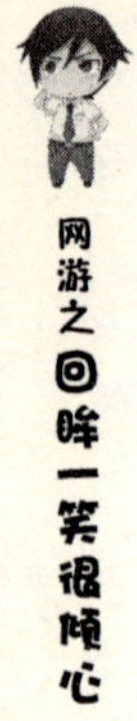

薛渌清将资料栏关闭，翻开背包，拿出飞行符，飞到了别的地图。不久后，她就瞥见这个叫点点的人在世界上发了一条奇怪的消息。

【世界】点点：嘿嘿，小妹妹，别走啊，哥哥还没跟你玩够呢！

不过，很快就淹没在了嘈杂的世界频道里。

薛渌清想自己肯定是碰到变态了，反正已经远离了这个人，下次看见他就躲开好了，于是继续找了块安静的地方刷挂拿经验。

哪知道几天过后，薛渌清就是这么好巧不巧的，又在平时经常挂机刷怪的地方碰到了这个叫点点的玩家。又是像上次一样，这人一直站在薛渌清的旁边，只要看见怪的血还剩一点，就一个技能打上去，将水也清清好不容易打下的怪占为己有。抢了怪还不算，那个叫点点的人还得意地在附近频道炫耀，说一些让人很不舒服的话。

【附近】点点：妹妹，哥哥很厉害吧？

【附近】点点：妹妹，要不要和哥哥结婚，哥哥会非常体贴你的。(坏笑)

……

俗话说得好，是可忍，孰不可忍，忍无可忍就无须再忍。

薛渌清点开技能栏，选准了一个最厉害的技能就朝那个人的头顶拍过去，不一会儿，点点就躺在地上一动不动了。薛渌清轻轻哼了一声，从背包里翻出飞行符，“嗖”一声，就飞走了。

本来以为世界太平了，没想到，没过多久，薛渌清就再次迎来了自从玩游戏以来的第二场风波。

【世界】点点：水也清清很无耻，专门杀小号，论坛截图为证，天涯皇者帮的大家要替我报仇！

【世界】点点：水也清清很无耻，专门杀小号，论坛截图为证，天涯皇者帮的大家要替我报仇！

【世界】点点：水也清清很无耻，专门杀小号，论坛截图为证，天涯皇者帮的大家要替我报仇！

……

点点不厌其烦地刷世界，甚至刷了十几个喇叭，顿时引来了所有人的关注。

一旁的赵倩兰吸了口冷气，看向身边无比纠结无比头疼的薛渌清说："清清，你竟然去杀天涯皇者帮的小号？"

"什么情况？这人是变态……"薛渌清一边解释一边点开论坛，果不其然，为首的帖子就是这个叫作点点的人发的，里面竟然截了水也清清是怎么杀死点点的所有截图！薛渌清不敢相信地瞪大眼睛，她这才后知后觉地发现，这个叫点点的小号竟然是天涯皇者帮的人，之前这家伙一直隐藏了帮派信息，到底有什么目的？

薛渌清无语地将事情的经过都告诉了宿舍众人，众人听后都低头沉思良久，皆露出一副不解的表情，好像难以捉摸。水也清清又不是像独孤笑笑那样的女神，为什么这么多人都来找她的碴，简直没有道理嘛！

C宝上上下下打量了薛渌清良久，总结地概括："清清，难道是因为你今年本命年，犯太岁？"

赵倩兰连忙点头迎合："嗯嗯，没错，只有这个可能。"

薛渌清尴尬地张了张嘴，才弱弱地说："那个，我后年才本命年好不好……"

只有莫晓语一个人在认真地思考为什么自从玩了游戏薛渌清会这么倒霉，她抬了抬眼皮，正色道："也许是曾经那个叫水也清清点的人给你下了诅咒！"

众人："……"

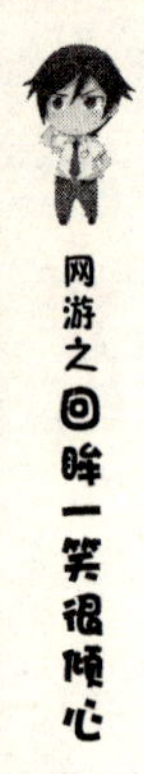

这边大家都在漫无止境地猜测着，那边的世界频道已经彻底炸开了锅。

【世界】恋恋笔记本：水也清清，你真是够了，之前害我们帮主，现在又来杀我们帮小号，我们天涯皇者跟你到底有什么深仇大恨?!

【世界】平一剑：我有没有跟你们说过，叫水也清清的就没个好人！

【世界】天天甜甜：呵呵呵呵，水也清清你也太无耻了！

【世界】绯村一口酒：我偶像不是这种人，大家最好把事情搞清楚了！

【世界】美出翔来了：人家截图都出来了，还有假？楼上的兄弟，姐劝你最好换个偶像，免得今后后悔。

【世界】赵家一朵花：这件事有内情，那个叫点点的是个变态！

【世界】天天甜甜：呵呵呵呵，之前抛下羽哥哥说是有内情，现在杀人又说有内情，敢情内情是你们家亲戚？

【世界】C的宝贝：楼上怎么说话呢！你们帮收了个变态，怎么着还要清清来买单？

【世界】恋恋笔记本：85区的人都知道，天涯皇者帮收人的标准是很严格的，怎么可能收个变态？你们少给自己找借口，要不是点点把图截下来，我看你们打死都不会承认杀人吧！

【世界】绯村一口酒：大家把事情的真相搞清楚，让当事人出来解释一下。

【世界】平一剑：好啊，当事人出来说一下吧，我就不相信，你水也清清杀人还有理了。

【世界】天天甜甜：水也清清出来说话。

【世界】恋恋笔记本：水也清清出来说话。

薛渌清极度头疼地看着世界频道，手指点击键盘按键，正思考着怎么把这件事情说清楚。就在这时，那个叫点点的人忽然冒了出来。

【世界】点点：大家，我在论坛里已经把事情的经过说得很清楚了。我当时在刷怪，水也清清忽然出现，抢了我的怪不算，最后我打算离开了，她竟然还把我杀了！我虽然才玩这个游戏，但是第一次见到水也清清这样的人！这就是事情的真相。

【世界】天天甜甜：水也清清，你还有解释的？

薛渌清气愤地看着世界频道，这个叫点点的人简直在颠倒黑白，她只怪刚刚没有把这人说的那些猥琐的话截下来，让这可恶的变态钻了空子。

【世界】水也清清：我不管你们相不相信，他说的都是反话，抢怪的根本就是这个点点，还尽说些猥琐的话，这人是个变态，大家不要被他骗了。

薛渌清说完，世界安静了几秒，然后又是新的一轮争吵，最后，独孤笑笑和绯村杨小过出面调和，保证会把这件事情搞清楚，事情才总算告一个段落。

薛渌清之后的几天里都没什么心情玩游戏，因为一个变态搞得大家都不愉快，实在非她所愿。她郁闷地看着游戏论坛，自从杀死点点的事件后，不知道哪个好事者又翻出了一组截图，截图内容都是那天在人参谷邪羽君被杀死的图片，以及那个自称是 86 区来探路的人和水也清清站在一起看着邪羽君尸体的情景。

这张截图的出现无疑是给薛渌清此时的情形雪上加霜，本来和天涯皇者帮稍微缓和了点的关系顿时又变得紧张起来。巧合的是，这次邪羽君又跑去出差无法登录游戏，想要找一个人帮薛渌清解释一下都不行。

“我到底招谁惹谁了呢！”薛渌清郁闷地托住下巴自言自语。

看着系统频道里显示的再次被拒绝组队的消息，薛渌清脑

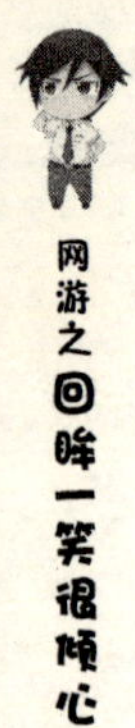

中竟然萌生了一种不再玩游戏的想法。她侧头看了一眼宿舍里正玩得不亦乐乎的众人，脑中又浮现出邪羽君翩飞的白色身影，想着，如果不玩游戏了，至少要跟邪羽君打声招呼吧。

“清清，来雷域蹲点，跟着帮派一起打世界怪兽咯！”赵倩兰大嗓门一喊，立即向薛渌清发来了组队邀请。薛渌清犹豫了片刻才点击确定加入。

此时的队伍里已经有好几个人了，因为C宝去书店买漫画书了，莫晓语在图书馆看书，整个队伍里，薛渌清认识的人只有赵家一朵花和绯村杨小过，还有三个人的名字看着眼熟，应该都是绯村帮里的人。

帮派组了两队进入世界怪兽所在的雷域神殿。在85区有个不成文的规定，一般每天系统会自动刷出七个世界怪兽，分别由排行榜上前七名的帮派各占领一个神殿，这样一来，虽然有些小帮派与世界怪兽无缘了，但是大帮派之间很少会发生为了抢世界怪兽而打斗的现象，一切看起来还挺和谐的。

绯村帮的两小队分别由战力较高的绯村杨小过和绯村一口酒带领，两队一共十二个人，浩浩荡荡地进入了神殿。到了固定的刷新时间，绯村帮的两个队伍便扑上去开始打怪，大概过了五分钟左右，世界系统便出现了公告。

【系统】恭喜玩家独孤笑笑带领的队伍一举击杀世界怪兽鬼蜮魔尊，真是威风凛凛，叱咤风云！

系统一出，赵倩兰杀怪的速度更加迅速了，她一边奋力杀敌，一边哼哼唧唧：“哎哟，又是天涯皇者帮的人第一个杀死世界怪兽！”

薛渌清轻笑了一下，也加快了释放技能的速度，哪知道没过多久，几个陌生的身影忽然出现在雷域神殿里。这几个身影的头上分别挂着“天涯皇者帮”的标示，这些人怎么忽然跑到雷域神殿了？

薛渌清正好奇着，忽然一个等级比她还低的女玩家“钻石太美丽”就躺在地上挺尸了。紧接着，绯村队伍里一系列等级战力较低的玩家全部被这些突然冒出来的天涯皇者帮的人杀死了。直到最后，绯村杨小过和绯村一口酒联手才把这些冒出的天涯皇者帮人赶出了神殿。

【世界】绯村一口酒：天涯皇者你们什么意思？雷域神殿是我们绯村的，你们来抢，还杀我们的人，你们是想打架吧？

【世界】绯村杨小过：独孤笑笑，你的帮众真是好样的啊！

【世界】赵家一朵花：天涯皇者，仗势欺人，无耻。

【世界】天天甜甜：无耻？你们现在知道被人杀小号的滋味不好受吧？水也清清，别以为上次的事情就这么算了。

【世界】水也清清：上次是我的事情，你们到我们帮挑衅是什么意思？

【世界】绯村杨小过：独孤笑笑，出来！把事情说清楚。

【世界】平一剑：我们副帮不在，是我帮她挂的号，有什么事情你和我说，我们帮就抢怪了怎么着？我告诉你们，你们一天不把水也清清踢出帮派，我们天涯皇者就和你们绯村没完！

【世界】恋恋笔记本：小剑说得没错，反正这几天我没事，一会儿我就在镖车运送点蹲点，见到绯村的人就杀。

……

世界频道一直在为抢怪以及水也清清的事情争执不休，而帮派频道那些长久不说话的新人也冒了出来。

【帮派】钻石太美丽：太过分了，之前水也清清杀天涯小号之后没多久，我就被天涯的人杀过，气死我了！

【帮派】小娇娃：……那天我采集符咒，做帮贡，还莫名其妙被一个天涯皇者的人砍死了。

【帮派】芦苇：原来大家都有相似的经历啊！我还以为就我一个这么倒霉呢！

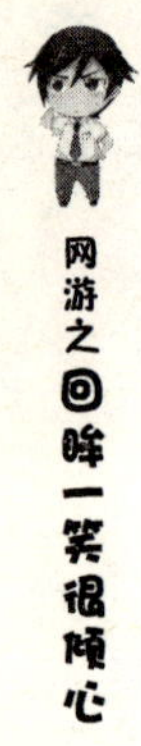

【帮派】滴滴答答：我这个与世无争的上次运送了辆镖车都被劫。

【帮派】小娇娃：那怎么办啊，天涯皇者的放话了，以后我还要不要运镖了。

【帮派】框框矿泉水：要不是水也清清搞出那点事，我们也没必要这么提心吊胆。

【帮派】赵家一朵花：怎么说话呢！楼上你什么意思，这件事是天涯皇者的人搞出来的，关清清什么事？

【帮派】框框矿泉水：要不是她杀小号，天涯皇者的能跟我们作对？

【帮派】赵家一朵花：说了多少次了，那个点点是个变态好不好！

【帮派】框框矿泉水：你反正和水也清清一起的，黑的都能被你说成白的，水也清清之前那点事情，我还不知道吗？

【帮派】赵家一朵花：水也清清之前那点事情？你以为你谁啊？还轮到你来评头论足了？你要不乐意待可以滚出绯村，没人留你！

【帮派】框框矿泉水：呵呵，赵家一朵花，你以为你已经是副帮主夫人了？拽什么拽，我看你和水也清清的人品都有待考量，不是什么好东西！

【帮派】绯村杨小过：好了！都少说两句了！

【帮派】赵家一朵花：过过，你把这个什么框框矿泉水踢出帮派，我看她才不是什么好东西！

【帮派】绯村杨小过：花花，别闹了，大家都少说两句。

【帮派】赵家一朵花：过过，你什么意思，你是不是不愿意把她踢出去？

【帮派】绯村杨小过：我不是这个意思，但是现在这个事情还没搞出个所以然来，不要搞出内乱来。

【帮派】赵家一朵花：好啊，绯村杨小过，我懂你的意思，你是不相信清清，也就是不相信我，大不了我和清清一起退帮！

【帮派】水也清清：花花，算了，这件事不能怪副帮，都是我的错，要是退帮，也应该我来退。

【帮派】赵家一朵花：清清，你别退，你退了我就跟你一起退，反正这破帮也没什么好留恋的！

赵倩兰发完最后一句话，一气之下就退出了游戏。薛渌清笑着安慰她："兰兰乖啦，生气会变成丑八怪的！"

赵倩兰闷哼一声："最气的还是那该死的绯村杨小过，就知道胳膊肘往外拐，我要和他离婚！"

薛渌清顿了顿："……你们还没结婚呢！"

赵倩兰："……呜呜，连你都欺负我，我要带着我的小包包，去找我们家小方仲寻求安慰，我不要理你们这些不和谐的人了！"说完，赵倩兰立马给方仲打电话，哪知道对方根本不接，她只能气馁地坐在床上。

薛渌清闷头想了想，为了安慰可怜的兰兰，只能开口说："来来来，姐姐来帮你约方仲。"然后，赵倩兰明媚而忧伤的脸立马变了。

这次帮派风波之后，赵倩兰连续几天没有上游戏。因为游戏里每天都会发放强化礼包，只要坚持每天上线，礼包就会叠加得越来越多。如果有一天不上线，所有积累起来的礼包会全部归零，重头再来。

薛渌清回头看了一眼躺在被窝里看小说的赵倩兰同学，笑着摇了摇头，然后帮她登录游戏，领取礼包。就在这时，她又看见绯村杨小过长得跟论文似的留言，几千字的内容一句话就可以概括：对不起，我错了！

薛渌清照例在对话框里回复：对不起，不是本人。

于是，她再次看见穿着蓝色长袍的战士在帮派门口满地打

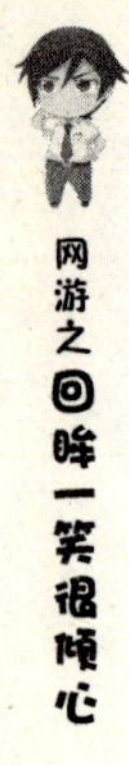

滚，边滚边不断哀号，惹来无数双白眼的神奇画面。

薛渌清查看了下右下角的好友栏，邪羽君还没有上线，她不由得就有点抓狂，这家伙为什么总是在关键时刻掉链子呢！如果他能出现帮她解释一下，或许她不会这么惨。

比如像现在这样，又被天涯皇者的人围攻了

【附近】天天甜甜：水也清清，我就不明白了，天堂有路你不走，为什么地狱无门你偏闯进来。

【附近】水也清清：我本不想闯，是你们把路拦，好吗？

【附近】恋恋笔记本：……少跟她废话。

【附近】水也清清：我都已经等死了，是你们一直在跟我说话，好吗？

【附近】平一剑：所以我说水也清清家族的人都不是好人！

【附近】水也清清：……

水也清清闭上眼睛，周围顿时变得无比黑暗，耳边有刀剑划过耳际的冷风，她无奈地在心里数着背包里还剩下多少瓶复活药，最后还是决定如果死了，就以迅雷不及掩耳之势跑到副本出口，然后躲到一个谁都找不到的地方，或者直接下线关机，让他们死都找不到她！

不知过了多久，水也清清一直没有等到之前被袭击的感觉，那道瘦弱的紫色身影依然站在原地，而围着水也清清的天天甜甜等人却一溜烟地全部躺在了地上，各种颜色的尸体一字排开，好不诡异！

水也清清幽幽地睁开紧闭的双眼，就看见一个漂亮的麒麟坐骑上正坐着一抹红色的身影，微风吹拂着他不长的短发，让他整个人看起来威风凛凛，如果不是他头顶不和谐的“胎盘”，哦不对，是“多铎”二字的话，这副英雄救美的画面一定是非常美好的。

【附近】水也清清：谢谢多铎大神！

大神不愧是大神，他什么话都没说，只是酷酷地甩了甩头发，一副英雄不问出处的样子，然后骑着他那拉风到爆的麒麟坐骑，腾云驾雾而去，慢慢湮没在云雾之中。薛渌清囧了囧，似乎感觉有人在胎盘大神远去的背影里念着旁白：轻轻地我走了，正如我轻轻地来，我挥一挥衣袖，不带走一片云彩。

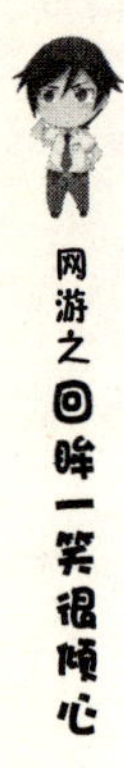

第九章　英雄救美反被劫

“清清，我深深地觉得，我们一直走错了路线！”赵倩兰左手拎着一大袋零食，右手抱着一个大棋盘，边快步向社团活动教室的方向行去，边扭过头来看着正神游太空的薛渌清同学。因为棋盘着实太大了，几乎遮住了她大半张脸，从薛渌清这个角度，只能看见一双贼溜溜的眼睛正一眨不眨地盯着她。

薛渌清撇开视线，点了点头才说：“对，我们的确是走错了路线，敢问N大校园社团无数，为什么我们非得报个围棋社呢？报个围棋社其实也没什么，但是为什么这个社团连棋盘都要自带？”

“就是说，要不是围棋社有帅哥，姐才懒得抱着个棋盘到处跑呢！抱着累不说，还总是遮住我花容月貌的脸。”

薛渌清张了张嘴，然后眼睛眯成了月牙状，调侃道：“……赵倩兰小同学，事到如今，你终于跟我透露了加入围棋社的目的。”

赵倩兰先是愣了愣，然后才反应过来，又被薛渌清这个不和谐的把话带跑了，立马不耐烦地挥挥手。这不挥还好，一挥手，偌大的棋盘就“啪嗒”一声摔在了地上。

“可怜的棋盘，你没事吧？”薛渌清摇摇头摸了摸棋盘，叹息着。

赵倩兰一把把棋盘捞回手上，嫌弃地看了薛渌清一眼，才认真地说：“清清，我和你说真的呢！我说我们一直走错了路线，不是指我们加入了围棋社，而是指游戏上的！”

一提到游戏薛渌清就莫名头疼，她抬头看了看头顶的树荫，这才耐心地问身边的赵倩兰："游戏上怎么了？你不是要和绯村杨小过掰了吗？"

赵倩兰听到绯村杨小过的名字，就一副踩到屎的表情，好不生动！薛渌清深知自己似乎说错了点话，立马又转移话题："刚刚你说我们怎么走错路线了？"

赵倩兰终于将绯村杨小过抛到脑后，"嘿嘿"一笑道："一开始我们的目的本来就是为了让你俘获绯村帮的帮主胎盘大神，然后对付邪羽君，不过现在怎么变成了你和邪羽君不清不楚了呢！这样是不对的！"

薛渌清撇撇嘴，有些不满地说："谁和邪羽君不清不楚了，我遇见他就倒霉。"

赵倩兰诡异地点了点头："我们还是按原来的计划行事。清清，你想想看啊，现在天涯皇者和我们绯村不和，多铎大神又貌似重归游戏了，只有你继续按照原计划行事俘获胎盘大神，那你就是咱帮帮主夫人了！到时候哪个成员还敢给你脸色看啊？"

接触到赵倩兰期待的视线，薛渌清默默点了点头。

赵倩兰又继续激动地说："帮主的权力可是很大的，比如说看哪个副帮不爽就踢掉重新任命！那个叫什么肉的在胎盘大神面前算个什么啊！"这次眼神里带着十分明显的怨念。

再次接触到赵倩兰的视线，薛渌清又默默点了点头。

"哈哈哈。"赵倩兰仰天长啸三声，引来百分之两百的回头率，"那我们就这么愉快地决定了。"说完，赵倩兰就抱着棋盘健步如飞地冲向了社团教室，那叫一个生龙活虎啊！薛渌清刚张开的嘴还没有说出半句反驳的话，赵倩兰就不见了。她郁闷地活动了下脖子，话说她刚刚有答应吗？貌似只是因为脖子有些疼，活动了一下筋骨而已。

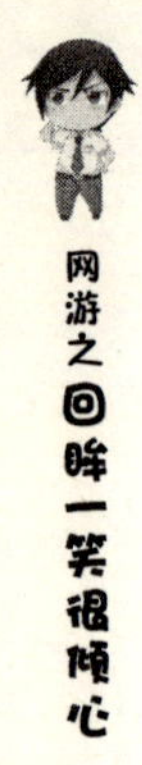

赵倩兰终于找到了重新回归《天脉》游戏的理由——帮薛渌清俘获胎盘大神！C 宝从漫画中抬起了她那颗尊贵的头，鄙视地看了赵倩兰一眼，莫晓语则见怪不怪地继续塑造她小说中以赵倩兰为原型的“脑残”配角。

只有薛渌清这样好说话的，在赵倩兰的逼迫下，满地图地跑，以寻求和多铎大神偶遇。可是人胎盘大神就是酷啊，只要薛渌清从他面前路过，他都十分不屑地瞥她一眼，然后傲娇般地从她的身边擦肩而过。而且真的是擦肩而过，每次只要胎盘君从水也清清身边走过，水也清清的肩膀上的紫色衣襟必定会轻轻晃动一下。这……这胎盘君究竟是个什么态度呢？也太诡异了点吧！

水也清清郁闷地远远眺望着胎盘君的背影，就在这时，天空忽然掉下了无数朵玫瑰花花瓣，一个叫“我爱多铎”的女玩家给胎盘君献上了 999 朵玫瑰！

薛渌清这才注意到世界频道的系统公告，我爱多铎玩家不但不断地送鲜花给胎盘君，还一直不停地刷喇叭向胎盘君表白，一时之间，世界频道热闹非凡。

“一点诚意都没有！”赵倩兰郁闷地在薛渌清身边嘀咕了一声。薛渌清这才发现夹杂在我爱多铎的鲜花和刷喇叭的中间，绯村杨小过也在刷喇叭向赵家一朵花道歉，不过，数量太少，很快淹没在了我爱多铎的表白中，实在是有点凄惨。

薛渌清好心地为绯村杨小过辩解：“其实，人家只是道歉的时机不对。”

赵倩兰当即翻了个白眼：“道歉也不找准时机，更加愚蠢！”

薛渌清：“……”

“哎哟呵，我从副本里出来了，赵倩兰，计划开始不？”不远处的 C 宝吆喝了一声，放下手中的漫画，不耐烦地问正一脸不爽的赵倩兰。

“走走，行动行动！清清，我已经向绯村一口酒打听过了，一会儿胎盘大神会去帮派营地查看帮派仓库和物资。到时候我们就守在前往帮派营地的必经之路上，清清你就假装在那里采花，到时候会有我事先招呼过的朋友过来，假装围攻你，然后我和C宝、晓语她们就密切注意胎盘大神打哪条道上过来，一有动静我们就在附近大喊你被欺负了，到时候不怕胎盘大神不英雄救美。哈哈哈，我这什么脑袋，怎么会这么聪明！”赵倩兰一边布局安排一边不忘自夸。

薛渌清咽了咽口水，无语地抽了抽嘴角。

莫晓语推了推鼻梁上的眼镜，皱着眉头看了赵倩兰一眼：“你们真的不觉得找人围攻胎盘大神，然后清清去救他，反而更有效？”

赵倩兰：“就清清那水平，太假了吧！”

C宝：“你以为你这个不假？”

众人：“……”

水也清清无语地蹲在满是白色小花的花海里画圈圈，一会儿抬头看看这儿，一会儿又抬头看看那儿，日照当头，正是锄禾日当午的好时候，为什么她要跑到这里被“围攻”？她一边唉声叹气，一边无聊地查看好友栏，这不看还好，一看之下，薛渌清吃惊地发现邪羽君竟然上线了！这家伙上线了也不知道知会一声，薛渌清一边郁闷地想，一边又想起上次她爽约的事情，估计心眼不怎么大的邪羽君大神现在一定还在生她的气吧。想到这里，她点开私聊频道，犹豫了半天，这才给对面的邪羽君大神发过去一个微笑的表情。

薛渌清有些焦急地等待着大神的回复，哪知道大神不知道是在挂机呢还是假装没看见呢，等了半天也没见他回应。

“哎！”薛渌清叹了口气，继续蹲在白色花海里画圈圈，这次她画了没多久，身边忽然多出了一个穿着宝蓝色时装的人。

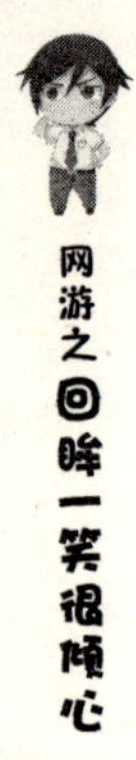

水也清清抬头扫了一眼他的头顶，他的头上有四五个看起来五颜六色的称号。她点开玩家资料，发现这个叫繁华泣泪的人的等级很高，装备和宠物都是极品，战力也算得上是全区数一数二的，这水平就算是上排行榜都没问题。薛渌清有点奇怪。等级这么高的人的名字竟然看起来这么陌生，想必赵倩兰找来的这个“打劫”她的强人平时很低调啊！

薛渌清边想边肯定似的点了点头，并且用“赵倩兰这次很靠谱嘛”的眼神扫了身边正一脸兴奋地看着屏幕的某人。

【附近】繁华泣泪：你就是水也清清吗？

【附近】水也清清：是啊，你好，辛苦了啊，辛苦了。

【附近】繁华泣泪：水也清清，你现在就跟我走吧！

【附近】水也清清：？我们不是还要等大神吗？

水也清清刚说完，那个人就十分不爽地抱臂居高临下地看着她，不知为什么，虽然只是一个普通的人物形象，但水也清清似乎在他的身上闻到了一股阴谋的味道。

果然，还没等薛渌清向身边的赵倩兰确认一下负责假装劫持她的人究竟叫什么名字，水也清清就已经被一道蓝色的光闪晕了。紫色的身影刚要原地复活，就被莫名其妙地带到了一个黑漆漆的像山洞一样的地方。

薛渌清查看山洞的地图，发现这里非常小，而且根本没有出口。在山洞尽头的角落里，正蹲着四五个人可怜兮兮地抬头看着她。

【附近】水也清清：谁能告诉我这究竟是什么情况？

薛渌清感叹她今年真的是不犯太岁但却应了犯太岁的命，就连这种百年一遇的情况都被她遇见了！要知道，就在刚刚下午一点的时候，《天脉》游戏中的 85 区、86 区、87 区已经正式合区了！这其实算不上什么大消息，问题是，游戏为了促进三区玩家的友谊，在合区前搞了一个救人的活动。任意区的成员都可以劫持其他区的人质，劫持人质后，劫持者可以指定人质所在区的任何一个人来救人质，救人者和劫持者 PK，不管赢或者输，人质都可以被释放，而且可以获得相应的奖励。但是，如果劫持者指定的救人者不愿意救人质，那可怜的人质会被一直关在山洞里一天，虽然出来后也可以获得相应的奖励，但是这无疑是对人质人缘的一个考验，关系到脸面问题！

“兰兰，如果没有人来救我，你一定要对我负责！”薛渌清一脸哀戚地看着同样满脸哀戚的赵倩兰。

赵倩兰大喊了一声：“我也被劫持了！哪个不长眼的竟然让绯村杨小过来救我，我宁愿关在山洞里一天啊啊啊啊！”

就在这时，莫晓语忽然从电脑前站了起来，难得露出了一丝疑惑的语气：“为什么连我都会有人劫持？问题是这人劫持了我后还对我说不打算找人来救我，因为他就是看穿着黑色衣服的女人不顺眼？”

众人：“……”

薛渌清按照游戏的提示，点开游戏界面右上角一个叫作“人质争夺战”的活动图标，果然现在的人充满了各种的恶趣味，短短的半个小时中，图标的显示栏里已经有几十个人被劫持了！这究竟是怎样一个世界啊！薛渌清无语地拉了拉嘴角，拉动滚动条，一个个往下查看，她发现显示栏里还有不少熟人的名字。薛渌清把显示栏拉到最下面，那里写着相对应的人质和救人者以及劫持者的名字。这不看还好，一看，薛渌清再次震惊了，负责救她的人不是别人，正是邪羽君大神。

薛渌清歪着头，又打开与邪羽君的私聊对话框。

【私聊】水也清清：大神，那个谢谢你来救我哈……

消息发出去大概两分钟后，邪羽君才不慌不忙地回应她。

【私聊】邪羽君：我的血条到明天才能回血，你懂的。

【私聊】水也清清：……那大神你还是别来救我了吧。

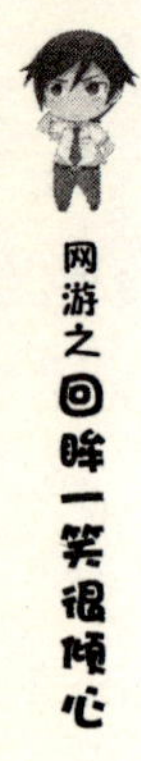

【私聊】邪羽君：我是这种让来就来让走就走的人吗？

【私聊】水也清清：……

【私聊】水也清清：大神，那个繁华泣泪很厉害的，到时候你万一有什么，你们帮派的又该找我麻烦了。（可怜）

【私聊】邪羽君：没事，上次我被85区的菜鸟杀的事情，我已经跟帮派的人解释过了，论坛里的帖子都是瞎说的。至于那个点点，他最近一直没有上线。你放心，等他上线我一定会把之前的事情弄清楚。

【私聊】水也清清：大神，有没有人说过，你是个大好人！

【私聊】邪羽君：当然有，不过每个说我是大好人的人最后都会答应我一个条件的。

【私聊】水也清清：……今天的天气真好啊。

薛渌清生硬地转移了话题，不过大神似乎对她如此生硬的话题彻底无视了，也没有再回复她。她一个人在山洞里和那些被劫持来的人有一搭没一搭地聊着天，时间倒也过得蛮快的。

不知过了多久，漆黑的山洞终于投射进一线微光，微光慢慢扩散开来。水也清清定睛看去，才发现就在光亮的正中心，一扇青铜大门正缓缓出现，然后大门缓缓开启。

山洞里的众人看见大门终于出现了，也顾不上聊天了，一个个都兴奋地从原地跳了起来，激动地向光亮的地方冲了出去。

山洞外鸟语花香的情景和山洞内潮湿阴暗的氛围简直大相径庭，水也清清顿时心情大好，她一边欣赏着洞外的风景一边四处搜寻大神的身影。

白色的花海中，同样穿着白衣的邪羽君正屹立在花海的正中央，他身上的白比花的白更浅更纯粹，头顶的朝阳照着他，让他整个人就仿佛融入在了这片无尽又美丽的白色花海中。邪羽君侧头看了看正奔跑过来的紫色身影，忽然拉起嘴角笑了笑。

水也清清在邪羽君面前停了下来，她有些不好意思地低下头，毕竟上次爽约之后，两人还没有正式碰过面，这次邪羽君又救了她，她正在酝酿如何向邪羽君表示感激和愧疚的心情。

薛渌清一边在心里酝酿，一边查看大神有没有受伤什么的。她打开邪羽君的资料栏，有些不敢相信地揉了揉眼睛，又揉了揉，这才确定自己真的没有出现幻觉。

这究竟是什么情况？大神竟然又掉级了？这次竟然连续掉了十几级？开什么玩笑？这是什么概念？十几级！大神这个等级至少要三个月才能练回来！而且大神现在的等级要想回到之前的水平，必须重新做一个非常难做的飞升任务，很多人宁愿不飞升，都不愿意做这个任务，因为这个任务不但要花费人民币，还要耗时至少三天的时间才能完成。

薛渌清看着大神的资料，一时之间都不知道自己心中究竟是怎样的感受，如果又是因为她害得大神掉了这么多等级，那要怎么办？她一个小虾米何德何能，要让邪羽君三番四次地帮她？

【私聊】水也清清：大神，你又掉级了。

【私聊】邪羽君：嗯。

【私聊】水也清清：对不起大神，又是我害的你。

【私聊】邪羽君：跟你没关系。那个繁华泣泪太卑鄙了，本来是要求在 PK 台进行公平 PK 的，他竟然带人来把我引到了一个系统漏洞处，几个人一起围攻我，我又没办法叫人。没事，幸好只是掉了几级，等我回血后一定跟他好好算这笔账。

【私聊】水也清清：其实，大神你可以不必救我的，下线了就不会掉级了。

【私聊】邪羽君：你真笨，我才不是为了救你，我是要记住那些杀我的人的脸，将来好找他们报仇。

薛渌清看着大神最后发的那张笑脸的表情，心里没来由地有些难受。游戏里就像一个世界，有些时候，你会遇见不计较

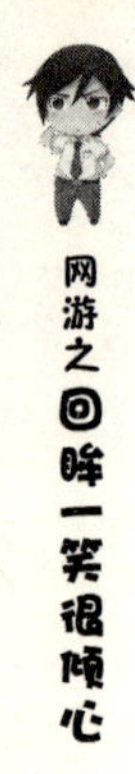

得失帮助你的人，有些时候，你会遇见你不去招惹却偏来招惹你的人，有些人冷漠却善意，有些人温柔却恶毒。想到这里，她不禁无奈地笑了笑。

【私聊】水也清清：大神，我要为上次爽约的事情向你道歉，你都说你自己是个大好人了，你肯定会原谅我的。

【私聊】邪羽君：你终于想起这件事了，我可是等了你一个晚上，这笔账怎么算？

【私聊】水也清清：（可怜）那我答应你的一个条件好了。

【私聊】邪羽君：这是你自己说的。

【私聊】水也清清：……

【私聊】邪羽君：那我们交换电话吧。

【私聊】水也清清：……呃。

【私聊】邪羽君：以后我不在线的时候，有人欺负你的话，可以打电话给我。

【私聊】水也清清：……我能只发短信吗？我妈妈说女孩子不要和陌生人说话。

【私聊】邪羽君：……（汗）我看起来就这么不靠谱吗？

【私聊】水也清清：（笑脸）

最后，薛渌清终于和邪羽君大神交换了电话号码，不一会儿，她就收到来自邪羽君的短信：哈罗？咚咚咚，有人在家吗？

薛渌清无语地回复过去：哈罗，哒哒哒，本人正好出门了。短信发送完毕，薛渌清才深深意识到，两人的行为是多么幼稚。

邪羽君掉级的事情第二天又在《天脉》论坛里闹得沸沸扬扬的。因为邪羽君在世界里刷过喇叭，自己掉级的事情跟水也清清没有半毛钱的关系，所以每当邪羽君在线的时候，天涯皇者帮的人最多只是无视水也清清，但只要邪羽君一不在线，水也清清的苦难日子就真的来临了。而且那个叫作点点的变态玩家专门挑邪羽君不在线的时候上线，薛渌清真不知道自己和这人有什么深仇大恨，这人非得跟她找碴。不过点点的行为也就只能停留在抢怪以及语言骚扰上了，人家天涯皇者的人却天天别出心裁，想出各种方法来让薛渌清不痛快。

抢怪劫镖车这些硬泡的都是小事一桩，人家天涯皇者的人开始走软磨的路线了。

薛渌清低头看了眼电脑下方的时间，已经整整十五分钟过去了！再过十五分钟擂台赛就要结束了，而她到现在都没有砍死眼前这个叫“鱼柳可可”的人。

擂台赛每周六和每周日晚八点开赛，等级到达50级以上的玩家都可以参加擂台赛，擂台赛里不准采取自动挂机，PK完全靠玩家的操作技能。只要进入擂台的两个玩家，除了分出胜负，否则不能退出擂台。正是因为这样的制度，薛渌清才觉得非常头大。

那个叫鱼柳可可的玩家等级很高，是排行榜上排名前十的女玩家，攻击力非常惊人，但是更惊人的是她的血条异常地厚，怎么都砍不死。试问这么一个大神级的人物竟然站在擂台上动都不动，任由水也清清砍了又砍，砍了半天，血条才下降了一点点。等到十五分钟后，水也清清终于将鱼柳可可的血条砍得还剩下三分之一的时候，人家一个天女散花技能，自动补血，再次满格，等着水也清清的大刀再次劈过来。

薛渌清决定骂一句粗口，她瞪着鱼柳可可头顶顶着的“天涯皇者帮”的标志，直想将键盘朝那人的头顶扔过去，可惜任她怎么抓狂，人依然稳坐泰山，一副“姐有的是时间跟你耗着”的架势。

这游戏里的人还能再坏一点吗？

“啧啧啧，看这女小样卑鄙的！”赵倩兰咂咂嘴，又摇摇头。

“女小样……”

“嘿嘿，清清这你就不懂了吧？自从小样这个词不知被谁创

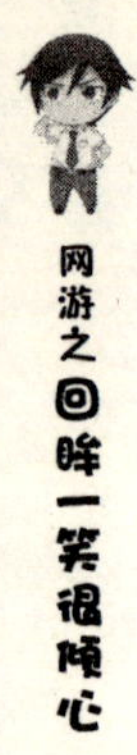

造了出来，我就一直很纳闷，这小样到底是指男呢还是指女呢？人家他和她都是有明确性别指示的啊！所以至此之后，聪明绝顶的我想到要在小样前面加上男和女两个字，怎么样？”赵倩兰边说边骄傲地抬起头来向薛渌清的方向勾了勾下巴。

薛渌清闷哼了一声：“……有意义吗？”

赵倩兰：“……”

薛渌清将视线转回电脑屏幕，她决定不再砍鱼柳可可了，就这样放任自然，自顾自打开微博，开始刷起微博来。

十五分钟过去了，擂台赛终于结束了，邪羽君的头像就在此刻应景地跳动了起来。

【私聊】邪羽君：清清，你又被人欺负了？

【私聊】水也清清：……这都被你知道了，说！你究竟是什么人？

【私聊】邪羽君：你个大傻瓜。

【私聊】水也清清：我被人欺负了，你干吗要骂我！

【私聊】邪羽君：我知道一个你以后都不会被人欺负的办法，要不要试试看？

【私聊】水也清清：好啊，说来听听。

邪羽君发了一个笑脸。

咦？为什么薛渌清又从这笑脸中看出了一丝阴谋？难道又是她想多了？她紧紧盯住电脑屏幕，等着大神口中的好方法，结果，她果真等来了，不过是一系列的世界刷屏。黄色的字体全部跃动在游戏界面的最顶端，湛蓝色的天空被金灿灿的黄色所掩盖，看得人触目惊心。

【喇叭】邪羽君：水也清清，嫁给我吧！

【喇叭】邪羽君：水也清清，嫁给我吧！

【喇叭】邪羽君：水也清清，嫁给我吧！

【喇叭】邪羽君：水也清清，嫁给我吧！

……

帮派疯狂了，世界疯狂了，宿舍疯狂了，薛渌清也疯狂了！她不知是被邪羽君大神惊的还是吓的，总之，平时做事还算比较有分寸的薛渌清同学一下打翻了放在笔记本电脑边的水杯。

“哗啦”一下，水杯里的水全部泼洒在电脑键盘上，键盘上冒出星星点点的蓝色火星，然后电脑屏幕闪了两下，就彻底黑屏了。

俗话说得好，情场失意，赌场得意。所以她薛渌清虚拟世界被人求婚，现实世界就要抱着坏掉的笔记本电脑冒着炎炎的烈日满大街地跑吗？这……天理何存啊！

薛渌清一边用手不停地擦拭着额角的汗水，一边眯着眼睛抬头查看车站站牌。确定好开往电脑城的是几路车，她就软软地靠着站台边的大树干上，头顶艳阳高照，她的心里也像被烈日烤过的柏油马路，烫烫的，有些黏腻的触感。

公交车一路向北，薛渌清便托着下巴看着窗外的景色，脑中不由自主地就回想起了邪羽君的求婚。她有些头大地用手拍了拍光滑的额头，也不知道在想些什么。

车子不久后就停靠在电脑城站，薛渌清抱着电脑跳下车，按照赵倩兰提供的“熟人”地址往一条看起来有点破烂的小巷子深处走去。

一个只穿着一件白色背心的男人正背对着薛渌清的方向，男人正低着头蹲在地上，手上正在研究一台样式看起来非常老旧的电脑主机。

“嗨！你好，请问是天程维修吗？”薛渌清走到男人后面，略低下头询问。她将戴在头顶的帽檐拉了拉，正好遮住了不远处射来的一线阳光。

男人回过头来，是一张看起来很年轻的脸，薛渌清觉得这人似乎还有些眼熟。

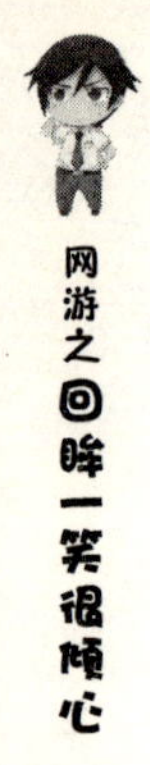

她没有多想，将笔记本电脑往上抬了抬："你好，我笔记本电脑坏了，是赵倩兰介绍我来的，你帮我看看吧？"

男人十分豪迈地用手擦了擦脸上的汗水，刚刚电脑主机沾染到他手上的污渍全部被他擦在了他那张不算白皙的脸上，看起来有些滑稽。

薛渌清忍不住轻笑了一下。男人看了她一眼，抱着薛渌清的笔记本走进里屋，末了，又回头看了薛渌清一眼。薛渌清耸耸肩，迎上他的视线又笑了笑。

薛渌清进了屋里就将头上戴着的鸭舌帽取下来，额角的发丝已经被汗水浸湿，全部沾在皮肤上。

"你这电脑键盘进水了，一会儿我拆开来看看，要是渗进主板里，修起来就比较麻烦了……"男人边说边抬起了头，这一抬，他忽然大叫了一声，惹得薛渌清不由得愣在了原地。

"你是薛渌清啊！你不认识我了？我我……程天啊！你高中同学！"程天激动地看着薛渌清，就差冲上去和薛渌清握手了。

薛渌清先是愣了一下，然后抬起头仔细打量程天的脸，这才恍然大悟为什么觉得这人眼熟，原来真的是高中同学！只不过这个叫程天的高中同学以前是一个技术宅，皮肤白皙，和现在这造型实在不能相提并论。

薛渌清笑了起来："程天啊，你变了好多，我都不认识你了。"

"嘿，薛渌清，你是赵倩兰室友啊！哈哈，赵倩兰是我的好哥们儿，自从我和她认识后，不知怎么的，就变得跟她一样豪放了，哈哈哈哈。"程天说完自己也觉得好笑，大笑了起来。

薛渌清囧了囧，默默地在心里想：赵倩兰的感染力太惊人了，千万别被赵倩兰带成豪放派，千万别被赵倩兰带成豪放派……

程天让薛渌清坐在一边，自己一边拆开电脑底座，一边熟稔地和薛渌清聊着天。

“薛渌清，你不够意思啊！自从高中毕业后，你就失踪了，我们好几次同学聚会你都没来参加。赶巧了，过几天我们高三（二）班原来的班长韩超要组织高中同学聚会，你一定要来……”程天已经彻底地从高中的技术宅派演变到如今的豪放啰唆派。短短的一个小时中，薛渌清只能插上几句嘴，即使插上了几句嘴，也只能说几个类似于“知道了、好的、嗯”这类的话，实在是有些小郁闷。不得不说，程天受赵倩兰毒害之深，实在是让人汗颜啊。

最后，薛渌清的笔记本电脑被确定成是主板进水了，要去厂家更换主板，至少要一个星期才能维修好。临走前，程天还让薛渌清留下和他一起吃饭，被薛渌清委婉地拒绝了。她下午还要去衡越打工，只能拒绝了程天同学的热情邀请。在程天再三强调让薛渌清一定要来参加星期天的同学聚会的喋喋不休声中，薛渌清单薄的身影终于又融入了炎炎的烈日里。

今天衡越酒店的气氛有点奇怪，门口聚集了很多不知从哪里来的鬼祟的人影，门内一众服务员们都十分沉默，一个个都低着头，好像要把自己埋在地洞里。

薛渌清拍了拍低调而过的庆然：“亲，我今天是不是错过了什么不得了的事情呢？”

庆然抬了抬眼皮，将右手挡在嘴角边，凑到薛渌清耳边小声嘀咕：“亲，今天不管发生什么事情，一定不要去十六楼。”庆然说完就点了点头，又拍了拍薛渌清的肩膀，然后又低调而去。

十六楼？薛渌清歪着头想了想，十六楼是酒店的客房，除非有特殊情况，一般她根本就不会上十六楼的。想到这里，薛渌清耸了耸肩膀，然后无视众人异样的表情，安心地工作去了。

“薛渌清，你跟我出来一下。”门口的赵领班向休息室里的

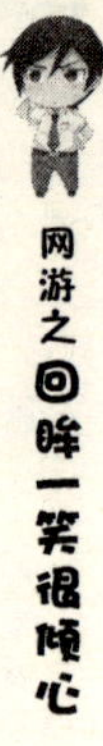

薛渌清挥了挥手。

“赵领班，有什么事情吗？”薛渌清有些不解地问。

赵领班板着他那张永远严肃过头的脸，盯着薛渌清看了半天，才说：“你上去找王经理，他会告诉你要干什么的。”赵领班说完又扫了一眼身边围过来的几个叽叽喳喳的服务员，厉声道，“一个个都没事做吗？还不赶快去做事！”

众服务员们都作鸟兽散，薛渌清不解地看着赵领班远去的背影，又看了看众人同情的视线，心里顿时有点小小的忐忑，十六楼究竟发生了什么事情？怎么一个个都露出一副“谈之色变”的表情？

薛渌清迟疑地走了几步，又回头看看身后众人，又走了几步，又回头看了看身后的众人，咦？为什么大家的表情如此惊恐，如此哀戚？她抓了抓头发，无所谓地耸了耸肩，然后往十六楼的方向行去。

电梯的大门缓缓打开，薛渌清的第一个反应是做梦，第二个反应是她穿越了！要不然好好的十六楼客房怎么会变得如此阴森可怖？那墙壁上是被哪个挨千刀的泼了这么多红色的油漆？还有地毯，上好的羊绒地毯上，那些被烧出的一个又一个的黑洞是怎么回事？最最离谱的是，为什么有个穿着工作服的人靠坐在墙边睡觉？他就不知道头顶有个摄像头，这样是会被扣工资的啊！薛渌清走了几步，没想到才走几步，她就感到脚底踩上了什么东西。她低头一看，吓得差点尖叫起来，谁能告诉她为什么她会踩到一只手指上？薛渌清抬起视线往不远处望去，不远处的走廊上，昏黄的灯光被浓密的黑暗所取代，在走廊的尽头，有一个像小山一样堆起的模糊轮廓，就好像是十几个人堆在那里！

薛渌清被自己的想法吓得不禁颤抖了一下，她尽力不把视线移到那堆轮廓上，转而加快脚步推了推靠在走廊墙壁上睡着了的服务员。

“喂，醒醒。”薛渌清推服务员的力气并不大，但那服务员不知怎么的，身子往右一倒，顿时，他面部的轮廓全部暴露在昏暗的灯光下。

服务员的脸上爬满了鲜红的血渍，一双空洞的眼睛正直勾勾地盯住她。

“啊!”薛渌清终于忍不住尖叫起来，她下意识地往电梯的方向跑。哪知道那电梯不知是突然坏了还是断电了，怎么按都没反应，她不得不转身往楼梯的方向跑去。这就面临了第二个问题，她将路过那个模糊的像人堆一样的地方。

管它呢！薛渌清闭了闭眼睛，加快脚步往人堆的地方冲去。哪知道才走近人堆，右脚就被一只手抓住了，一个人以一种扭曲的姿势慢慢地从人堆里爬了出来。

“啊！你是谁啊？人吓人吓死人，我要是被吓出心脏病导致下半辈子生活无法自理，你不但要对我的下半辈子负责，还要替我照顾我爸爸、我阿姨、我弟弟、我舍友、我朋友……”薛渌清边说边后退，眼看那个诡异的人影已经越来越靠近，她猛地一退，一不小心绊了一跤，整个人就要往地面栽去。

薛渌清认命般地闭上眼睛，却并没有想象之中的疼痛，竟然跌入了一个带着温暖气息的怀抱里。

“既然有这么多人要照顾，我还是吓别人好了。”熟悉的声音低低地在耳边响起，薛渌清猛地睁开眼睛，她发现自己整个人都跌在骆涵的怀抱里。他拨了拨遮住脸的刘海，露出一对如星光般璀璨的双眸，原来刚刚爬出人堆里的那个“人”竟然就是骆涵。

薛渌清紧绷的身体终于放松下来，她深深叹了口气，无语地看着正对着她露出一脸无辜笑容的骆涵，用可以杀人的目光望住他：“呵呵，骆先生好有闲情逸致啊。”

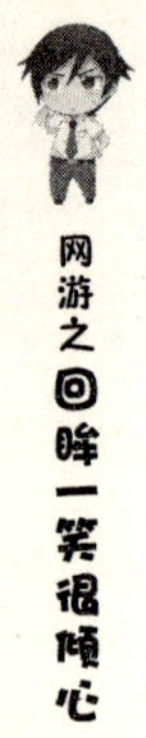

骆涵笑着耸肩，嘴角划过的是他惯有的不羁笑容，眼里的星光写着淡淡的调侃和趣味。薛渌清这才意识到两人现在的姿势有多暧昧，她整个人就趴在骆涵身上，而骆涵则双手将她抱在怀里。

薛渌清不淡定了，她感到自己的脸要烧起来了，迅速从原地爬了起来，掩饰性地咳嗽了一声又一声，企图掩饰刚刚尴尬的气氛。

就在这时，不远处走来几个人。为首的男人先是看了薛渌清一眼，然后又看了看身边跟随而来的女人。那女人不是别人，竟然是四小花旦之一的岳景长。

“景长，看看这个服务员刚刚上来的反应，那才是最真实的，你知道怎么演了吧？”

岳景长点了点头，涂着红色甲油的修长食指有节奏地在白皙的手臂上轻轻点着节拍，她用有些黏腻的声音回复道：“胡导，我知道了。”又看了看不远处正笑得一脸不羁的骆涵，“骆涵，我不会再 NG（卡壳）了，不好意思啦。”

骆涵耸耸肩，又转头偷偷对着薛渌清的方向做了一个奇怪的鬼脸。还真别说，骆涵此时脸上的妆容配上他的表情，还真有一点恐怖，但更多的还是滑稽。

这个人要不要这么幼稚！薛渌清刚刚的尴尬瞬间一扫而光，转而嘴角露出了一抹淡淡的笑容来。

薛渌清听着众人的对话，才终于知道，这个带头的男人就是国际知名导演胡畅，最近打算拍一部具有现实意义的恐怖片，特地来衡越取景拍摄。因为女演员演不出那种感觉，正在发愁，这不，薛渌清这只无辜的小菜鸟恰在这个时候送上门来，真实地为岳景长演绎了一回恐怖经历。

薛渌清忍不住在心里狠狠吐槽了一下赵领班，这男人太不上道了，竟然连楼上在拍鬼片的事情都不告诉她一声。不就是因为赵领班喜欢钻牛角尖，浑身上下又充满了一股乡土气息，薛渌清就心血来潮地帮他取了个“小农人”的外号吗？他有必要记仇到现在吗？哎！

薛渌清默默地在心里叹息，庆然这家伙话也不说清楚，直接说楼上在拍鬼片不就得了嘛，害得她出了个这么大的乌龙，总之，命途多舛啊！

胡导演和岳景长商量接下来的戏份，骆涵则歪着头盯着薛渌清看了半天，才微笑着吹了声口哨，看似愉快地往工作室走去。

嗯，真的很幼稚。

薛渌清转过身，往王经理的办公室走去，不知何时，她的脸上也挂上一抹愉快的笑容。如果薛渌清此时身边有一面镜子，一定会惊讶地发现自己脸上的笑容和骆涵的笑容何其相似。

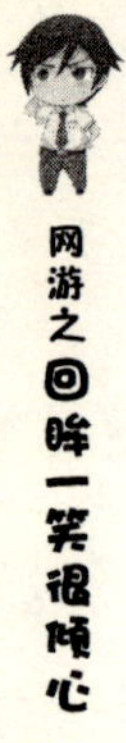

第十章　游戏内奸惹是非

没有电脑的日子，薛渌清每天晚上都会去自习教室里看书。赵倩兰本来要帮薛渌清挂游戏的，也被薛渌清婉言拒绝了，她真的还没有想好怎么回应邪羽君的求婚，嗯，应该说是怎么拒绝邪羽君的求婚才对。

看完书，薛渌清照例拿出手机挂了一会儿QQ，查看了平时经常浏览的网页，最后，她犹豫着是不是要浪费手机流量点进某人的私人论坛。

嗯，知己知彼百战百胜嘛！薛渌清终于找到了一个合适的借口，然后毫不犹豫地点进了骆涵的个人论坛。

为首的照样是骆涵的粉丝每日签到的帖子，薛渌清自以为好心地点了点签到的按钮，帮骆涵充了充人气，然后开始查看骆涵最近又干了什么幼稚的事情去了。

薛渌清一边查看骆涵的动态一边又撇嘴又摇头的，这不知道的人真心会以为薛渌清是哪个为自己孩子烦神的母亲呢！

咦？当看到某张照片时，薛渌清有些吃惊地瞪大了眼睛。这张照片非常眼熟，就是当天在酒店十六楼她差点跌倒，然后被骆涵抱住的一瞬间。她有些疑惑地皱了皱眉头，视线不由得再次划过帖子正上方红色的标题：

“骆涵绯闻女友，照片模糊但清晰可见此女身材不佳，疑似此女借骆涵炒作！”

薛渌清彻底无语了，这张照片清晰度如此之低，明显就是谁拿着像素很低的手机拍的。关键是，究竟是哪个不长眼的从这么不清楚的照片上看出她身材不佳了？还有，借骆涵炒作？呵呵呵，薛渌清决定先仰天长啸三声。

她很不淡定，非常地不淡定。她翻出骆涵的手机号码，盯着手机屏幕瞪了半天，终究还是稳住了心里的不爽，关掉了手机网页，算了，眼不见为净吧。

薛渌清刚把手机收回到背包里，手机铃声跟着就响了起来。她把手机拿出来，顿时有点头大，手机的来电显示上，“薛锦知”三个字跃进薛渌清的眼睛里。

薛渌清直觉得父亲打电话给她一定没有好事。果然，薛锦知十分严厉地批评了薛渌清，这人不愧是薛渌清的父亲，眼力简直惊人，这样都被他看出来照片里的人是薛渌清了！

哎！薛渌清一边听着电话里父亲的谆谆善诱，一边擦着额角的冷汗。

“爸，那照片里的人身材这么差，真的不是我。”薛渌清淡淡地撒了个弥天大谎。于是薛锦知在电话那头顿了顿，良久后，他轻轻咳嗽了一声，让薛渌清早点休息，便挂断了电话。

薛渌清有些头痛地揉了揉眉心。下午去衡越酒店上班，意料之中的，她迎来了众八卦女探究的目光。

庆然用那副想要八卦又尽力掩饰八卦的眼神看了薛渌清良久，终于忍不住开口询问：“清清，那照片上的人是你吧？”

薛渌清侧头微笑着看了庆然一眼，反问道：“你觉得我身材很差吗？”

庆然赶忙摆手：“没有没有，绝对没有！”

“那你觉得照片上的人是我吗？”薛渌清继续微笑。

庆然郑重地摇了摇头说：“不是不是，绝对不是！”说完，她如同领导般对不远处的围观群众挥了挥手，“姐妹们都散了吧，那照片上的人不是薛渌清啊。”

“切。”不远处才进休息室的田甜冷哼了一声，嘴角划过一

丝奇怪的冷笑，便朝着自己的储物柜走去。

薛渌清疑惑地歪了歪脑袋，良久后才耸了耸肩，照例去做自己的工作。虽然不知道那个拍照片的人究竟是谁，可为了将八卦的小火苗扼杀在摇篮里，薛渌清决定了，她坚决不会再上十六楼，如果就这么不巧地遇上骆涵了，也要坚决绕道走。

于是乎，八卦的风声吹了几天，因为当事人一副漠然的态度，很快便风去无影，无声消散于空气之中。

薛渌清抱着修好的笔记本电脑出了电脑城，耳边似乎还回荡着程天的喋喋不休声："薛渌清，记得一定要参加同学聚会啊！薛渌清，记得一定要参加同学聚会啊……"薛渌清不禁在心里感叹一声：程天这种推销的天赋，修电脑什么的，太可惜了。

回到宿舍后，她登录《天脉》游戏，一个星期没有登陆游戏，她以为信箱或者私人留言频道会堆满各种关于上次邪羽君求婚的信息，哪知道空空的信箱以及空空的留言频道似乎猜中了她的小心思，只有空白的界面对着她咧嘴微笑。

世界很安静，邪羽君亮着的头像也很沉默，好像当初邪羽君大神的求婚喇叭只是一个她做的一场有些滑稽的梦。薛渌清呆呆地看着电脑屏幕良久，内心居然莫名还有点小小的失望，不过她已经迅速调整好了心态，微笑着继续开始游戏中的华丽冒险。

赵倩兰和C宝此时正在对着电脑面前的摄像头搔首弄姿，莫晓语将座位尽量搬离这两人，然后继续若无其事地打怪刷装备。

薛渌清笑着摇了摇头。就在薛渌清没上线的这些天里，《天脉》游戏推出了一个全民参与的传送真实头像送时装的活动，愿意上传真实头像的玩家可以联系游戏版主，与版主进行面对面的视频认证后，就可以上传照片。上传照片成功后即可获得游戏最新推出的时装一件。这个活动开始后，各种有点姿色的男男女女玩家们纷纷上传头像，游戏论坛的各种八卦玩家还专门开贴评论出每个区的帅哥美女排行榜，一时间，一场送时装的活动当即沦为了选美的活动，《天脉》游戏好不热闹！

赵倩兰终于搔首弄姿完毕，回归薛渌清身边的电脑边坐了下来。她依然沉浸在刚刚的自恋中无法自拔："清清，我想上传真实头像，你说过过要是看我长成这样，会不会更爱我？"

薛渌清震惊了一下："……兰兰，你究竟是长成怎样，他才要更爱你？"

赵倩兰顿了顿，然后翻了个白眼："……你个不和谐的。"

在薛渌清不上网的这些日子，还有一件重要的事情发生了，那就是赵家一朵花和绯村杨小过又重归于好了！于是，本来还算安静的帮派频道里，又多出了两个肉麻人的肉麻对话，实在是……没有天理。

【帮派】绯村一口酒：嘿嘿，我看见偶像上线了，好几天没看见你，我都要以为你不玩了呢！

【帮派】水也清清：我电脑坏了，拿去维修的。

【帮派】框框矿泉水：水也清清，上次的事情不好意思啦！我只是刚被人杀了好几次，心里不高兴，话说得有点重，跟你道个歉。

【帮派】水也清清：(笑脸）没事。

【帮派】小娇娃：水也，你来啦，话说上次邪羽君和你求婚是怎么回事啊？

【帮派】水也清清：……我也不知道。

【帮派】滴滴答答：水也清清同学，据可靠消息，在你没上线的这几天，曾经公开在世界向你求婚的邪羽君大神也被论坛公认第一美女浓情巧克力告白，而且这两人趁你不在的日子经常组队打副本，关于邪羽君移情别恋这个消息，你怎么看？

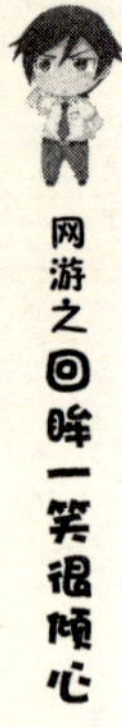

【帮派】赵家一朵花：……暴露了！清清，我们不是故意不告诉你这个令人悲伤的消息的。虽然那个浓情巧克力确实长得很漂亮，但是邪羽君大神应该还是喜欢你多点的。

【帮派】C的宝贝：楼上的是说清清长得不如人家漂亮吗？

【帮派】赵家一朵花：清清，千万别听楼上的某人挑拨我们亲密无间的关系。

【帮派】绯村杨小过：花花老婆，真正和你亲密无间的应该是我吧。(可怜)

【帮派】赵家一朵花：嗯嗯，过过老公，当然是你，是你是你，就是你！

【帮派】SHUT UP：(呕吐)

【帮派】众人：……

【帮派】芦苇：是啊，不过邪羽君真的很郁闷，之前和独孤笑笑一对，然后又向水也求婚，现在又和浓情巧克力有感情，大神也太花心了吧！

【帮派】绯村一口酒：偶像，要不你也传个照片去论坛？

【帮派】小娇娃：是啊是啊，我们大家都传了，到时候穿着统一的服装组队打怪，多拉风啊！

【帮派】水也清清：(笑脸）我没什么兴趣呢。

……

水也清清一个人进单人副本做了几个日常任务后，便进了凤仙谷副本采集符咒，做帮贡。她一边心不在焉地采集符咒，一边远远地看向不远处白衣飘飘的身影。邪羽君和独孤笑笑正在并肩打一个突然冒出来的小怪，而紧紧地跟在邪羽君身后的一抹粉色的娇小身影正用崇拜的目光看着邪羽君英姿飒爽的背影，那抹粉色的身影正是传说中论坛第一美女浓情巧克力。

水也清清假装没看见邪羽君，继续若无其事地采集符咒。不巧地，她的“死对头”天天甜甜和平一剑正巧从她的身边路过。薛渌清吃惊地发现天天甜甜和平一剑小同学不知道什么时候已经结婚了，两人头上分别挂着代表结婚的爱心标志。

【附近】天天甜甜：哟呵，小剑，你看我们身边的这是谁啊！

【附近】平一剑：哟呵，这不是水也清清家族的人吗？

【附近】水也清清：……

【附近】天天甜甜：怎么着，一个人在这里采集符咒？怎么不去跟着羽哥哥呢！哦，我知道了，看见人家身边有一个美女，自惭形秽、无地自容了。怎么，某人是不是不敢传头像，怕自己是个丑八怪的事情暴露了？

【附近】平一剑：甜甜，你怎么能这么说人家呢！说不定人家不是个女的，是个男的呢！

【附近】天天甜甜：小剑，你在曝真相了！

……

薛渌清真的很佩服这两人的想象力，这两人不在一起真的是天理不容啊！她有些头疼地揉了揉额角，准备离这两个人越远越好，哪知道这两人已经从水也清清是男人扯到了为什么邪羽君求婚完后就没了音信，反而和论坛第一美女浓情巧克力黏在一起，原因就是邪羽君知道了水也清清是个男人号的事实后，受不了打击，才瞬间移情别恋了！

薛渌清觉得天天甜甜和平一剑完全可以改名成喇叭一号和喇叭二号，在他们天花乱坠的想象之后，没过几天，几乎全区的人都开始猜测水也清清此人到底是不是一个男人号。甚至有个叫路人甲的男法师特地私聊她，建议她加入男人帮。薛渌清深深地被惊到了。

世界上最近都没有什么新鲜事，因为天涯皇者帮的人曾经被他们的正副帮主警告过不要随便找水也清清的麻烦，天涯皇者的人可能最近都闲得太无聊了，只能一直在世界上猜测水也

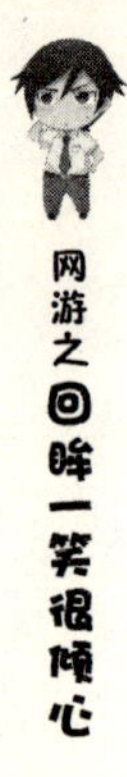

清清到底是男还是女。更有匿名的玩家还在游戏论坛里列举了水也清清是男人号的几种可能性，惹得水也清清一直在被各种莫名其妙的人要求去求认证。

她觉得不耐烦，真的很不耐烦，为什么她只要一玩游戏，总有人想要找她麻烦呢？这是为什么呢？

在薛渌清有些不胜其烦的时候，一条发到世界频道上的鲜红的字体吸引住了她的注意力，竟然是胎盘大神！

【世界】多铎：这个区的人这么多人没传真实头像，难道没传头像的都是人妖？

【世界】美出翔来了：楼上惊现多铎大神！

【世界】小娇娃：大大大……大神！帮主大人！

【世界】恋恋笔记本：我的眼睛不会又出问题了吧！多铎大神出现了，竟然还在帮水也清清说话？

【世界】多铎：楼上，你觉得我说的有错吗？

【世界】路人甲：大神说得没错，敢问大神喜欢男人吗？

【世界】路人乙：楼上歪楼可耻。

【世界】多铎：我再说一遍，从今天开始，我每天都会上线，绯村帮的高手也都会回归游戏。水也清清是我们绯村的人，谁要是和水也清清作对就是和我作对，就是和我多铎作对。

【世界】赵家一朵花：帮主大人好酷！

【世界】C的宝贝：同楼上，楼下格式。

……

世界随着多铎的话又陷入了疯狂之中，多铎大神竟然回归游戏了，而且才刚一回归游戏就出来帮水也清清说话。这不由得让薛渌清有点受宠若惊，在宿舍众人逼迫的视线之下，她只能解释：“也许，大神知道了我知道了他名字的具体含义，想要借此让我封口？”

众人：“……”

薛渌清默默地咽了咽口水，然后点开了与多铎的私聊频道。她有些不解地看着多铎在私聊频道里和她热情地打着招呼，这……这不对啊！为什么曾几何时冷酷得掉渣的胎盘大神忽然对她如此热情了呢？而且……他们不熟啊！

【私聊】多铎：清清，一会儿和我组队打魔域，你二十层还没有通关吧，我带着你，今天肯定能打到三十层。

【私聊】水也清清：谢谢帮主！

【私聊】多铎：清清，我背包里有很多多余的技能碎片，一会发给你，反正我也没用。

【私聊】水也清清：谢谢帮主！

【私聊】多铎：对了，大家都是一个帮的人，你有什么不知道的尽管找我。

【私聊】水也清清：……谢谢帮主！

看看看看！帮主大人是多么地热情，是多么地为帮众着想！这不由得让薛渌清怀疑之前理都不理她的胎盘大神到底和现在的胎盘大神是不是一个人。薛渌清叹了口气，她看了看好友栏里仿佛露出一张灿烂笑脸的胎盘大神，又看了看那个白色的看起来冷冰冰的头像。邪羽君的头像一直亮着，但始终没有主动找水也清清说过话，而薛渌清也一直在犹豫不决，到底是主动找他呢还是不主动找他呢！

下午三点半的时候，《天脉》游戏新开了一个阵营战，在 85 区、86 区和 87 区正式合区后，将三个区的玩家分成了三个不同的阵营。在每周一至周五的阵营战中，三个阵营的玩家可以进行对垒 PK，守护各自的阵营，哪个阵营的战旗直到对战结束还没有被对立阵营的玩家摧毁，就可以获得阵营战的胜利。

阵营战之前，绯村帮的群众根据帮主和副帮主的安排各自组队，由多铎、绯村杨小过和绯村一口酒分别带领三个队伍进入战场。水也清清正好被分在了多铎的队伍里，看着队伍频道

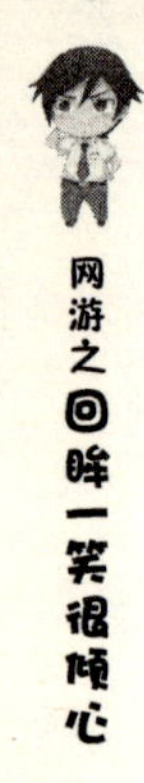

里那个大大的笑脸，薛渌清一度怀疑自己之前关于胎盘大神的记忆到底是不是错乱了。

【队伍】多铎：大家都跟紧我，千万别掉队了。

薛渌清紧紧地盯着电脑屏幕，水也清清跟着多铎带领的队伍迅速来到自己所在的战场上。胎盘大神看似不偏不倚，其实很偏心地把薛渌清分在了一个很安全的位置，让薛渌清不由得就有点小小的心虚。

她蹲在城墙墙角下，抬头看着炙热的太阳，一边不停地抹去额角的汗水，一边仔细盯着附近的地图，只要看见可疑的绿色圆点，就通知城墙上的弓箭手射箭。

薛渌清在电脑前无聊地啃着苹果，一边的赵倩兰鄙视地看了她一眼：“啊啊啊，帮主大人好偏心，为什么我砍人砍得手抽筋了，薛渌清这个不和谐的却可以坐在电脑前啃苹果！”

薛渌清此时刚刚咬了一口苹果，她有些含糊不清地开口回复，顺便给赵倩兰投去一抹安慰的视线：“能力大贡献大，我嘛，能力不行！”

“所以让你平时要多练级嘛！”赵倩兰嘴角终于划过一抹得意兴奋的笑，又继续扛着“能力大”的大旗奋勇杀敌去了。

薛渌清这才把视线又重新移回电脑。这一看，她的苹果差点掉在了地上，那个叫点点的变态玩家是什么时候坐在了她的身边的？

点点头顶天涯皇者的标志已经没有，不知道是被请出帮派还是自己退帮的，此时他正一脸阴笑着看着坐在墙角下的水也清清，他的右脚不停地抖动着，露出一副无赖的样子。

【附近】点点：妹妹，我们又见面了，虽然哥哥和你不同阵营，但你千万别杀哥哥啊，哥哥会对你很好的。

【附近】水也清清：又是你？我现在不想杀人，奉劝你马上离开。

【附近】点点：哎哟，还不想杀人，你又不是没杀过我。不过……

点点话音刚落，两个人从不远处的树丛里蹿了出来。这两人的头顶都顶着“绯村帮”的标志，他们都是最近几天才加进绯村帮的新号，原来这两人都是别的阵营的内奸，怪不得点点能混进她的阵营来。

三个人将水也清清团团围住，圈子越缩越小。

水也清清所在的城墙下虽然非常安全，但是也因为安全而很少会有人路过，现在她被这三个人团团围住，看来今天是死定了。她先是在宿舍里通知了宿舍里的其他人，然后又在队伍里知会多铎绯村出了内奸，而且很有可能不止这两个新号。

短短的几秒钟时间，点点及那两个内奸已经开始对水也清清下手了，她的血条瞬间下了一半的血。薛渌清想起之前和多铎做魔域副本的时候，曾经掉出一颗百转灵丹，可以在五秒内变成无敌状态，击杀身边的敌人。

水也清清见准时机，将灵丹取出放进嘴里，一个技能就向点点放过去。点点没想到水也清清来了这么一招，瞬间倒地不起。

旁边的两个内奸对看了一眼，恨恨地一咬牙，大刀就像水也清清的头顶闪过去。就在这千钧一发的时刻，多铎不知道从哪个角落里忽然冒了出来，一下将水也清清推出了攻击范围，因为闪避不及，自己反而中了一刀。不过大神毕竟是大神，被这么爆头一击，血条似乎动都没动，实在强悍。他轻轻甩出两道橙色的光，那两个内奸立马倒地不起，被送出了战场外。

【世界】点点：大家快来坐标 45，187 围观啊！水也清清攻击无阵营玩家，大家可以去杀人记录里看！

这个点点死后，就被自动送出了战场外，他竟然又在世界频道里刷屏控诉水也清清杀死他。世界又掀起了一番讨论，薛

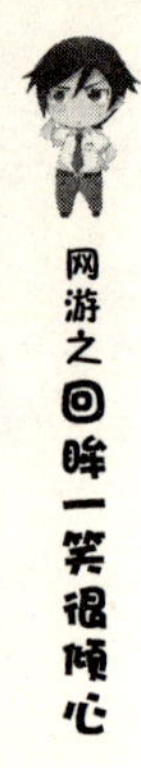

渌清气得鼻子都要歪了。这个点点竟然是无阵营玩家，一般战场上无阵营玩家只是前来观战的，有阵营的玩家是不能杀死无阵营玩家的，而点点被薛渌清杀死，无疑又给这个点点找到了薛渌清残害他的借口，简直太卑鄙了！

【队伍】水也清清：帮主，你没事吧？

【队伍】多铎：我没事。清清，你没事吧？可恶，那个点点简直找死。

【队伍】水也清清：是啊，那人是个变态，之前我就被他搞得很惨，不知道我和他有什么仇。

水也清清边说边往多铎面前走了几步，就因为这几步，她眼角的余光忽然看见不远处一道白色的身影。邪羽君就静静地站在不远处的城墙下，阳光在他的头顶，他的白衣就这样沐浴在阳光里。

薛渌清有些生气地看了邪羽君一眼，这家伙，明明就在附近，刚刚也没有来救她的意思，简直可恶透顶。

直到水也清清跟着多铎越走越远，她往身后回看，发现邪羽君依然静静地立在阳光里，似乎就这样立成了一个雕塑，真是怪异。

阵营战最终以薛渌清所在的天阵营的胜利告终。在连杀记录里，多铎和独孤笑笑连续砍杀五百名敌人，并列阵营战功臣第一名。奇怪的是，邪羽君大神竟然都没有上杀人记录。薛渌清想到立在阳光下白衣潇洒的邪羽君，那种奇怪的感觉又莫名冒了出来。

因为阵营战胎盘大神的热心营救，他的形象瞬间在薛渌清的心里变得光辉起来，但同时，薛渌清又有些疑惑地想：为什么多铎大神性格大变呢？为什么就在众人怀疑她是男人的时候多铎大神忽然出现了呢？为什么呢？难道多铎大神也有相同的遭遇?!

想到这里，薛渌清脑袋仿佛闪过一道白光，她轻轻敲了敲脑门，在电脑面前踱了两步，忽然大悟了："难道多铎大神曾受过委屈？在看见我被别人怀疑的时候，因为感同身受，才出来解围的？"

赵倩兰张大了嘴："很有可能啊，我就说嘛！多铎大神瞎了他的钛合金狗眼了吗，干吗要帮薛渌清这个不和谐的？现在终于真相了啊！"

薛渌清："……兰兰，我到底有什么对不起你的，以后我再也不要帮你约方仲了。"

赵倩兰立马从座位上跳了起来："……刚刚发生了什么事情吗？我怎么好像完全记不得了？清清，即使我什么事情都不记得了，我一定会记得你在我心中是多么地……完美！"

众人："……"

C宝白了赵倩兰一眼，一把激动地拉住了薛渌清的手："清清，你看啊，胎盘大神不仅帮你解围，带你打副本，还帮你挡刀子，你是不是应该好好报答下他？"

薛渌清点了点头，然后偏头看了一眼笑得一脸不和谐的C宝："C宝，你好像有策略？"

C宝憋着嘴忍着笑，拼命地点了点头："最近我认识了很多男人帮的好友，他们的帮主路人甲正好需要一个人生伴侣。"

薛渌清看着C宝脸上的笑容就知道准没好事，果然……

C宝却无视了薛渌清的表情，欢快地坐到电脑面前："来来来，我来约路人甲，清清你约胎盘，美好的明天正等着他们呢！"

薛渌清："……"

薛渌清点开胎盘大神的对话框，实在无法开口邀他和路人甲相亲的事情。她犹豫了再三，正准备在私聊频道说话，胎盘大神红色的字体首先跃进了频道里。

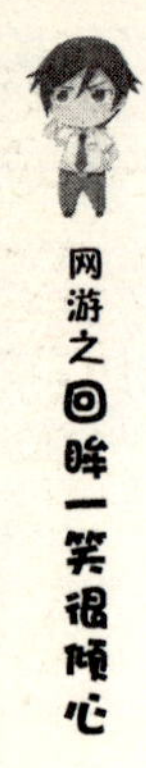

【私聊】多铎：清清在吗？在的话来坐标345，987。

【私聊】水也清清：在，怎么了？

【私聊】多铎：你来了就知道了，有惊喜。

薛渌清疑惑地“嗯”了一声，把C宝组织的路人甲和胎盘大神的相亲见面会瞬间抛到了脑后，然后从背包里翻出飞行符，点开地图，飞到了多铎所说的坐标地点。

血腥，太血腥了！残忍，太残忍了！但是心里的暗爽是怎么回事？

水也清清一边摇头晃脑一边同情地看着被卡住的点点。任凭他大声尖叫，除了身边的多铎和水也清清抱臂看戏般地看着他，身边没有半个影子。

【私聊】多铎：前几天发现这个系统漏洞，不管是怪还是玩家，只要走到这个地儿都会被卡住，而且还会一直死机，运气不好的话至少死半个小时。即使下线了，上线的时候还是会被卡在这里。清清，趁这家伙还在想怎么被卡住的时候，动手吧！

【私聊】水也清清：帮主大人，会不会太残忍？

【私聊】多铎：不会。

【私聊】水也清清：帮主大人，会不会太血腥？

【私聊】多铎：不会。

【私聊】水也清清：帮主大人，如果我还想卡一个人呢？

【私聊】多铎：没问题啊，把名字报给我。

【私聊】水也清清：繁华泣泪。

薛渌清说完，看见多铎先是投来了一抹疑惑的视线，然后眼中闪过一抹欣慰的神色。他也没问为什么薛渌清还想卡繁华泣泪，不一会儿，这个系统漏洞的地点就又多出一抹哭号的身影。

【私聊】水也清清：那，帮主大人，我要动手了哦！

接下来的画面真是让薛渌清感觉很爽。不过收到系统送来的控诉书时，她的脸立马囧了起来。

胎盘大神抓了抓一头漆黑的短发，有些不好意思地说："不好意思啊，清清，忘记告诉你了，你杀人红名了，要被送进监狱里洗白①后才能出来。"

薛渌清囧了，怎么觉得这一刻憨厚热情的帮主大人透出了一点恶作剧的意味，而且这感觉怎么和某人很像呢？薛渌清还来不及多想，面前忽然一黑，水也清清就被关进了一间狭窄黑暗的监狱里。

多铎一脸优哉游哉地坐在监狱门口和监狱里郁闷的水也清清聊着天。薛渌清说着说着不知怎么就又提起了邪羽君，一边控诉着邪羽君给她带来的种种麻烦，一边恨恨地说："那个繁华泣泪就是当初害邪羽君掉级的人，要不是我今天多砍了他几刀，我的名字能这么红吗？我的名字不这么红，我能进监狱洗白吗？"

多铎对着水也清清憨厚地笑着，等水也清清说完，就给她顺了顺毛。末了，还发了一个意味深长的微笑。

咦？薛渌清似乎又闻到了阴谋的味道，如果是胎盘大神的话，应该不会吧？她立马打消了脑中不和谐的念头，低头看了一眼电脑右下方的时间，快五点了。今天晚上六点半，就是高中同学聚会，她马上还要出门。

薛渌清和多铎大神招呼了一声，就继续挂机在监狱里洗白。她从电脑前站了起来，换了件衣服，便往说好的聚会地点走去——这次的聚会地点竟然是衡越酒店，还真有些巧。

① 网络语言，指洗清罪恶。

第十一章　再回首情谊依旧

薛渌清约好和方仲一起去衡越酒店，两人在各自学校中间的汽车站碰头，然后一起坐上了前往衡越的汽车。

薛渌清想到赵倩兰在她临行前的嘱咐，有些头大地用胳膊捅了捅身边的方仲："哈哈，最近在忙什么呢？兰兰……哦不，我都好久没见到你了。"

方仲听见赵倩兰的名字，脸色先是一变，然后又立马露出了一副十分无所谓的笑容，对薛渌清说："薛渌清，你帮我告诉赵倩兰，我已经有女朋友了，让她别再来找我了。"

"啊？"薛渌清疑惑地"啊"了一声，方仲则甜蜜地笑了起来，侧头问还处于震惊中的薛渌清："你觉得网恋靠谱吗？"

"啊？"薛渌清又震惊了，然而方仲根本不顾薛渌清的反应继续说："哎，老实告诉你吧，我一直在玩一个叫作《天脉》的游戏。在游戏里我认识了一个女生，我们很投得来，我也很喜欢她。我想和她在现实里见面，发展恋情。说来还蛮巧的，她说她也是你们学校的。"

薛渌清本来还准备"啊"一句的，但是脑中忽然有了一抹奇怪的念头，她问方仲："那，你在游戏里叫什么名字？我有机会也和你一起玩。"

方仲不好意思地抓了抓脑袋："我叫绯村杨小过，这名字还行吧？"

"啊！"薛渌清一边咬唇看着方仲一脸不好意思的帅气面庞，一边撇过头看向窗外的风景，一时没忍住，还是笑了起来，肩膀小幅度地颤抖着。

“薛渌清，你笑什么，我的名字真的就这么难听?”方仲囧了。

“不，因为你的名字太好听，我一激动就笑了。”薛渌清辩解道。

方仲在薛渌清身边停顿了良久，终于从牙缝里挤出三个字：“……我恨你。”

薛渌清：“……”

这次的同学聚会不知道是谁举办的，门口还挂着一个硕大的显眼的招牌：热烈欢迎C中永远的高三(二)班再度聚首！再回首恍然如梦，再回首我们的情谊依旧。

薛渌清看着巨大的“文艺”招牌有点好笑地歪了歪头，而方仲小同学甚至停下来仔细研究了起来，他托住下巴沉思了半天，终于抬起头来大声地问已经走出几步外的薛渌清：“薛渌清，你说我们的情谊依旧到底和再回首有什么关系?”

薛渌清揉了揉额角，严肃地回答：“没有关系不就是一种关系吗?”

方仲愣了两分钟，终于恍然地点了点头。

“嗨！大家快看是谁来了。”程天将包间的门推开，包间里一线白色的光将走廊一角照得明亮，光晕打在薛渌清白皙的脸上。有一瞬间，她甚至有些睁不开眼睛，待终于适应了包间里的亮光，她看见包间里的众人用各种目光打量着她。

薛渌清笑了笑，伸出右手跟大家打了个招呼，在众人各种起哄声中找了个位置坐了下来。

方仲已经跑到男生那桌坐了下来，薛渌清则和几个女生坐在一起。右手边的女生烫了一头波浪大卷，脸上化了很浓的妆，她侧过脸来仔细打量了薛渌清一眼，忽然笑了起来：“嗨，薛渌清，还记得我吗？我是姜欣欣，哈哈，我们的班花还是这么漂

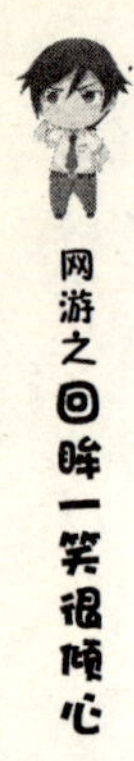

亮啊。”

薛渌清礼貌性地回复她：“你也是。”

姜欣欣又笑了起来，她低头和她另一边的女生低头说了几句，两人一起回过头来看着薛渌清。另一边有着短发的女生叫作段宁，是曾经高中的体育委员。段宁向薛渌清伸出手，两人握了握。

“薛渌清，听程天说你之前受伤了，没事了吧？”段宁的眼神里有些许的担心。

“那个早就好了，已经没事了，不过有点后遗症。因为那次事故砸到了脑袋，记性有时候不太好，如果认不出你们了，大家谅解谅解啊。”薛渌清笑着喝了口面前的茶水。

“那就好那就好。薛渌清，你真不够意思啊，高中毕业后也不和我们联系，真是大忙人。还有那个简瑶也是……”段宁说了一半，一边的姜欣欣忽然瞪了她一眼，段宁这才意识到自己失言，尴尬地咳嗽了一声，迅速转移了话题。

薛渌清表面依然保持着固有的微笑，听着众人诉说着高中毕业后各自的近况，有的人还在继续上学，有的人已经去工作了，甚至还有些人已经当上了小老板，经营着自己的店铺。各自正沿着不同的轨迹，走向不同的终点。

这次聚会一共来了二十六个人，男生女生各自凑一桌。间隙有很多男生到女生这桌起哄，隔三岔五地还有人来敬酒。女生这边自然也不甘示弱，每隔一段时间，都有三三两两的女生到男生那桌敬酒。

姜欣欣和段宁一直在怂恿薛渌清一起去男生那桌敬酒。薛渌清抬眼往男生那里看了一眼，她有些郁闷地撇了撇嘴，不知道为什么，平时自诩记忆力过人的她竟然发现那桌有好几个生面孔，还有一个人从吃饭开始到现在一直戴着一副巨大的墨镜。那人坐着的位置刚好背光，从薛渌清这里看过去更是难以看清他的脸，而且那人一直很沉默，只偶尔抬起头来跟身边的人说几句。

薛渌清总觉得那人隐藏在墨镜下的脸应该是一张她熟悉的脸，她有些奇怪地跟一边的姜欣欣说：“欣欣，我们班的同学真有个性！”她边说边指了指那个戴着墨镜的男生。

段宁也好奇地抬头看了那男生一眼：“哈哈，你们也注意到他了啊！刚刚他来的时候我也注意到了，身材超好的。”

薛渌清囧了囧：“……这不是重点吧。”

段宁笑得一脸花痴：“看看那边那群男生，一个个要不就是越长越丑，要不就是有向中年男人发福的趋势发展，稍微帅一点的也都已经有女朋友了。就他戴着个墨镜，如此低调，隐藏在墨镜下的还是一张超帅的脸。”

姜欣欣大笑着推了一下段宁的脑袋：“你个大花痴。”

薛渌清有点无语地看着两人，说出心中的疑问：“不一定吧，不都是长得丑的人喜欢用墨镜遮住脸吗？说不定那人隐藏在墨镜下的脸可以用来辟邪吧。”

薛渌清说完，四周都默了默。姜欣欣本来想抬起手来习惯性地推一下薛渌清的脑袋，但想想还是作罢，曾经暗恋薛渌清的男生有点多，她怕出不了酒店，那岂不是完蛋了！

“不过话说回来，那人到底是谁啊？”薛渌清继续不解。

这下整张桌子都安静了下来。薛渌清左看看右看看，要不就是疑惑的视线，要不就是同情的视线，要不就是奇怪的视线，要不就是八卦的视线，总之在这些视线里，薛渌清实在难以揣摩出那个人究竟是谁。

说话间，男生那桌已经响起了不小的骚动。戴着墨镜的男生从人群中站了起来，远远地，视线似乎飘到了女生这桌来，又似乎渐渐定格在了薛渌清的身上。

那人慢慢地从背光处走了出来，可以看出，这男生的身材

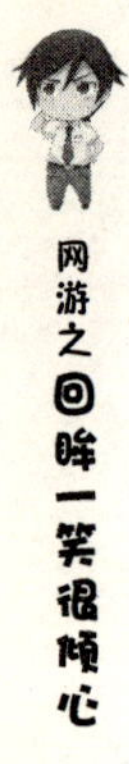

的确不错，啊呸！这并不是重点，重点是薛渌清越发觉得这人的脸很眼熟，尤其是嘴角拉起的一抹若有似无的笑容。

“啊啊啊！他走过来了啊！”段宁激动地晃动着姜欣欣的胳膊。

姜欣欣则眯着眼睛仔细打量了薛渌清一眼，不确定地问：“薛渌清，你真不知道他是谁？他是我们学校的啊，只比我们大两届！”

薛渌清摇了摇头，又侧头望了那个端着酒杯前来敬酒的男生。男生此时已经走到女生这桌了，他手中端着一个酒杯，透明的玻璃杯里晃动着暗红色的液体，头顶的灯光洒在红色的液面上，红和白的光点在他修长的指尖上晃动着。

薛渌清吃惊地发现，这个人她是认识的，而且已经很熟了！当他将脸上戴着的大墨镜取下，几乎全桌的女生都忍不住兴奋起来。

谁能告诉薛渌清，为什么偶像小天王骆涵会出现在他们的同学聚会上？这个世界能不能有点逻辑？

骆涵向桌上的女生一个个敬酒。等轮到薛渌清的时候，她看见骆涵眼底的光，一如明星般璀璨而夺目，在他灼灼的视线下，她有些心虚地低下了眼睑，将杯中的酒一饮而尽。

等骆涵再次回到自己的桌子边，薛渌清还在不敢相信的恍惚中不能自已。骆涵是她校友？为什么她完全不记得当初学校里有这号人？难道当初发生事故的时候，砖头砸伤了她的脑袋，她失忆了？这……现实要不要这么狗血！

注意到薛渌清脸上千变万化的纠结表情，姜欣欣抽了抽嘴角：“不会吧，薛渌清！我以为你只是不记得我们的名字，所以用受过伤记性不好这个借口呢！没想到你真失忆啊！”

“淡定，真不是失忆，是记性不好。”薛渌清小声地辩解道。

“无法淡定。”姜欣欣大声地反驳道。

“好吧，我是真的失忆了。”

众人：“……”

段宁将脸凑过来，还沉浸在骆涵刚刚给她敬酒露出的灿烂笑容中无法自拔。她稳了稳心神，尽力克制自己的花痴，八卦地说：“薛渌清，既然你都忘记骆涵了，我必须给你普及一下他。你知不知道？他当年可是公认的两大校草之一。”

“还有一个是谁?”薛渌清忍不住打断段宁。段宁瞪了她一眼，薛渌清立马识趣地噤声了。

“骆涵虽然比我们大两届，可是全校有几个人不知道他？他当初可是以全省第一的成绩考上了全国顶尖大学。我记得骆涵是学法学的，后来不知道什么原因忽然在大三的时候休学了，这才走上了演艺圈的道路。他花了短短三年的时间就成了偶像天王，实在是厉害。”

薛渌清忍不住向骆涵所在的方向望过去，哪知道骆涵也正望向她的方向。两人的视线相接，骆涵的嘴角划过一抹无比灿烂的微笑，惹得众女生又犯起了花痴症。

酒足饭饱之后，有人提议聚会还有第二轮，因为有些人有事就提前离开了，没事的人则继续去衡越六楼的 KTV 里唱歌。

方仲因为要回游戏和佳人相约，所以提前离开了。本来薛渌清想要跟他一起走的，因为她的电脑游戏还开着，可怜的水也清清还在监狱里洗白呢！

可是薛渌清磨不过众人的软磨硬泡，尤其是程天同学的啰唆，最后，还是跟着大部队一起上了衡越的六楼。

KTV 昏暗的环境似乎让原本还有些生疏的同学们顿时放开了许多，有些人撕扯着嗓门不停地点歌，有些人则三五成群地聚在一起玩一些小游戏。薛渌清则被程天他们拉去玩游戏了。

不过这次聚会有点特殊，因为队伍里有骆涵这样的大明星。骆涵俨然成了众人争夺的焦点，喜欢唱歌的就想要和骆涵一起

合唱，不喜欢唱歌的一部分人想要听骆涵唱歌，另一部分人则想把骆涵拉去玩游戏。

薛渌清默默替骆涵捏了一把冷汗，照这个情形看来，把骆涵分成四份儿都不够用的。

“薛渌清你又走神啦，不管啊，这次可不能饶了你，惩罚惩罚，一定要惩罚！”程天忽然叫了起来，薛渌清这才注意到刚刚似乎又轮到自己了，但由于她走神了，结果又输了。她无奈地笑了笑：“好好，我甘愿受罚。”

“好啊，这可是你自己说的哦！”薛渌清身边直长发的叫吕轩的女生一拍手捅了捅身边剪着平头的男生，“成冲，你说怎么惩罚薛渌清？”吕轩边说边眨了眨眼睛。

叫作成冲的男孩脸上立马爬上了一丝红晕。谁都知道成冲高中的时候暗恋薛渌清，两人现在正好都没有男女朋友，吕轩这是给两人牵红线呢！

看成冲一副支支吾吾的样子，吕轩大手一挥：“不如这样，让成冲背着薛渌清做 30 个深蹲？”

众人全都拍手附和叫好，只有薛渌清比较淡定，她抬起头来不解地看着众人：“不是我输了吗？”

众人点头表示同意。

薛渌清静了静，终于说：“难道不是应该我背着成冲做深蹲？”

于是众人都默了。

就在这时，薛渌清忽然听见一声熟悉的轻笑声在身后响起。她回过头来，脸差点靠在骆涵的身上，他什么时候走到她身后的，还贴得她如此之近？薛渌清顿时就有点不好意思，她轻轻挪了挪身子，希望和骆涵保持一点距离。哪知道骆涵一只手已经搭上了薛渌清的肩膀，他略低下身子，侧过脸来动作亲昵地问薛渌清：“清清，你在玩什么？”

周围本来还有些喧哗的声音，一时之间似乎都在这一刻停止了。接触到众人看着她的暧昧不清的目光，薛渌清觉得自己的脸一定红透了，如果现在有地洞，她真想立马就钻进去。不过在这之前，薛渌清先是瞪了一眼骆涵，然后尽量和他保持距离。

这家伙又搞什么鬼，之前还一副礼貌绅士的样子，现在又过来和她假装亲密？明明之前都是一口一个“薛小姐”地叫着的，现在竟然喊她清清，他们什么时候变这么熟了……

骆涵直接无视了薛渌清眼神里透露出的小疑惑和小挣扎，还特地坐在了薛渌清的身边，加入了他们的游戏。不得不说，骆涵对于游戏这块真的很资深，只要薛渌清和骆涵搭档，两人就从来没有输过，而骆涵每次作为赢家都要和薛渌清在一个队伍里。慢慢地，众人见骆涵和薛渌清一副这么熟悉的样子，眼神里都渐渐透露出一种了然。

薛渌清彻底囧了，这些人，到底在了然什么……

总之，自从骆涵来了后，薛渌清玩游戏是回回赢家没错，但是身边莫名多出了个这么大块的发光体，她真的全身不自在。而且骆涵这家伙今天不知道吃错什么药了，还总是对薛渌清透露出关心的神色，她的饮料没有了，还亲自过去帮她拿，不禁让薛渌清有一种两人已经交往很久的错觉。

直到薛渌清从包厢里出来，还在为刚刚骆涵看着她的眼神而心跳加速。她晃了晃头，又晃了晃，这才终于将骆涵晃出了脑外。

光滑的大理石地面映照着薛渌清单薄纤瘦的侧影。薛渌清靠在厕所的隔间里，准备开门的手因为外面的讨论声而顿住了。她抬头看向洗手间屋顶精心雕琢而成的吊顶，明亮的白色灯光在她的眼底晃动着，门外的声音起先很小，然后音量渐渐便有些放大了。

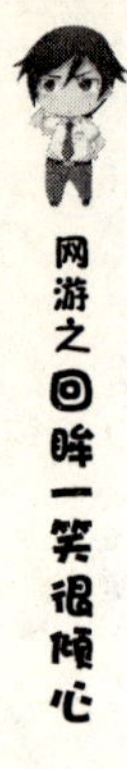

“你看薛渌清和骆涵这么熟悉的样子，说他们两人没关系，反正我是不信了。”

“对了，你记不记得上次骆涵不是有传出一张绯闻女友的照片吗？我刚刚翻出来看了看，真别说，照片上的女的和薛渌清还挺像的。”

“呵呵，怪不得呢！你记不记得，当初我和简瑶都参加了课外英语班，就因为这样，我和她关系还不错。据说当初简瑶和骆涵是一对，就因为薛渌清的插足，这对好到不行的朋友最后还是闹掰了。最后简瑶出国了，然后骆涵也休学了，薛渌清也从未参加过高中的聚会，不知道这次为什么会出现在聚会上。”

“不会吧，看薛渌清这样的乖乖牌，不像会当第三者啊。”

“呵呵，知人知面不知心，你不知道，刚刚薛渌清还一副不认识骆涵的样子，可真会装模作样呢！”

“对了，你最近和简瑶有联系吗？”

“有啊，我前一阵子才和她联系过，简瑶已经回国了。”

……

两人的说话声渐渐消失在洗手间里。头顶白色的灯光晃得薛渌清有些眼花，她闭了闭眼睛，再睁开时，眼底已是一片清明。她将手搭在隔间的把手上，然后将门推开，往 KTV 包间的方向走去。

包间里不知什么时候多出了一个人，那人站在人群之中，身形修长，脊背挺得笔直，薛渌清觉得这背影似曾相识。

她走到段宁和姜欣欣身边，段宁再次发挥她的八卦精神，眼神闪闪地看着薛渌清：“你刚刚不是问我两大校草，还有一个是谁吗？就是他咯！他和骆涵可是从小玩到大的死党。”段宁边八卦边指了指站在骆涵身边身材修长的男人。两个男人站在一起，就这样站成了一道风景，真的是唯美又万分神奇的画面。

“据说这次聚会都是他主办的。”姜欣欣也开始激动了。

所以说门口的那个再回首的广告语也是他写的了？薛渌清脑中不和谐地想。

“知道他为什么主办这次聚会吗？因为这个酒店就是他开的，祝翎翩，标准的钻石王老五啊！”段宁眼底已经闪过艳羡的目光了，姜欣欣又猛地推了一下段宁的头，鄙视地瞪了她一眼。

原来是大老板！什么，竟然是大老板？怪不得觉得此人背影如此眼熟，原来他就是那天来视察的衡越大老板！不过，原来大老板也是她的校友，这个世界果然很没有逻辑啊！

就在薛渌清还在逻辑的问题上感叹着，被她感叹的人忽然转过头来看向了她的方向。在这样的场合，祝翎翩还穿着剪裁得体的西装，这让他整个人看上去透着一丝严肃的意味。他的视线依次扫过身后的众人，那眼底清淡而幽深，与骆涵的眼神截然不同。就是这样截然不同的两个人，竟然也能成为这么铁的哥们儿，由此可见，这个世界真的没有逻辑。

薛渌清记得祝翎翩的脸，和骆涵同样耀眼的脸，高中的时候，周一的早会上，他经常会作为代表上台发言。只不过这两个如此耀眼的人，她为什么就是把骆涵彻底遗忘了呢？

她笑了笑，再抬头时，她发现祝翎翩的视线正一眨不眨地定格在她的身上，眼底闪过一丝吃惊，然后又礼貌地移开了视线。

因为祝翎翩的出现，让刚刚还昏昏欲睡的隐藏在角落里的女生们顿时振奋了起来，几个女生开始撺掇骆涵和祝翎翩一起唱歌，两人磨不过众女的聒噪，十分不耐烦外加不爽地唱了一首《今天我要嫁给你了》。薛渌清看着两个男人互唱情歌，实在无法再假装淡定了，窝在沙发里就大笑了起来。

一首歌唱完，祝翎翩原本就显得严肃的脸似乎更加严肃了，骆涵原本带着笑容的脸似乎笑容更大了。他将视线移到笑容未消的薛渌清脸上，薛渌清对着他竖起了大拇指。骆涵脸上的笑

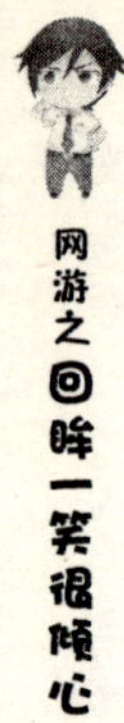

容僵了僵，于是薛渌清又伸出一个大拇指，两个大拇指对靠在一起弯了弯，意思是骆涵和祝翎翮很配啊很配。于是骆涵的脸上灿烂的笑容就消失了，并且眼神危险地瞪了薛渌清一眼。

之后聚会终于进入了白热化的状态，那边三五成群的几个人已经在角落里喝多了。有一个男生忽然站起来走到薛渌清面前，含糊不清地指着她说了起来："薛渌清，想想你当年和简瑶两个人好得跟什么似的，就因为一个骆涵，害得她远走他乡，你看看你把她逼成什么样子了……"男生越说越激动，被身边过来的另两个男生拉到一边，其中一个男生连忙对薛渌清点头，不好意思地笑了起来："这家伙喝醉了，别理他。"说完就将男生抬到了一边的沙发上。

"就是，薛渌清受过伤，连骆涵都不记得了，你瞎嚷嚷什么啊！"薛渌清身边的段宁也醉得不轻了，靠着薛渌清的肩膀冲着男生的背影大叫了一声。

"淡定。"薛渌清顺势拍了拍段宁的背，段宁忽然身子前倾，吐了出来。

"这家伙醉得不轻，我看我还是先把她送回去吧，正好我和她一个学校的。"姜欣欣皱着眉头看着又倒向薛渌清肩膀的段宁。薛渌清也跟着姜欣欣站了起来，笑着说："我送你们俩去门口打车。"姜欣欣点了点头，然后两人一起扶着段宁出了包间。

看着段宁和姜欣欣两人上了出租车，薛渌清朝着她们远去的方向招了招手，这才转身往酒店里走去。

大理石的柱子，祝翎翮正抱臂靠在那里，头顶的灯光将他修长的身影拉出一道模糊的影子。薛渌清有些疑惑地望向不远处的祝翎翮，她可以清晰地看见他的眉头微微地皱了一下。

薛渌清跟着祝翎翮来到酒店后面的花园里。这里是供住在酒店的宾客们休闲娱乐的地方，花园靠左边的地方，是一个游泳池，有些长住酒店的宾客很喜欢在早上或是晚上的时候来这里游泳锻炼。因为现在时间已经不早了，花园里只开了几盏灯，欧式繁复的花纹将白色的灯泡包裹起来，灯光透过花纹照在游泳池里，映出斑驳唯美的轮廓。

“原来晚上的小花园这么漂亮啊。”薛渌清感叹了一声。她侧过头，正好看见祝翎翩正看着她。他的眼神很深，说实话，从他们还是高中生的时候，薛渌清就有点害怕祝翎翩，更怕他深不见底的眼神，因为根本就看不透他在想些什么。

“你很怕我。”祝翎翩嘴角露出一丝难得的笑容，不过说的话却是肯定句。

薛渌清有点小郁闷了，她就表现得这么明显吗？于是她尴尬地笑了笑，狡辩道：“我不怕你啊，我为什么要怕你？你想太多了。”

祝翎翩轻笑了一声，并没有揭穿薛渌清眼神里丝丝点点的闪烁。他将双手撑在躺椅的左右两侧，仰起头来看头顶璀璨的星光。沉默了良久，他才略带疑惑地问身边的人：“你真的不记得骆涵了？你还能记得我吗？”

薛渌清耸耸肩，也学着祝翎翩的样子，抬头仰望头顶的星光。她点了点头，又想到祝翎翩应该看不到，于是低低地“嗯”了一声，又叹了口气说：“在我高三的时候，因为一次意外导致大脑受伤，医生说我得了一种类似于解离失忆症的病，不太记得周围的人。后来我渐渐康复了，记忆仿佛变好了，没想到还是有遗忘的人。不过，你放心好了，我还能记得你。”

“你竟然已经不记得他了，也好，不记得也是一件好事。我和骆涵是从小玩到大的朋友，我太了解他了，虽然他外表总是一副满不在乎的样子，但是只要认定了一件事情，就会一根筋地往前冲，也不管会有什么后果。在三年前，也就是你大脑受伤的那一年，他已经为他的一根筋付出了代价，还差点死了。他的右腿也是在那个时候受的伤，每年冬天就会疼得走不了路。

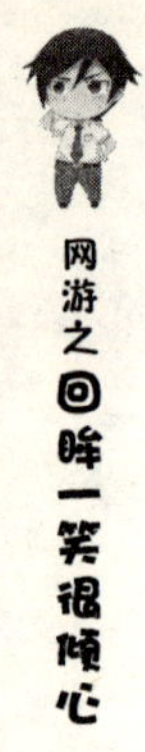

不过这些，你都已经不记得了。”祝翎翮说完，忽然侧过脸来看着薛渌清，眼里深不见底，似乎要把薛渌清看穿一样。

薛渌清听着祝翎翮的叙述，忽然想起那天骆涵掉进水里，爬上岸后，走起路来却一瘸一拐的，原来是旧伤发作了。她望着星空的眼底忽然闪了闪，那璀璨的繁星就像那个人的眼睛，明亮澄澈，仿佛永远不会出现哀伤。她感到自己的心底忽然泛起巨大的涟漪，一层层在心底晃动着，几乎要将她整个人淹没。

薛渌清心里有些发闷，在祝翎翮慑人的气势下，她感到自己就要无处遁形。幸好就在这个时候，庆然忽然出现在了小花园里。薛渌清似乎找到了救命的稻草，闪避着躲开祝翎翮慑人的视线，冲着庆然的方向招了招手。

祝翎翮看见庆然走过来，他从椅子上站了起来，礼貌地冲两人点了点头，然后告辞离开。等到祝翎翮修长的身影已经消失在花园的尽头，庆然这才指着祝翎翮的背影，一副“我是花痴，不能自拔”的表情：“他他他……大老板！”

薛渌清点了点头，在庆然的逼问下，终于透露今天是她同学聚会的日子，而且大老板还是她高中时候的校友。庆然更加激动了，拉着薛渌清的手臂，双手卡得死紧：“清清，你知道的，我还是个单身，据说大老板也是个单身，你正好是大老板校友，你懂的。”说完还冲薛渌清眨了眨那双清纯的小眼睛。

薛渌清囧了囧：“我可以不懂吗？”

“这个，你必须懂。”庆然正色道。

“告诉你一个秘密，祝翎翮当年是我们学校的校草。”

庆然一副理所当然的表情看着薛渌清：“这个还是个秘密？能看得出来啊。”

薛渌清想了想，继续说：“当年想打他主意的人很多，我也暗恋过他。有一天，我还给他修了自行车，然后这才搭上话。”

庆然的脸终于囧了，指着薛渌清“你”了个半天也没说出半句话来。

“但是，我们都被他的外表欺骗了。他其实很凶，很严肃，很讨厌女生，你没看见我刚刚看着他的眼神有那么一丝丝害怕？他刚刚看着我的眼神有那么一滴滴不爽？”

庆然听薛渌清这么说，当即抓住了关键词，产生了不好的联想：“他很讨厌女生？难道他是……”庆然的眼底瞬间出现了崩溃的神色。

“所以，你确定要我给你们牵个线什么的？”薛渌清好心地问。

“确定。”庆然眼底的崩溃瞬间幻化成了欣喜。

所以，这才是真爱啊！薛渌清揉了揉额角，无语地叹了口气。

薛渌清回到KTV包间的时候，里面的人已经走得差不多了，只剩下骆涵一个人靠在沙发上。好巧不巧的，他的右手刚好压着薛渌清可怜的小背包。

薛渌清走到骆涵身边，低下头查看骆涵的脸。他的眼睛正紧紧地闭着，浓密的睫毛在眼底打下一层细密的阴影。此时的骆涵，整个人比清醒的时候显得更加柔和和无害，让人忍不住想要冲他的脸颊捏上一把。

薛渌清不知道是不是因为她今晚喝了酒，脑子有点不听使唤，右手的食指轻轻触了触骆涵的脸颊。

哎！一个男生皮肤干吗这么好！薛渌清不满地想，下一秒就想向骆涵的脸颊捏去。就在这千钧一发的时刻，无害的某人忽然睁开了眼睛，那眼底星光璀璨，就像刚刚闪烁在薛渌清头顶的繁星，明亮又美好。

骆涵嘴角划过一丝邪气的笑容，他歪着头仔细打量薛渌清来不及躲闪的眼神，带着笑意地问：“不要告诉我，你暗恋我。”

薛渌清立马躲开骆涵的视线，一下抽出被骆涵压住的背包，

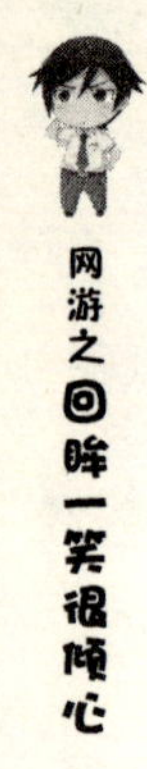

一边晃动着手中的背包一边说：“我只是想要拿回被你压住的包而已，自恋的小同学。”

骆涵：“……”

两人一前一后地走出 KTV 的包间。薛渌清和骆涵相距大概一米左右的距离，她的目光落到骆涵的右腿上，那条腿在每个寒冷的夜晚都会疼痛得无法走动？想到这里，她忽然觉得鼻头有些泛酸，她以前在电视上看过骆涵的表演，他在舞台上艳光四射，随着音乐跳动的舞蹈火爆而热辣，就是这样一个又跳又唱的歌者，竟然有一条受过伤的腿，试问谁又会注意到他舞台下的艰辛呢？

“嘿，上车了。”骆涵见薛渌清还在那里发呆，也不知道在想些什么，伸出右手弹了弹薛渌清的脑门，“我送你回去。”

薛渌清一手捂着脑门，不满地瞪着正一脸坏笑的骆涵。骆涵挑挑眉，然后又耸耸肩，为薛渌清将车门打开，然后自己则从另外一边坐上了驾驶座。

车子里散发着淡淡的清香，薛渌清有丝疑惑，她侧头看了一眼骆涵的侧脸，忽然想起初见骆涵时，他与田甜纠缠不休，还被记者跟拍，心里莫名地就升上一股不知名的酸意。她忍不住轻哼一声，低下头来扣身上的安全带，哪知道那安全带像是要与她作对一般，弄了半天，她不但没有扣上去，反而弄得自己满头大汗，狼狈不堪。

“啧啧。”骆涵看着薛渌清如此不淡定的样子，竟然还幸灾乐祸地笑了起来，“清清，难道这就是传说中的人品？”

薛渌清默了默，抬头望着骆涵的眼睛：“……原来你的车子和你的人品一样差。”

骆涵：“……”

骆涵扶着额头轻笑了起来，然后他低下头来为薛渌清扣好安全带。他们的距离很近，一时间，车里静谧无声，薛渌清仿佛能听见自己和骆涵交织在一起的心跳声，叮叮咚咚，像一首缠绵的歌曲。

骆涵忽然抬头看薛渌清的眼睛。薛渌清感觉骆涵的呼吸就吹拂在自己的耳畔，他的声音低沉又清晰地传入她的耳中：“我记得当初你们酒店的那位姓田的小姐，忽然拦住我的车说家里有事，让我送她一程，也是因为这不听话的安全带，我帮她扣好，害得记者以为我们在这里干什么呢！”骆涵边说边侧过头看薛渌清，然后他大笑了起来，“怎么样，你是不是早就想问我了？”

薛渌清无语地叹了口气，点了点头，又摇了摇头：“是的，我早就想问你，干吗这么暴力砸坏人家记者的相机？那相机最起码要一万一台，你到底有没有赔给人家？”

骆涵好笑地直起身子，坐回自己的驾驶座上。从薛渌清这个角度，可以清晰地看见他笑起来右边脸颊上深陷的酒窝。

“薛渌清，如果当初坐在车子上的是你，我想我肯定不会去砸那记者的相机。”骆涵说完就发动汽车，车子慢慢驶离停车场，融入到繁华却寂静的黑夜里。

所以说药可以乱吃，话可不能乱说。

这不，那天骆涵刚说到关于记者的问题，薛渌清今天就应景地成为了娱乐版的头条。她瞪大眼睛望着报纸的照片，第一张照片上骆涵正动作亲昵地弹了弹薛渌清的脑袋，而她的表情怎么可以笑得这么……幸福?！而第二张照片更加离谱，骆涵正低下头双手绕过她的腰为她系安全带，两人的动作简直暧昧至极，好像正在拥抱接吻一样，这也太不科学了吧！但是最最不科学的是，这次竟然把薛渌清的脸拍得清清楚楚！

众舍友们已经用危险的视线盯着她一天了，一回到宿舍，赵倩兰就把门反锁，大喊了一声：“坦白从宽，抗拒从严啊！C宝，你给我按住薛渌清；晓语，你负责用你那阴冷的气质震慑

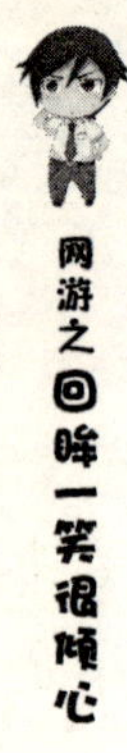

薛渌清！我负责提问薛渌清，一、二、三，行动！”赵倩兰说完就向薛渌清扑了过来，热泪盈眶地看着薛渌清：“清清啊！骆涵是我偶像啊，帮我跟他要签名，要演唱会门票，对了对了，我还想跟他合照！”

众人：“……赵倩兰！”

赵倩兰轻轻咳嗽了一声：“以上只是一个序幕，下面进入正题，当然序幕也必须铭记在心，听见没有，薛渌清同学！”

薛渌清闷哼一声，在众舍友的逼问下，就差把骆涵的老底翻出来了，这才得到舍长大人赵倩兰的首肯，将薛渌清释放，并表示只要她谨记序幕，就可以戴罪立功。

薛渌清这些天很郁闷，非常郁闷！道路如此地曲折，前路也不知道是不是光明的，反正每当她出门走在路上，要不就是能感到路人投来的异样目光，要不就是感到身后有什么亮光闪了一下。在学校里还好一点，只要她去衡越上班，总能感觉同事们看着她的目光带着一丝不太善意的探究。

“咔嚓！”薛渌清去停车场里取自行车打算回学校，清晰地听见身后有人按照相机快门的声音。她有些厌烦地将戴在头顶的帽子拉低，跨上车。刚骑没多远，就有一个抱着大相机的人从角落里冲了出来，对着她一阵拍照，闪光灯几乎刺得薛渌清睁不开眼睛，她一个慌神，就从自行车上摔了下来。

“太过分了！”薛渌清边从地上爬起来边愤恨地想着，手臂上被划开一道细长的伤口。她抬起头来想要逮住那个害她摔倒的罪魁祸首，哪知道就这么一会儿，那人不知道又躲到哪里了。薛渌清想要从地上站起来，这才发现刚刚跌倒的时候，不小心把脚崴了。她只得轻叹一声，又坐回到地上。

“大哥大姐，你们饶了我吧。”薛渌清郁闷地冲空空荡荡的停车场喊了一声。回答她的除了一阵又一阵的回音，还有一双揽住她腰的温热的大手。她一抬头，就看见掩藏在帽檐下的星光璀璨的双眸——骆涵正皱着眉头看向她的伤口，然后不由分说地一把将薛渌清从地上抱起来。

感受到骆涵胸口的温度，薛渌清几乎忘记身上的伤痛，只能感到自己狂跳的心脏和脸上逐渐升起的温热。她不知道骆涵要带自己去哪里，也不知道自己想要去何处，忽而间，她的心里升起一股很久没有过的倦怠感，只希望这条远去的路很长，这个怀抱永远温暖，然后，她便可以靠着它永远地走下去。

"喂，你睡得倒很安心。"薛渌清睁开眼睛，发现自己正躺在一张柔软的大床上。骆涵正俯下身子面朝着她，他的嘴角带着一丝笑意，美丽的星眸正一眨不眨地看着她。

薛渌清有些迷糊地揉了揉自己惺忪的睡眼，这才反应过来，睁大眼睛看了看骆涵，又看了看四周的布景，不确定地问身边的某人："这里是哪里？"

骆涵笑着摇了摇头："清清，你怎么能在我的怀里睡得这么安心，你就不怕我把你卖了？"骆涵的语气里明显带着一丝趣味和调侃。

薛渌清懵懂的脑袋终于清醒了，脸上冒上一坨淡淡的红晕，她清了清嗓子正色道："我这不是把你想象成一张床才睡得这么安心嘛！"

骆涵的脸囧了囧，他哼唧了一声，从身后的箱子里取出一团棉花球和一瓶红药水，有些不高兴地说："现在的记者真是没素质！到我这里来，我帮你的胳膊上点药水。"

"我自己来吧！"薛渌清有点不好意思，伸手想要把骆涵手中的红药水拿过来。

骆涵的眼睛危险地眯了起来："你不过来也可以，那我把你抱过来好了。"

于是薛渌清很怂地慢慢挪到了床边，将胳膊伸到了骆涵的面前。

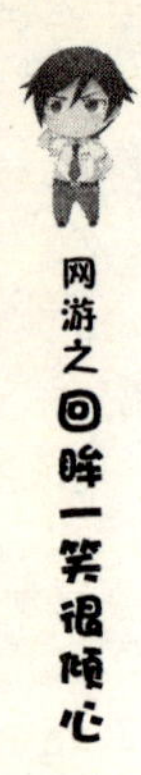

“如果疼的话，记得要喊出来。”骆涵一边嘱咐一边细致地为薛渌清擦上红药水。他低着头，额前细碎的刘海有些调皮地洒在他的眼睛上，他的表情看起来如此地一丝不苟。薛渌清忍不住笑了起来，她伸出左手，下意识地帮骆涵将遮挡在眼前的刘海拨开。手触到骆涵的额头，她吃惊地发现骆涵额头的温度烫得惊人。于是，薛渌清忍不住将整张手都贴在了骆涵的额头上。没错，他的额头很烫。

骆涵因为薛渌清的动作，手中的动作顿了顿，他抬起头来看向薛渌清有些吃惊的眼睛。

“你发烧了。”

“我帮你擦好了。”

两人异口同声地看着对方。骆涵接触到薛渌清带着担心的视线，好心情地扯开一抹灿烂的笑容，有些无辜地看着薛渌清：“是的，我发烧了，为了帮你躲开那些讨厌的记者，带着你来到我的私人公寓，又抱着你从一楼爬到了六楼，现在还要帮你擦药。清清，我对你是不是很好？要不要奖励我一下？”他边说边靠近薛渌清，两人的距离越来越近，薛渌清立马伸出左手再次摸了摸骆涵的额头。

很烫，他真的在发烧。薛渌清边想边从床上爬了起来，哪知道她一站起来又立马倒了回去。因为太紧张了，竟然把刚刚脚崴到的事情忘得一干二净了！

骆涵想要接住薛渌清倾倒的身体，哪知道薛渌清又担心压着骆涵，将身子向另一边偏移过去。结果薛渌清以一种扭曲的姿势趴在床上，而骆涵则保持一种伸出手的姿势，然后又尴尬地收了回来。

薛渌清把头埋在床单里沉默了半天，然后抬起脑袋囧囧有神地看着骆涵：“骆涵，先帮我把脚接好，然后我帮你去厨房熬粥！”

骆涵也囧了：“……所以你刚刚把脸埋在床单里是在想这件事？”

事情的结果是，骆涵帮薛渌清擦了半天的红花油，她的脚终于好了一点，至少可以下床走动了。等到薛渌清熬好粥从厨房出来，骆涵已经趴在床上睡了过去。

薛渌清没有吵醒骆涵，而是坐在床边托着下巴，仔细打量骆涵熟睡的容颜，看着看着她忽然就笑了起来。不知过了多久，她才起身为骆涵盖好被子，留了张纸条，便离开了骆涵的公寓，往学校的方向行去。

薛渌清一回到学校门口，就看见一辆熟悉的黑色轿车停在路边，引来了不少路过学生的侧目。她下意识地扫了车子一眼，有些吃惊地皱了皱眉头，她走到宝马车边，果然看见薛锦知正靠坐在驾驶座上，侧头看着窗外不时而过的学生。

“爸，你怎么在这儿？”薛渌清敲了敲车窗，薛锦知看见来人，将车窗缓缓放了下来，脸色不好地看了薛渌清一眼：“清清，上车。”

薛渌清知道薛锦知一定有什么不高兴的事情，而且这件事一定和她有关。要不然他为什么会出现在N大的门口？而且平时严谨的父亲此时车子开得飞快又是个什么情况？薛渌清深切地感觉到了周身萦绕着的冰冻的氛围，她思想斗争了半天，率先开了口：“爸，你找我有什么事？”

薛锦知将车子停在路边，抿了抿嘴角，这是父亲特有的表情，只要他不高兴就一定会做这个动作。他侧头看了一眼薛渌清，有些烦躁地用手指敲击着方向盘：“娱乐报我看了，你和骆涵是怎么回事？”薛锦知开门见山，薛渌清一时之间不知道怎么回答，只能不断强调这是个误会。

“我不管是不是误会，清清，你这个年龄，交什么样的男朋友，爸爸都不会反对，但是骆涵绝对不可以。”薛锦知推了推鼻

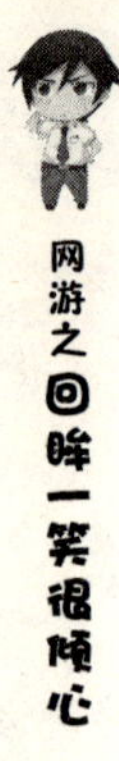

梁上的金边眼镜，眼睛里是不容置疑的目光。

薛渌清愣了愣，心里忽然间像断裂开来的冰面，说不上是怎样一种滋味，她眼中写满疑惑与不解：“爸，我想知道，为什么只有骆涵不可以？”

薛锦知愣了愣，他侧头看着薛渌清的眼睛，似乎想从她的眼睛里看出什么东西。他头痛地揉了揉眉心，末了，才沉声说：“清清，我不知道你是不是真的忘记了骆涵。就算你记得，我也不会赞同你们在一起。我没办法忘记三年前那次事故，是他差点害死了你。”

第十二章　绯闻缠身囧事多

《天脉》游戏里忽然冒出了一个无名的小帮派，却在游戏里引起了不小的轰动，就因为此帮派的名字是——偶像明星是人渣。帮派里的某帮众更是将自己的名字改成“骆涵花心大萝卜”，不用质疑，这个帮派不知是从哪里冒出来的黑骆涵的群众。

薛渌清这几天尽力不去想父亲说的话，想起临别前薛锦知看着她的眼神，她总能回忆起骆涵熟睡时像孩子一样的侧脸，两张脸在她的脑海中重叠又分开，分开又重叠。每当这时，薛渌清就觉得心里一阵闷闷的难受，好像有一只无形的手正一阵阵捏着她的心脏。

这些天里，薛渌清没有去找骆涵，骆涵也应景地没有联系过薛渌清。薛渌清不知道自己是不是因为父亲的话才没有主动去联系他，她不知道他的病好了没有，她只知道短短的几天，骆涵的负面新闻已经在网上闹得沸沸扬扬了。

“清清，骆涵这人不靠谱，长这么帅还不花心，这年头谁信啊？”赵倩兰咂咂嘴，一副过来人的样子。

C宝翻了个白眼问赵倩兰：“兰兰，方仲帅吗？方仲可靠吗？”

赵倩兰一时语塞，于是立马改口：“方仲是例外，这个，凡事都有例外嘛！”

莫晓语无视斗嘴的两人，飘到薛渌清的面前，定定地看了薛渌清半天，疑惑地问：“清清，我记得你之前查过喜欢一个人

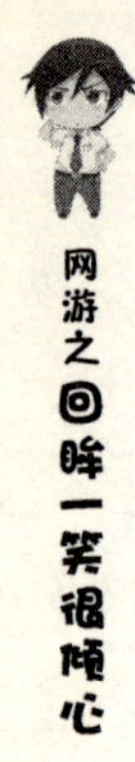

是什么滋味，这个喜欢的人是不是骆涵？”

薛渌清沉默了半天，有些囧地瞪大眼睛：“……我有查过吗？”

莫晓语幽幽地笑了起来：“有一个伟人曾经说过，失忆就是掩饰，掩饰的时候表情一定会无辜中带着做作的神色。”

薛渌清：“……”

薛渌清心不在焉地看着游戏，好友栏里无论是邪羽君大神，还是曾经保证过之后每天都会上线的胎盘大神竟然都不在线。她将游戏调整为挂机的状态，然后开始查看论坛网页，几乎娱乐头版的新闻全是骆涵的花边新闻，骆涵和各种女演员的暧昧照片被好事者罗列在网上，而之前骆涵和田甜在车里纠缠的一幕更是不知道被谁爆了出来，在媒体加油添醋的描写下，俨然将骆涵写成了见到美女就扑上去的人渣。

各大八卦论坛开始挖骆涵出道至今的黑史，甚至有人质疑骆涵花了短短三年的时间坐上了偶像巨星的宝座绝非偶然，而是和某娱乐公司高层有着密不可分的关系，据说该高层一直是以单身贵族独居的女性，而且和骆涵的关系非同一般。因为各种八卦以及凭空冒出的所谓“知情人士”，骆涵的粉丝竟然在短短的几天里丧失了不少，甚至还有很多路人粉转黑，十条跟帖留言中竟然有一半都在骂骆涵。

看着薛渌清盯着电脑发呆的表情，赵倩兰难得地拍了拍她的肩膀，柔声道：“哎哟，论坛上面好多黑骆涵的水军，清清你千万别当真。”

薛渌清耸肩笑了笑：“我才没当真呢！”话虽如此，这样的新闻连她看着心里都异常难受，更别说是当事人了，他现在怎么样了？

薛渌清特地和庆然调了班，据说骆涵所在的剧组今天晚上会继续到衡越取景，所以薛渌清一大早就骑车来衡越跟庆然换班。

酒店门口已经围满了各种娱乐记者，薛渌清有些厌烦地皱了皱眉头。记者们注意到薛渌清，想起上次曝光的照片，又开始眼神发亮地对着薛渌清猛拍起照片来。

薛渌清觉得如果再这样下去，她一定会被这群人逼疯的。她抬起头来，猛地瞪向最近的记者。那记者拿着相机的手一顿，有些尴尬地后退了一步，良久后才反应过来，又向薛渌清迈进了一步，打算继续拍照。就在这时，一件西装盖住了薛渌清的脑袋，一瞬间她的眼前一片黑暗，只有头顶的西装投在她眼底的一片阴影，她就这样被人带着走进了衡越的休息间里。

周围嘈杂的人群终于在一瞬间消弭在耳际，薛渌清抬起头来，看见只着一件白色衬衣的祝翎翮正看着她。

“谢谢……”薛渌清感谢的话刚到嘴边，就被祝翎翮打断了，他的眼神幽深，不知隐藏在眼底的到底是怎样的光。

“薛渌清，你不用感谢我，我今天帮你，其实只是希望你能去找你的父亲薛锦知，请他放骆涵一马。”他的话语里带着深深的不耐烦和讥讽，瞬间让薛渌清感到心底一寒。她想起父亲离开学校时看着她的眼神，似乎在警告她什么，原来这一切都是薛锦知在背后操控的。

祝翎翮将手抱在胸前，他眼睛一眨不眨地直视着薛渌清，忽然清冷地笑了一声：“薛渌清，回去告诉你的父亲，只要他肯放骆涵一马，骆涵绝对不会再来找你。”

薛渌清不记得自己是怎么走出休息室的，也不记得自己为什么会走到电梯口。她看着楼层一点点上移的红色数字，电梯缓缓停在十六楼，门慢慢地打开，她刚踏出几步就被一个工作人员拦住了。

薛渌清有些尴尬地看向不远处骆涵所在的休息室，然后转身走到安全通道，顺着楼梯又一步步走下楼，她从口袋里取出

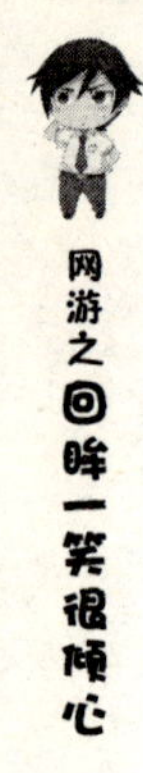

手机，拨通了父亲的电话。

也不知道是谁先挂断了电话，她脑中有点莫名的懵懂，两人说话的语气都不太好，在薛渌清的印象里，这是她第一次和薛锦知闹了不愉快。薛渌清深深叹了口气，然后朝自己的工作间走去。

骆涵当天晚上就在衡越酒店的会客室里召开了一场新闻发布会，虽然同在一家酒店，但薛渌清却只能通过电视新闻看见那张熟悉的面庞。

骆涵穿着一件黑色的休闲西装，搭配一条深色的牛仔裤、棕色的皮鞋，整个人看上去与平常无异，他帅气的面庞上依然挂着绅士般的优雅笑容，并且非常从容地回答着记者提出的每一个尖锐的问题。

看见骆涵一副泰然处之的样子，休息室里聚集在电视前的员工们原本紧张的表情立马换成一副轻松的样子。当事人跟个没事人似的，她们这几个打酱油的跟着瞎起哄什么劲啊！

就在这时，电视里坐在前排一个穿着黄色衣服的女记者忽然站了起来，单刀直入地问出了一个劲爆的问题：“骆涵先生，之前网上爆出了你和衡越酒店的女服务员关系暧昧，不知道消息是否属实?”话音刚落，别说会客室里，就算是休息室里的女员工们也都倒吸了一口冷气，一个个有意无意的目光全部往薛渌清身上瞟。坐在薛渌清旁边的庆然拍了拍她的肩膀，安慰着说：“别理这些记者!”庆然说完，站在最远处的田甜冷哼一声，轻蔑地笑了起来：“哟，庆然，我们也没说是谁，你这不是此地无银三百两吗?”

庆然先是愣了愣，然后抱歉地看了薛渌清一眼。薛渌清笑着拍了拍她的头，无所谓地指指电视，意思是“我们看我们的电视，别管那些无关紧要的人”。

电视里的女记者见骆涵没有回答，又抛出了一连串尖锐的问题："骆涵先生，你不回答是不是默认了？不过你不承认也不要紧，我这里今天早上接到某位明星经纪人的电话，说是您拍戏期间多次以拍戏为名调戏女明星，再加上之前网上公布的一系列照片，不知道你有什么解释？"一时之间，全场哗然。

薛渌清紧紧握住双手，感到指甲深陷进皮肉里。她透过屏幕仔细看着骆涵那张依然淡笑着的脸，他的眼底的星光渐渐暗淡了下去，薛渌清知道，他现在的心里一定不好受。她有些不忍地移开停留在骆涵身上的视线，心里泛起了层层涟漪，一股巨大的窒息感几乎将她湮灭。薛渌清不明白，难道作为公众人物，就一定要接受群众的莫须有的"审视"和"非议"吗？而他又为什么要走上这条路？

电视里的骆涵嘴角的笑容渐渐放大，可是他眼中的星光依旧暗淡，他看似若无其事地坐直了身体，看着那个提问的女记者，从容地回复着："我想借这个机会跟大家把之前的事情都说清楚，我和照片里的女服务员并不认识，只是那天她误闯了我们拍摄的片场吓坏了，我这才送她回家压压惊，这一点胡畅导演和片场的工作人员都可以作证。再来关于网上那些照片，都是我在片场拍戏的时候和演员们的剧照，如果有些人想要拿这些照片说事，我只得说你这是在侮辱我粉丝群体的智商，我相信他们绝对不会将这些莫须有的事情强加在我的身上，相信我的人会依然爱我。至于你说的某明星的经纪人向你爆料的事情，我希望你在发布会结束后，将那人的电话交给我的经纪人，我将和他现场对质。如果他不能提供足够的证据，我会采取法律手段来解决这件事，而那些没看见证据就任意指控别人的人……"骆涵边说边瞥了一眼刚刚提问的女记者，女记者有些心虚地低下了脑袋，"我希望他们把事情搞清楚再拿出来说，否则被告一个诽谤罪，可不是一件愉快的事情。"

骆涵说着说着就站了起来，他的视线转到摄像头的方向。

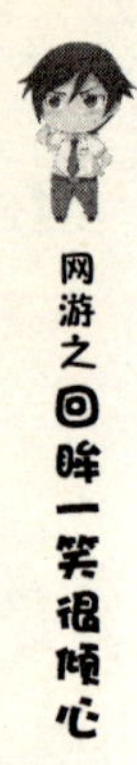

不知为什么，薛渌清忽然有一种直觉，他似乎在看着镜头前的她。他们就这样隔着一整个屏幕的距离对视了几秒钟，他才终于转过头去向记者宣布道：“我想借此机会向大家宣布一件事情，我其实早就已经有一个交往很久的女朋友了，只不过她暂时去了很远的地方，不过相信过些日子，她就会回到我的身边。希望大家别再宣扬那些不实的消息了，不然我女朋友要是不回来，难道你们要赔我个老婆？”

骆涵说完，底下响起了几声笑声，他有些懒散地伸了伸胳膊：“好了，我要说的就这么多了，我马上要和剧组赶飞机去G市拍外景，希望在我不在的这些日子，那些恶意的谣言散布者可以适可而止。”骆涵说完后，发布会就结束了。

看着骆涵远去的背影，薛渌清的心底冉冉升起一股不知名的情愫。当她听见骆涵已经有交往很久的女朋友时，她觉得整个人瞬间一冷，迷迷糊糊的，脑子里飞速闪过和骆涵相处的画面。原来他的笑容，他的眼睛，他说话的声音，他恶作剧时的得意，他装可怜时的无辜，他不高兴时倔强的表情又或是他害怕时的强作镇定，不知道什么时候，已经一点一滴刻在了她的心底。

身边的员工们随着发布会的结束已经渐渐散去，只有她一个人傻傻地坐在那里。薛渌清这才恍然意识到，这个人，离她那么近，其实又那样远，那种偶尔泛起的涟漪，又或是连她自己都不明白的情愫，原来，它们的名字全部叫作——喜欢。原来，薛渌清喜欢骆涵。可是，在她知道什么叫作喜欢的时候，也同时知道了，他其实已经有女朋友了。

薛渌清在心底苦笑一声，她忽然想起很久很久以前，站在阳光下的那人露出的灿烂无比的笑容。那时她最好的朋友简瑶在她耳边诉说，那笑容真叫人沉沦，她那时还不懂什么笑容能让人沉沦，她只觉得迷惘，现在才明白，原来迷惘也是一种沉沦。

当天晚上，骆涵所在的剧组就集体离开了 N 市，薛渌清趴在窗口看着车子远去的影子。她想，她可真够倒霉的，才知道什么叫作喜欢，转瞬间又体会到了什么是失恋。

赵倩兰说得没错，当人纠结在某种抑郁的情绪里时，很容易钻牛角尖，一定要找另一个发泄口来释放自己的情绪，比如赵倩兰在知道方仲已经喜欢上了一个连长什么样都不知道的网友的时候，她就拼命在游戏里和绯村杨小过腻在一起寻找存在感。在她的感染下，薛渌清也学着赵倩兰的样子，与其每晚因为离开的某人而失眠睡不着觉，还不如深更半夜爬起来打游戏来转移注意力。

薛渌清已经连续几天没有登录游戏了，因为时间太晚了，帮派里除了她、赵倩兰以及特地上网和赵家一朵花约会的绯村杨小过以外，还有一个胎盘大神。

薛渌清一上线，胎盘大神就私信水也清清，问她怎么几天没上线，以及今天怎么会这么晚上线云云。

【私聊】水也清清：最近有点事，不过之后都会上线的。

【私聊】多铎：都快两点了，怎么想起来这个时候上线的？

【私聊】水也清清：帮主大人不知道，我在美国，和你有时差。

【私聊】多铎：……你当服务器旁边显示的所在地是死的吗？

【私聊】水也清清：哈哈，笑一笑十年少嘛！

【私聊】多铎：……还有，清清同学，你能告诉我那个路人甲是怎么回事吗？

薛渌清这才想起来，之前和 C 宝想着把他和路人帮的帮主路人甲凑成一对，看来多铎不太领“情”啊！水也清清立马笑着含糊过去，美其名曰，多结交江湖好友，以后行走江湖才比

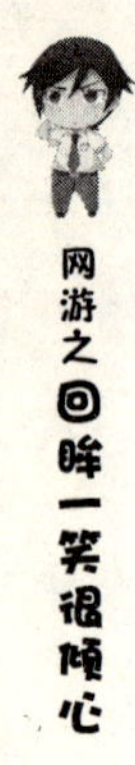

较方便！哪知道多铎这几天被路人甲纠缠得十分不爽，就差把他杀了又杀，然后挂到城墙头示众了。

在水也清清顾左右而言他的态度下，多铎大神更加不爽了，于是不再理会水也清清。而且之后连续几天里，胎盘大神都不再主动找水也清清说话，不得不说此大神的小心眼和某人很像啊！想到这里，薛渌清按住鼠标的手顿了顿，她略皱了下眉头，尽力将脑中那人的脸从脑中挥散开来。

薛渌清无奈地笑了一下，她查看了一下帮派信息栏，发现之前新起的"偶像明星是人渣帮"已经没了。她笑着松了口气，但不知为何，心底还是有些闷闷的疼痛。

薛渌清无聊地一边挂机一边查看好友栏，没想到好友栏里，胎盘大神和邪羽君大神都在线，看来大神真的不好当啊！

水也清清在主城里绕了一圈，发现主城的风景又有了点改变，巨大的皇城城墙上多出了很多张黄色的榜单。原来在前天，系统新推出了一个"悬赏"的活动，比如说需要制作极品装备的人正好差某样材料，就可以出钱悬赏其他人帮他得到这种材料。不过才没几天的工夫，这种"悬赏"就变了味道，比如说高价悬赏高战力玩家抢亲，又比如说看谁不顺眼悬赏大神把某人杀掉，等等。

水也清清饶有兴趣地一张张榜单巡视，竟然发现之前一直骚扰她的变态玩家点点悬赏别人出城截杀她！薛渌清立马囧了，她真的不知道自己什么时候得罪了这个点点，这人看来是铁了心跟她死磕到底了。

虽然很怕被截杀，但是所有的副本项目全部在主城外，薛渌清只得硬着头皮出了主城。果然，这一路上，为了点点出的高价，就算是小菜鸟都想趁水也清清不备送上一刀，真的很没有天理！幸好水也清清已经脱离了菜鸟级别，想要杀她还是有点困难的，但随着水也清清的一次又一次脱逃，点点开的价钱越来越高，杀她的人也越来越多，哪怕是像现在这样深更半夜的时间，也不例外。

就像现在，水也清清一出城，就看见两个贼眉鼠眼的人尾随在她的身后。两人的等级都很高，他们的战力加起来足够把水也清清杀死了。算了，打不过还躲不起吗？薛渌清翻出背包里的飞行符，正准备起飞，那两个人中的一个已经一个技能往水也清清的头顶拍了过来。水也清清立马就无法动弹，别说飞走了，就算走一下都困难。

【附近】水也清清：大哥，我决定了，那个点点出多少钱让你们杀我，我出双倍。

【附近】黑无常：哟，小姑娘挺霸气啊。

【附近】水也清清：在这生死存亡的一刻，不霸气不行啊！

【附近】白无常：……不过，就算这样也不能放过你。

【附近】水也清清：为什么？你们连钱都不要吗？大哥，我真的和你们无怨无仇，你们为什么要追杀我？

【附近】黑无常：我们也不想杀人，但是我们和点点在现实中有交情，哥们儿都是重义气的人，不杀你不行啊！

【附近】水也清清：！大哥能不能告诉我点点为什么要杀我？

这次，黑无常和白无常都没有回答水也清清的问题，白无常已经放出技能，不久后就将水也清清杀死在地上。而且这两人根本不打算放过她，大有在今天晚上将她杀死的架势。薛渌清看着电脑里可怜的紫色身影，简直不忍直视，一边呼唤身边的赵倩兰来救她，一边仔细考虑是不是应该立马下线。

就在这个时候，不知为什么，薛渌清的脑中忽然闪现了曾经被喷狗帮和繁华泣泪残害过的邪羽君大神。她想起邪羽君说过，他要记住杀死他的那些仇人的脸，然后找他们报仇。

薛渌清想要关闭游戏的手顿住了，她迅速将好友栏打开，看见邪羽君白色的头像，忍不住主动找他。

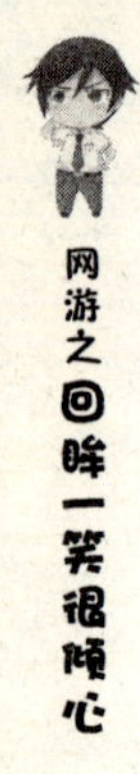

【私聊】水也清清：大神，我被人杀了又杀，好惨。

水也清清以为大神已经把她彻底忘记了，说不定根本不会回复她，没想到这次邪羽君回复得很快，薛渌清甚至能隐约感觉到他语气里的一丝焦急。

【私聊】邪羽君：坐标告诉我，我去救你！

【私聊】水也清清：89，120，谢谢大神！

之后邪羽君都没有理会水也清清。虽然被杀了又杀的确无法直视，但是想到大神马上就要来救她了，薛渌清忐忑的心忽然变得安心起来。

直到那道红色的身影出现在水也清清的身边，薛渌清有些吃惊为什么来救她的人不是邪羽君而是胎盘大神？

正在她吃惊的当口，胎盘大神两刀下去，黑无常和白无常顿时倒地不起。两人见多铎如此气势汹汹，吓得立马下线了。薛渌清对赶来救她的胎盘大神表示了深切的感谢，但是当她看见邪羽君忽然黑了的头像，再看看胎盘大神一副“这么大的事情都不跟我说，到底拿不拿我当朋友”的不爽面孔，不知为何，之前那种怪异的感觉又从心底缓缓升起。不对劲，不对劲，肯定有哪里不对劲！

【私聊】水也清清：帮主大人，你怎么知道我在这里？

【私聊】多铎：……我路过。清清，你到底拿不拿我当朋友！这么大的事情都不告诉我！

【私聊】水也清清：帮主大人，你刚刚不是去了魔域副本，竟然能刚好路过这里？

【私聊】多铎：我想了想又不想去魔域副本了……清清，你到底拿不拿我当朋友！这么大的事情都不告诉我！

【私聊】水也清清：……

见胎盘大神多次想转移水也清清的注意力这种诡异的态度，薛渌清越来越觉得怪异，心里忽然多起了一个不切实际的猜测。

多铎和邪羽君不会是一个人吧?

因为薛渌清差点死在黑白无常的手上这件事情，作为绯村帮英勇正义，为了绯村帮不惜奉献一切的伟大的帮主大人多铎在帮里开了一次慷慨激昂的会议。会议结束后，一道价值一百万的悬赏榜帖在了城墙的最顶端。

绯村帮悬赏令

绯村帮帮主及所有帮众在此宣布，一百万悬赏高手截杀玩家点点以及任何伤害绯村帮帮众的黑无常、白无常等众人!

包括薛渌清在内的宿舍众人都张大嘴巴瞪着那张悬赏令，C宝揉了揉眼睛，又揉了揉:“我实在不能相信我现在看见的东西。”

赵倩兰盯着薛渌清良久，又点头又叹气地拍了拍薛渌清的肩膀:“清清啊，多铎才是真爱啊! 什么邪羽君、什么骆涵的，都靠不住啊!”

莫晓语透明的镜片上闪过一道诡异的光，她低头掐指一算:“一百万铜币相当于现实中的一万人民币，清清，看来这个多铎为了追你，下了血本啊!”

薛渌清顿时觉得一个头两个大，多铎会追她? 她宁愿相信邪羽君会爱上多铎! 她刚想用尽量不屑的语气表现出心中的想法，哪知道下一秒，她的眼睛再次瞪得老大。

世界频道上一排又一排黄色的大字轮番映入薛渌清的眼睛里，而刷屏的内容只有一句话:水也清清，嫁给我吧!

此情此景，与邪羽君大神向她求婚的场景是多么地相似! 只不过这次求婚的男主角换成了胎盘大神!

“哦，这游戏的大神都是怎么了!”赵倩兰感叹一句，继续低下头来兴奋地和绯村杨小过讨论起了要在哪里见面的事情。

薛渌清看着世界的求婚喇叭，以及主城上空飘摇着落在她

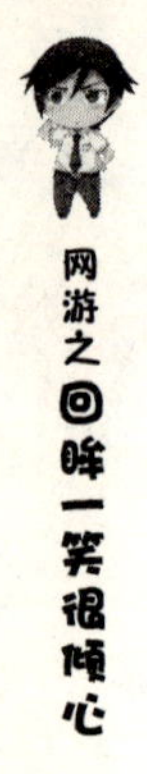

头发上的粉色花瓣，不知道是该高兴呢还是该惆怅呢？果然，不久之后，世界又开始沸腾了起来，薛渌清一向知道《天脉》游戏里的玩家想象力非常丰富，但真心不知道竟然能丰富成这个样子。

一瞬间，一部言情小说的框架就被这些人编造了出来，小说主角包括水也清清、邪羽君、多铎、独孤笑笑、浓情巧克力等一系列人，剧情曲折完整，简直堪称一部言情小说中的奇葩啊！众人编造完毕，发现故事中的男女主角在线的也不出来表示表示，一时间群情激奋，一致呼唤主角出来说话。更有八卦好事者提起之前邪羽君向水也清清求婚的事情，问薛渌清面对两大男神的求婚，到底是要选冷漠多情、身边聚集着各种红颜知己的邪羽君大神，还是选热情正义、受到群众拥护的多铎大神。

薛渌清竟然被一群网络世界的玩家们弄得万分尴尬，她托着下巴无语地看着吵闹的世界频道，然后默默地将世界频道屏蔽了。嗯，那什么，眼不见为净嘛。

薛渌清觉得《天脉》游戏的制作商上辈子一定跟她有仇，一定是的！她这边还在邪羽君和多铎的风口浪尖里挣扎，那边游戏里就推出了一个叫作“篮子玩家”的活动。这个活动因为很有爱而受到广大单身男女的推崇，但对于薛渌清来说，这个活动没有爱，它是一个坑，一个又大又深的坑！

篮子玩家的参与者是游戏里每个单身的男女玩家。男玩家带着一件装备，然后放在系统赠送的花篮里，让女玩家竞拍，女玩家谁拍的价钱最高，不但能获得男玩家篮子里的装备，还能和该男玩家参加情侣一日游活动，并获得优厚的奖励以及大把的历练。

作为黄金单身男的邪羽君和多铎两大男神自然参加了这个活动，两人的篮子里都装着限量的极品装备。别说是女玩家了，就算是男玩家也对两大神的装备垂涎不止。更有甚者重新申请了一个小号，就是为了能竞拍大神。

薛渌清站在广场上，看着广场正中心一红一白还没有被竞拍走的大神，实在是万分感叹，无论台下的女玩家出多少价钱，这两个大神都是一副“谁理你”的样子。多铎大神边笑边朝水也清清的方向招手，邪羽君大神则抱着肩膀斜睨了水也清清一眼，然后又将视线移开，不知道又望向了何处的风景。

水也清清觉得身边拂过一阵冷风，下一秒，穿着白色轻薄纱衣的独孤笑笑忽然出现在了水也清清的右边。独孤笑笑侧头看了水也清清一眼，淡漠的表情像是根本不认识她似的！无情，太无情了！过了没多久，水也清清又感到自己的左边闪过一阵冷风，一个穿着粉色长裙的女子一边热情地向广场正中间的邪羽君招手，一边有意无意地瞟了水也清清好几眼，此人竟然是论坛第一美女浓情巧克力。

【附近】浓情巧克力：哎，多铎和邪羽君像不像两个雕塑戳在那儿！哈哈哈哈！

浓情巧克力主动上来和水也清清搭讪。水也清清被她的形容囧了囧，视线又瞥向邪羽君和多铎，不得不说，她的形容真的很贴切。

【附近】浓情巧克力：哎，水也清清，你会拍谁啊？

浓情巧克力一副和水也清清很熟的样子，弄得薛渌清再次怀疑是不是曾几何时又丧失了一段记忆。

【附近】水也清清：我只是来看热闹的，我谁都不选。笑笑，你肯定是选邪羽君的吧？

水也清清边说边侧头问右边气场惊人的独孤笑笑，独孤笑笑眯着眼睛扫视了水也清清一眼。

【附近】独孤笑笑：我选天雷斩。

【附近】水也清清：我说你是要选邪羽君的吧！

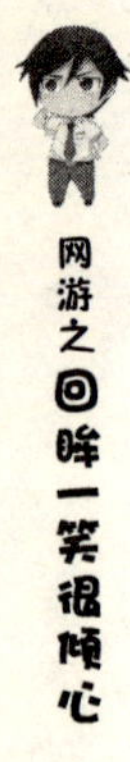

【附近】独孤笑笑：我选天雷斩。

独孤笑笑重复了几遍，水也清清和浓情巧克力都囧了。所谓天雷斩并不是一个玩家，而是邪羽君手上的极品装备，她选择天雷斩其实就是选邪羽君。至于独孤笑笑为什么三番强调，水也清清的猜测是她不好意思承认自己想选邪羽君。而浓情巧克力的猜测则比较大胆。

【附近】浓情巧克力：哦，笑笑的意思是天雷斩才是关键，至于邪羽君，只是个附带品。

【附近】水也清清：……

薛渌清被这三个人的关系搞得有点蒙，实在太错综复杂，实在太迷雾重重了，她实在无法看清他们究竟是怎样的一个三角恋。

就在薛渌清万分纠结的时候，她左边的浓情巧克力忽然挤进了人群，一眨眼人就失踪了。她揉了揉眼睛，望向台上的邪羽君和多铎，看见两人一温一火的视线向自己的方向射了过来，她瞬间有了非常不好的预感，果然……

【世界】邪羽君：水也清清开价，你到底拍我还是拍多铎？

别这样啊，大神你怎么变得这么不矜持了！薛渌清在心底呐喊。那边的多铎也不甘示弱起来。

【世界】多铎：水也清清，你出多少价我都跟你走！

全场哗然，所有人的视线都齐齐地定格在水也清清身上，包括薛渌清身边的众舍友。

赵倩兰眼神危险地看着她："薛渌清，快选，不想引起众怒的话，就果断选，迅速选，毫不留情面地选！"

薛渌清："……"

水也清清侧头看了一眼脸上像抹了层寒霜的独孤笑笑，附近频道里独孤笑笑想要天雷斩的刷屏还停留在那里。想到这里，薛渌清一咬牙，迎上台上两人的目光，大喊了一声："我选多铎！”

广场周围顿时响起了各种起哄声，那个浓情巧克力又不知道从哪里冒了出来，重新站回水也清清的左边。她一副看好戏的姿态看了水也清清一眼又一眼，然后挂着诡异的笑容飘走了。

多铎对水也清清选择他这件事表现出一种古怪的兴奋，何为古怪的兴奋？按照薛渌清的总结就是，高兴中又隐隐透着不爽，不爽中又燃烧着熊熊的兴奋。

多铎邀请薛渌清骑上他的麒麟坐骑，她点了确定的按钮后，就跟着胎盘大神来到了系统所谓的一日游场景——情人谷。

不得不说游戏开发者很有恶趣味，情人谷里分为三块区域，一块是海景区，选择去海景区的玩家可以通过两个玩家互相按摩、泼水来获得大量的历练；另一块则是水帘区，选择去水帘区的玩家可以在雨幕里邀请另一个玩家雨中漫步欣赏风景来获得历练；最后一块区则是萤火区，萤火区一直处于夜晚的状态，玩家可通过捕捉山谷里的萤火虫获得历练，捕捉得越多，获得的历练值就越多。每对玩家只能选择一块区域前往。

“果断海景区，我还没看过过过健壮的身躯呢！”赵倩兰不断地在一边怂恿薛渌清和她一起去海景区，薛渌清果断地拒绝了，估计海景区里全部都是和赵倩兰一样恶趣味的群众吧。

最后在水也清清和多铎的商讨下，两人一致决定去水帘区。薛渌清觉得这里人肯定少，可以获得更多历练的机会，而多铎大神则认为雨中漫步很浪漫，最后拍板钉钉。

事实证明他们的选择是非常正确的，据赵倩兰后来夸张的描述：“海景区！白花花全是人，连过过这么高大的形象都被淹没了！”嗯，虽然绯村杨小过并没有所谓的“高大的形象”。当然，在这之前，宿舍众人都觉得和另一个玩家举着伞走在雨里的行为很脑残。

但是，只有真正走在雨帘区的玩家才能体会到其中的乐趣！

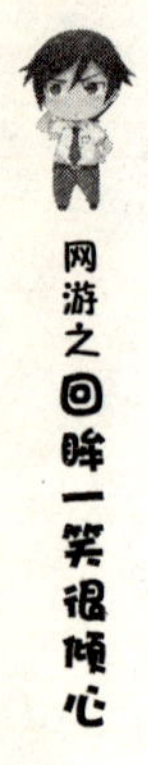

游戏开发者的恶趣味也真正体现在这里！这才是这个副本第一个恶趣味的地方！

水也清清瞪大眼睛看着周围所谓的风景，这哪里是什么风景！左边是海景区里的玩家搔首弄姿的情景，右边是萤火区玩家拼命捕捉萤火虫时的情景！而最关键的是，这两个区的玩家根本就不知道自己被雨帘区的玩家像看电影一样观看着他们的各种滑稽行为。

“哎！”这是众人在瞟到薛渌清电脑后的唯一反应，可惜买定离手，选好了自己要去的区域，就不能再反悔了。

水也清清和多铎一边目瞪口呆地看着周围的风景，一边深切地探讨了游戏开发者最近是不是失恋了这个高深的问题。就在这时，原本安静的世界频道又开始叫嚷了起来。

【世界】天天甜甜：喷狗帮卑鄙无耻，竟然在雨帘区杀天涯皇者的人！

这就是这个副本第二个恶趣味的地方，明明是休闲娱乐的地方，偏偏不给开启和平模式，这明明是在考验这个区玩家的素质好不好！而第三个恶趣味的地方是，选择自己所在的区域后，必须待满半个小时后才能出来，中途也没办法换到其他区。

天天甜甜叫嚷过后，世界瞬间安静了几秒。没过多久，天涯皇者的人才开始感叹副本的恶趣味，纷纷叫嚷自己不是在别的区就是没资格报名参加篮子玩家的活动，根本没办法进情人谷副本。而因为雨帘区的点不太吸引人，所以选择这个区的玩家就更是少之又少。

【世界】平一剑：在雨帘区的帮众全部来坐标334，790，我和甜甜还有正副帮都在这里被一群喷狗帮的垃圾围攻了！

【世界】恋恋笔记本：啊啊啊啊！我过不去啊！

【世界】慕容希尔：老大，原谅我们远水救不了近火，不过正副帮都在，你们应该扛得住啊！

【世界】天天甜甜：不行啊！我怀疑喷狗帮一个帮的人都来雨帘区了，人多势众，如果再来一个高手，我们可能还有机会赢。

【世界】路人甲：早知道去雨帘区了。

【世界】路人乙：……

【世界】平一剑：又是那个点点，竟然加入了喷狗帮来围攻我们！水也清清，上次我应该相信你的！

【世界】赵家一朵花：哎，自作孽不可活啊！

薛渌清眼睛一眨不眨地看着嘈杂的世界频道，她有些纠结地向多铎提议两人要不要一起去营救邪羽君他们。毕竟多铎的战力已经是全区第一了，相信只要他愿意帮天涯皇者一把，喷狗帮的人就不能为所欲为了。

【私聊】多铎：清清，你说什么就是什么！

【私聊】水也清清：……谢谢帮主大人这么信任我！

两人迅速用飞行符飞到了天天甜甜在世界上公布的坐标，果然，邪羽君、独孤笑笑、天天甜甜以及平一剑正被一群喷狗帮的人围攻，一时之间，各种技能的光轮番在屏幕里出现，场面混乱无比。

水也清清和多铎一同和邪羽君他们四人组队加入了战场。她一边不停地按动快捷键发出技能，一边查看附近频道。附近频道里已经吵成一片了，薛渌清这才知道之所以喷狗帮和天涯皇者的关系很差，很大一部分原因是因为之前那个叫水也清清点的人。

她本来是喷狗帮帮主天边的狼的红颜，因为喷狗帮想要赢得帮派战的胜利，水也清清点就申请小号去了天涯皇者帮，接近独孤笑笑。最后事情败露，天涯皇者的人把水也清清点的大号都翻了出来，从此以后水也清清点就不玩游戏了。这件事让天边的狼一直很不爽，就一直在谋划着怎么让天涯皇者的人好

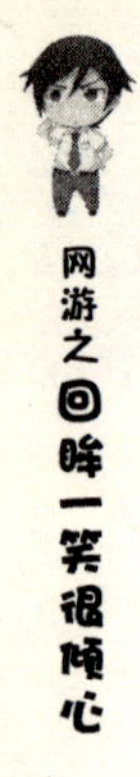

看。而这个点点就是天边的狼放进天涯皇者帮里用来挑拨天涯皇者和绯村帮的小号。这次点点又串通天涯皇者的某个帮众，得到邪羽君等人都要去往雨帘区的消息，于是果断设下了埋伏。

薛渌清“啧”了一声，一层细密的冷汗从额角滑了下来，瞧瞧人这心机，幸好只是在虚拟世界里，要是搁在现实里，还不玩死一票人啊！

幸好多铎和水也清清以及之后陆续赶来的在雨帘区的热心玩家的帮助，终于把喷狗帮等人就地正法。天涯皇者的人要求天边的狼以及参加杀人的帮众公开在世界频道里向他们道歉，而且保证以后再也不会做这么卑鄙的事情。

天边的狼在世界里保证过后，天涯皇者的独孤笑笑很大方地原谅了他们，但是邪羽君却一直没有发话，最奇怪的是正在和水也清清私聊的胎盘大神也沉默了下来。就在众人感到疑惑的时候，良久后邪羽君终于在世界发话，要是喷狗帮再有下次，天涯皇者的人只要见到喷狗帮的人就杀，绝不姑息。

而另一边的多铎也忽然跑出来跟水也清清说话，强调自己刚刚只是死机了。

薛渌清心中那抹奇怪的感觉越来越浓，直觉告诉她多铎和邪羽君极有可能是同一个人。一次巧合是巧合，但是两三次就说不过去了吧？

【私聊】水也清清：帮主大人，刚刚邪羽君大神也一直没说话，这不，他一说话你就出现了，你们真有缘分。

多铎尴尬地笑了两声。

【私聊】多铎：哈哈，是吗？真是缘分啊。

薛渌清决定证实自己的观点，她将自己的猜测告知宿舍众人，得到了八卦的众人的一致肯定以及积极帮助，赵倩兰还奉献出了自己的小号加入了天涯皇者帮。在一次帮派战中，薛渌清发现每次邪羽君杀人的时候，多铎都站着没动，反之亦然。

而且每次多铎在线的时候邪羽君基本都会在线，反之也亦然。

“这两人绝对是一个人！”赵倩兰托着下巴向着薛渌清郑重地点了点头。

“要这两人不是同一个人，那我就赌咒以后再也没唯美漫画看。”C宝慷慨激昂地对着书柜里的漫画赌咒道。

“肯定是一个人。”莫晓语推了推眼镜，眼里闪过一丝狡黠的光。

想到邪羽君和多铎竟然是一个人，而且竟然骗了薛渌清这么久。薛渌清就忍不住一阵咬牙，这家伙到底有什么目的？难道是想耍她玩？

想到这里，薛渌清狠狠地蹬着脚下的自行车，将左右两边的脚踏板想象成邪羽君和多铎，然后飞速朝着衡越酒店行去。

今天薛渌清的气场透着浓浓的不爽情绪，看见她的人都远远地避开三步远的地方，以免被她的怨念波击中。因为考虑到同事一场，怎么能看同事有怨念而不替其解决呢？于是乎，众人最后都将目光定格在了脸皮最厚最不怕死的庆然身上。

“拿出你看帅哥追帅哥的勇气来！拿出你花痴的精神来！”说完，庆然就被一众女人们推到了最前线。

“清……清清啊！哈哈哈。”庆然边说边躲闪着强烈的怨念波。薛渌清看着她的样子，忍不住笑了起来。这一笑，终于雨过天晴，聚集在薛渌清身边的怨念波终于消散了。

因为刚好到了下班时间，薛渌清就一边和庆然走出酒店一边和她大概说了说游戏上的事情。庆然本来很心不在焉，一听薛渌清天花乱坠般的叙述，立马感兴趣地睁大了眼睛。

“原来游戏这么好玩！怪不得那天我去大老板的办公室送东西，看见他也在玩游戏呢！清清，你也教我玩游戏吧，我还挺有兴趣的。”庆然说完，薛渌清点了点头，脑中忽然浮现出祝翎翩那张严肃的脸盯着电脑屏幕砍怪的情景，他一边迅速操纵着

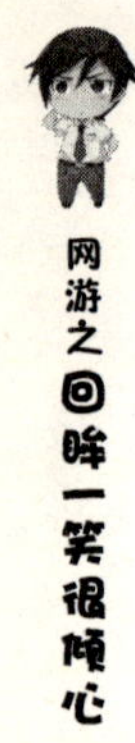

电脑键盘一边望着电脑里的玩家冷笑。想到这里，薛渌清顿时觉得身体一寒，实在很难想象啊！

薛渌清周六晚上要值班，这些天里，只要她登录游戏，都会自动自觉地无视邪羽君和多铎。看见多铎见到水也清清时热情的招呼以及远远地看见邪羽君抱着胳膊看着她的淡漠的脸，薛渌清就有一种想把键盘砸在这两人头上的冲动，看看人这演技！要是个演员怎么着也得拿个奥斯卡啊！薛渌清自动无视了虽然看起来是两个人其实是一个人的“影帝”，自己一个人去做副本了。

她托着下巴看着电脑里紫色的身影奋力地杀着怪，眼睛时不时地瞟向电脑下方的时间。昨天下午的时候方仲打电话给她说要来找她，这会儿都快八点半了，也不见方仲的人影。

想到方仲，薛渌清就重重地叹了一口气。听说过几天方仲就要和赵倩兰见面了，这两人要是见到面，不知道又会闹出什么事情来，到底要不要告诉方仲赵家一朵花就是赵倩兰的事情呢？真是矛盾啊！

就在这时，值班室的门被人敲响了。薛渌清打开门，发现方仲正站在门口。望着薛渌清，他先是笑了一下，然后表情一变，又苦闷地叹了一口气。

“我真惨，真的，我只知道把我已经有喜欢的女孩的事情告诉赵倩兰，但是我不知道她竟然为了表现自己比我的那个她好，天天跑我学校送饭给我吃！你知不知道，很多人都对我产生了不该有的误会！他们都说赵倩兰是我的女朋友！要是被我的她知道，那我还怎么活！”方仲一进门就跟薛渌清诉说自己的近况，以及悲惨经历。

薛渌清拍了拍方仲的肩膀，同情地看着他：“几天不见，原来你如此憔悴。”

方仲：“……”

薛渌清告诉方仲，赵倩兰最近也因为他的事情经常失眠，而且赵倩兰昨天晚上还对她说，虽然她精力旺盛，但是也有累的时候，要是方仲还不能领了她的情，她就真的把方仲忘得一干二净，投奔到绯村杨小过的怀抱，管他虚幻不虚幻，就搞一场轰轰烈烈的网恋。当然，从投奔到绯村杨小过的怀抱这里开始，后面的话薛渌清都默默咽下了，这要是让他们互相知道彼此的身份，实在是难以想象。

方仲说了赵倩兰半天，终于想起来这次来找薛渌清的正题，他有些不耐烦地挥了挥手："一提她我就不高兴，都忘记说正事了。"

薛渌清笑了笑，不是你一直在提吗？她想了想，似乎方仲每次见到薛渌清都会不停地提起赵倩兰，说不定两人见面后并不是什么坏事呢！

方仲将一包C市的特产从袋子里拿出来递给薛渌清，他抓了抓头，想了想才说："我前几天回了趟家乡，碰到了陈阿姨和陈弗。"

薛渌清拿着土特产的手顿了顿，她低下脸，心里一时有些慌张，但她尽量使自己看起来若无其事，甚至还带着一丝笑意地问方仲："他们怎么样了？"

方仲见薛渌清没什么事，这才放心说了起来："你记不记得我之前和你说过，高中毕业后我去你家找你，陈阿姨还拿扫帚赶我出去呢！"

薛渌清将视线移到远方，然后又点了点头。

"不过已经三年过去了啊，我再见到她，她老了很多，还主动和我打招呼。陈弗把三年前的事情跟我说了，那次事故真的不能怪你。他让我告诉你要找那群伤害你的小混混打架是他自己选的，下手太重进了监狱也是他自己应该付出的代价。他在监狱里待了三年，最担心的就是他母亲没人照顾。他说谢谢你

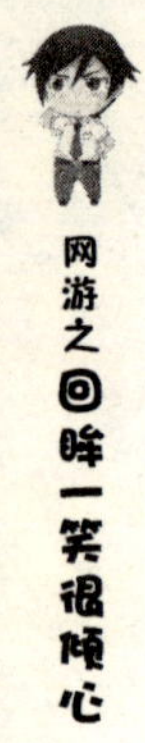

每个月寄给陈阿姨的钱，虽然没有写明，但陈阿姨一直知道是你。”

薛渌清这才回过神来，她脑中一时浮现很多画面。她想起自己的母亲总是温柔地摸着她的头让她好好听话，一眨眼，她母亲的脸就变成了陈阿姨的脸。她低着头胆怯地站在孤儿院里，不远处那个叫作陈弗的小男孩一直对着她咧着嘴笑，然后小男孩的母亲，那位看起来有些严肃的陈姓阿姨就领着她来到了新的家。她有了新的父母，还有一个疼爱她的哥哥，她并不是被世界抛弃的孩子。想到这里，薛渌清的嘴角隐隐露出了微笑，但画面又转瞬改变了，头顶铺天盖地的全是黑色的砖块，她被一种巨大的恐惧淹没了。

“薛渌清，你没事吧！”方仲连忙推了推薛渌清的肩膀，薛渌清这才回过神来，有些迷茫地看着对面的男孩，淡淡地说：“我没事。”

“陈弗在几个月前结婚了，虽然他们没有表示，但是我知道，他们都希望你回去看看他们。”方仲说完拍了拍薛渌清的肩膀，就在这时，他的手机忽然疯狂地叫了起来。

“疯子，真是疯子！”方仲失色地看着手机来电显示上赵倩兰的名字，一下从座位上站了起来，半天才结巴着对薛渌清说，“我有事先闪了，千万别和赵倩兰说你见过我。”说完，方仲便迅速遁走。薛渌清笑了笑，她又转头看着漆黑的窗外，揉了揉有些酸痛的眼睛，近乎自言自语地说：“我不是不去见你，我是不敢，你不是也说过从没见过我这么胆小的女孩吗？”她苦笑一声，一转身，忽然撞在一个人的身上。

薛渌清吓得猛地后退两步，一抬头便看见祝翎翮高大的身影正挡住背后射过来的白光，背光站在阴影里。

“人吓人，吓死人的。”薛渌清边说，边迅速用身体遮住了电脑屏幕，脚在桌子底下轻轻一带，便拔断了电脑电源。看着

《天脉》游戏的画面终于消失了，她才安心地吸了一口气，对着祝翎翩的方向露出尴尬的笑容。

祝翎翩幽深的眼睛里竟然透着点点的笑意：“不做亏心事，半夜也不会怕鬼敲门吧！”

“呵呵。”薛渌清继续干笑两声，“那是那是，不知大老板这么晚来有什么事？”

祝翎翩在沙发上坐了下来，看似自在地翘起二郎腿往薛渌清的方向扫了一眼。薛渌清紧张地咽了咽口水，她确定，他们绝对气场不和，要不然她怎么一见到他就害怕得要死呢？

“我只是看看每天晚上我的员工都在干什么，不欢迎吗？”

“欢迎欢迎，热烈欢迎！”薛渌清边说边倒了杯水，毕恭毕敬地放到祝翎翩面前的茶几上。她一边鄙视自己的狗腿，一边立正站好，生怕自己有什么错漏。

祝翎翩莫名低低笑了一声：“看来你真的很怕我。”

“不，你误会我了。”薛渌清说完气氛就沉默了下来，一时之间，四周简直安静得可怕。她忍不住将视线移到别的地方，看见不远处的桌子上摆放的一份快递，忽然想起之前看的一个冷笑话，于是她为了缓和冷掉的气氛，不得不打破沉默对祝翎翩说：“对了，我想起曾经看过的一个笑话，想不想听？”

祝翎翩不置可否地扬了扬眉毛。

薛渌清见他这样，只能暗示自己他很想听，于是就开始自顾自地讲了起来：“有一个人将圆通快递的电话号码存在手机里，名字就叫作圆通。有一天他去洗澡，手机却响了，他妈妈接起电话，对他大喊，有一个和尚找你！哈哈哈哈。”薛渌清说完自己先笑了起来，等她笑到一半发现对面的人一点反应都没有，实在尴尬透顶，决定以后再也不要对着这个人讲笑话了，祝翎翩这个人根本不懂幽默。

祝翎翩的嘴角划过一丝不易察觉的笑容，他的手轻轻点了

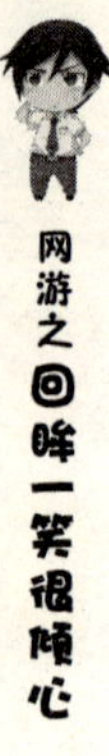

点桌面，然后抬起头问薛渌清：“你还和方仲在一起？”

薛渌清不知道祝翎翮为什么要问她这个问题，沉默着没有说话。果然，她看见祝翎翮的眉头又深深地锁了起来，本来还显得和善的眼神有些严厉地看着她：“我有点奇怪，为什么，你记得方仲，却记不得骆涵？”

提到骆涵的名字，薛渌清胸口莫名地一痛，抿着唇没有说话。

“我知道你很怕我，我也的确对你有点偏见。我记得在高中的时候，你因为方仲而伤害骆涵，之后又同时和一个叫陈弗的男生在一起，我很不喜欢同时和几个男生交往的女生，况且你又伤害了骆涵。”祝翎翮说完，深邃的眼神又望向薛渌清，“这些年里，我甚至以为骆涵会忘记你，我承认这些年里，就算我偶尔知道你的一点消息，也从没想过告诉他。我一直以为遗忘对他来说是一件好事，到现在，我都觉得自己没有错。”

她不知道说些什么，只得在心中苦笑一声，原来这个人之所以看她不顺眼是因为这个天大的误会。她看着祝翎翮带着探究的视线，忽然之间什么都不想解释。世间上的事情有时候就是这样的，有些人愿意误会你，有些人不愿误会你而去找寻不会误会你的理由；有些人愿意因为小事向另一个人解释得清清楚楚，有些人却不愿意去解释。

薛渌清的脑海里忽然浮现出骆涵的笑容和他永远星光璀璨的双眸，这一刻，她比任何时刻都要更加思念这个人，一个并不属于她的人。

第十三章　失忆是情不自禁

薛渌清已经记不得今晚是这个月的第几次失眠了。要不就是怎么都无法入睡，要不就是被噩梦惊醒。

她将床头的台灯打开，爬下床喝了口水，想了想，又将耳机塞进自己的耳朵里，开始听一些舒缓的音乐，可是依然无法入睡。薛渌清将手机放到眼前，不停地用手指滑动着屏幕，然后点开网络，开始漫无目的地上网。不知怎么回事，又不知不觉点进了骆涵的贴吧。

已经是凌晨了，贴吧里还有很多人，她眼神无意识地瞥向置顶的帖子，打算习惯性地签到，哪知道这个位于顶端的帖子已经不再是签到帖，而是一行大大的红字。

薛渌清吓得一下从床上坐了起来，她的心不听话地狂跳起来，一时之间她竟然觉得有些头晕眼花，甚至看不清手机上的字。

“什么啊!”薛渌清一边咬着唇企图让自己镇定下来，一边按手机的界面，按了半天，她几乎按到满身大汗，才终于点开为首的那个帖子：

偶像天王骆涵山区采景遇意外，已经送医院抢救，到目前为止依然昏迷不醒。

看着这行红色的大字，薛渌清一时之间好像根本无法理解它们的意思。读了半天，她才反应过来，她甚至有些抓不住手机，白色的手机顺着她的手指摔落在地上。

这一动静将上铺的赵倩兰惊醒了，她迷糊地将头探下来，

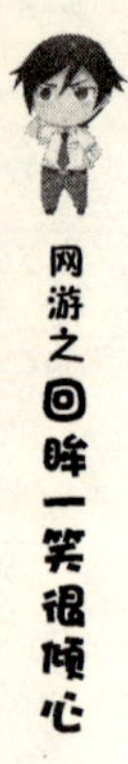

打算好好教育一下深更半夜不睡觉的薛渌清小同学，却看见她满头大汗地坐在床边，身子缩在一起，痛苦万分。

赵倩兰冲着薛渌清大喊了一声："清清，你别吓我啊！"喊完就赶忙招呼宿舍其他人赶紧起床。

薛渌清感觉眼前是看不清的沉沉黑暗，铺天盖地的砖块朝她的头顶猛地砸过来，浮在她鼻端的是难闻的血腥味。她闭着眼睛大喊着妈妈，然后那些碎落的砖块忽然变成了白色的窗帘，她的母亲躺在病床上，抓住她的手渐渐变得冰冷。

"清清！"就在这时，忽然有人拍了拍她的肩膀，她回过头去，看见陈弗正笑看着她。

"哥……"她叫了一声，不远处的陈美琴忽然将一个碗狠狠地往她的头上砸过来，她哭得声嘶力竭："你这个扫把星，你把我的儿子还给我！我以后再也不要看见你！你滚，有多远滚多远！"

"妈妈……"她的声音已经哭得沙哑，当她睁开眼睛，简瑶拉着她的手笑着告诉她："我喜欢一个人。"她说着说着忽然面容一变，恨恨地质问她，"可是，他为什么只喜欢你？"

"我没有。"她拉着简瑶的衣袖，看着她越走越远。然后她看见一个人就站在不远处背对着她，然后他忽然转过身子来，他原本璀璨若星光的眼睛此时却一片黯淡，他将她推到墙角，低着头问她："为什么不能喜欢我？"她觉得有冰凉的液体滴进她的领口，她有些心痛地瞪大眼睛，然后她看见他的身后忽然多出两个人，其中一个人正拿着铁棍，朝着他的头上猛地敲过去。

"骆涵，小心！"薛渌清猛地从睡梦中惊醒过来，她这才发现身边的一切只是一片单调的白色，还有舍友们担忧的眼神。

"清清，你没事吧！"赵倩兰哭着一把抱住薛渌清的脑袋，晃得她又开始头晕。她有些虚弱地笑了笑："兰兰，我被你晃得没事也变得有事了。”

“你个不和谐的！”赵倩兰一把抹掉脸上的眼泪，大大咧咧地冲不远处的两个人喊，“两个没用的东西，哭什么啊！还有你，莫晓语，平时不是挺酷的嘛！”

莫晓语撇过头：“酷的人不能哭就跟帅的人会看上赵倩兰一样没有逻辑。”

众人：“……”

“呵呵，小样，昏迷了还在喊骆涵的名字，真爱啊！”赵倩兰哈哈笑着推了一下薛渌清的肩膀。薛渌清的心立马沉到了谷底，骆涵出事了，这并不是她的梦。

她抓着衣袖，指甲死死扣着白色的病服，低低地说：“我想去看看骆涵。”在众人吃惊的视线下，她更加确信了自己心中的想法，又强调了一遍，“我想知道他到底怎么样了。”

薛渌清想要买到最快赶到骆涵所在地 G 市的机票，但是她的工资要到下个星期才能发，也不可能问薛锦知要钱，就算全宿舍人的钱加起来也不够买机票的钱。

“清清，我以后再也不买这么多零食了。”赵倩兰从钱包里掏出 50 块钱，满眼愧疚。

“清清，我以后再也不看这么多漫画了。”C 宝掏出 80 元钱，满心悔恨。

“清清，就在昨天，为了防止我用钱没有节制，我已经把所有钱都充到校园卡里了。只有这么多。”莫晓语十分没面子地掏出两块钱。

薛渌清笑了笑：“没事，谢谢你们啊！”她说完，感激地看了众人一眼，然后骑车来到了衡越。她在衡越工作了一段时间，经理应该会愿意提前预支薪水吧。

“这个，你知道我们是大公司，提前预支薪水要走很多程序的。”经理操着不标准的普通话，抬头看着薛渌清。

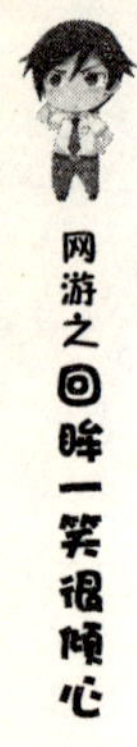

“拜托经理，我真的有急事需要这笔钱。”薛渌清双手合十，不停地拜托面前的经理。

“你这样，我们很难做的……”

“什么事情?”经理话说到一半，忽然被门口一道清冷的声音打断。祝翎翩手里正拿着一份文件，视线定格在薛渌清的脸上。

经理擦了擦额头的冷汗，大概交代了一下薛渌清的事情。祝翎翩又看了薛渌清一眼，眼底竟然透着一丝不解和疑惑。他知会经理出去，然后走到桌子后，坐在了经理的位置。良久后，他才终于又抬头看了薛渌清一眼：“我能知道为什么吗?”

车子在机场大门口停下，薛渌清从车子里走下来，然后感激地看了祝翎翩一眼：“谢谢你。”

她说完就匆匆往候机大厅走去，想了想又回过头来对祝翎翩招了招手：“谢谢你!”然后转身步伐渐渐加快，慢慢奔跑起来。

祝翎翩将车门关好，直到那道身影消失才踩动油门，往前方的大路驶去。车子驶到一处红灯处便停下，祝翎翩将车子里的音乐关小，一时之间觉得心里有些迷茫。他将手机拿出来，然后拨通了骆涵的电话，接电话的是骆涵的经纪人Adda：“喂，你好。”

“骆涵不是醒了吗，找他来接电话。”

“祝先生啊，骆涵他刚刚吃了点东西又睡着了。”Adda不好意思地解释，“要不要我叫醒他?”

“不用了。”他挂断电话，又回望了一眼机场，高大的建筑物正隐在层层的云雾里。

薛渌清一下车就赶往骆涵所在的医院，她抚了抚自己狂跳的心，在心里过了几遍刚刚祝翎翩对她交代的事情，竟然真的十分顺利地就进入了骆涵的病房。

此时阳光正好，熹微的橙色光芒正透过窗户的缝隙一点点流泻进病房里。骆涵就那样安静地躺在病床上，身体一半融在阳光橙色的流光里，另一半掩藏在阴影灰色的静谧里。

薛渌清往前走了几步，像是怕打破这满室的寂静，她走得分外小心，直到她与他的距离仅隔着一层朦胧的雾，她一低头便看见他长长的睫毛在脸上投下的淡淡阴影。

“骆涵。”薛渌清小声地叫唤了一声骆涵的名字。他的睫毛动了动却依旧没有醒过来。

“哎!”薛渌清轻轻叹了口气，她伸出食指轻轻触了触他皱在一起的眉头，刚刚进来的时候有人告诉她骆涵已经度过了危险期，她悬着的心已经放下了大半。现在，看着骆涵像孩子一样的睡颜，以及他平稳的呼吸声，薛渌清一时之间甚至有些迷茫。她不敢想象如果他就这样睡过去会怎样，想到这里，她的心就像被人紧紧地捏在了一起。

“幸好你没事。”薛渌清看向窗外的阳光，“如果你有事，我会后悔之前没有告诉你实话，我一直都记得你。”

薛渌清想起三年前，她将骆涵送给她的礼物还给他。他星光璀璨的眼底变成了深深的旋涡，他将水晶制成的可爱兔子一下扔在墙角。无数道晶亮的碎片在薛渌清的眼底化开，她有些分不清楚对他到底是怎样的感情，甚至有些迷惘地看着他渐行渐远的背影。

她的好朋友简瑶喜欢骆涵，而骆涵喜欢薛渌清，但她并不喜欢骆涵，本来荒唐的三角恋，因为薛渌清的不喜欢而划开了一条分明的界限。现实的事情本来就是这么简单。

“嘿!”一只粗黑的手搭上了薛渌清的肩膀，她猛地回过头来，一张带着伤疤的脸映入薛渌清的眼底。她记得这个人，是她哥哥陈弗的死对头阿强。

“死丫头，这次你哥哥不在，你看我怎么在你脸上划上一条

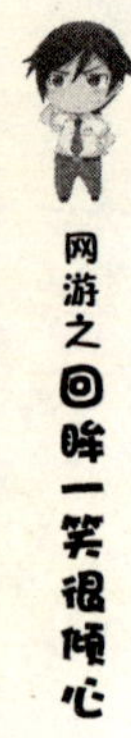

和我一模一样的伤疤!”

陈弗是这条街上出了名的小混混，和薛渌清乖乖女的形象截然相反，谁都知道陈家一儿一女，儿子惹是生非，女孩聪明听话。就是这样性格迥异的兄妹，关系却不是亲兄妹胜似亲兄妹。那天薛渌清看见哥哥和阿强的人在巷子里打了起来，阿强手上的玻璃渣几乎下一秒就要砸在陈弗的头上。薛渌清吓得连报警都忘记了，捡起地上的玻璃瓶就向阿强的方向冲了过去。

她不知道发生了什么事情，只知道手上的玻璃瓶已经碎了，一条蜿蜒的血迹正蔓延在她的手心。

“走!”陈弗大叫了一声，拉着薛渌清就往外跑。等两人都跑到了安全的地方，陈弗一边大笑着一边用力拍了一下薛渌清的头:“下次遇到这种事情，就直接报警，知不知道?”

薛渌清觉得眼泪正在眼眶里打着转，但还是默默地点了点头。

冰凉的触感让薛渌清猛然从回忆里惊醒，她看着阿强凶神恶煞的脸，一个玻璃瓶正紧紧贴在她的脸上。这一刻，她感到从未有过的害怕。薛渌清有些绝望地闭上了眼睛，就在这一刻，骆涵又折了回来，他将阿强一把推开，又把薛渌清推到了另一边的墙角上，然后和身后举着铁棍的阿强扭打在了一块。

薛渌清眼睁睁地看着铁棍一下击打在骆涵的腿上，她想要往前走一步，身后褐色的危墙却忽然倒塌了下来。四周是骆涵的叫声和随之而来的纷乱的脚步声，薛渌清只觉得那些声音都异常遥远，渐渐地，除了鼻端充斥的血腥味以外，她什么都闻不到、看不到了。

她不记得是什么时候醒过来的，她只知道在她出事后曾经一度记不得身边的任何一个人。她被她的父亲带回 N 市休养，等她再想起一切，似乎一切就在那一刻彻底改变了。

陈弗因为薛渌清的昏迷将阿强打至残废，被判入狱三年。

她的养母陈美琴因为陈弗的事情精神受到了严重的刺激，不愿意再看见薛渌清。而骆涵更是在薛渌清的世界里消失了，她依然记得最好的朋友简瑶最后一次看着她的眼神——怨恨和绝望。在她最无助的时候，因为这次事故才终于找到薛渌清的父亲薛锦知拍了拍她的肩膀，语重心长地对她说："清清，以后爸爸会好好照顾你，忘记以前所有不愉快的事情，跟我回 N 市。"

也许，遗忘才是最好的选择。

身前的人忽然动了动，薛渌清一下从回忆中惊醒，骆涵翻了个身依旧睡得像孩子一样无忧无虑。薛渌清伸出手来点了点骆涵光滑的额头，似乎趁骆涵熟睡了逗弄他是一件很有趣的事情，她点了三下，然后低低地笑了起来。

"你没事就好。"薛渌清低下头来，不知道是对三年前的骆涵说还是对现在的骆涵说。

不知道过了多久，薛渌清才从骆涵身边站起来。走到门口的时候，她又回头看了他一眼，这才推门离开。病房的门一关一合，橙色的阳光依旧无孔不入地渗透进来，病床上的人忽然睁开了眼睛，那点点的橙光就洒在他的眼中，像星光一般跳跃着。

薛渌清回到 N 市后没多久，就听说骆涵已经康复，重新回到了剧组。

除了没有提过关于骆涵的事情，薛渌清依然做着每天应该做的事情，上课、打工、玩游戏。

"大家，祝我成功！"赵倩兰理了理自己白色的连衣裙，摆出一个玛丽莲·梦露的经典姿势，然后问宿舍众人，"我性感吗？"

薛渌清看了看塞着耳机的莫晓语以及眼神幽深似乎想要冲过去对赵倩兰行凶的 C 宝，果断点了点头："嗯嗯，太性感了，你快点走吧，要不然绯村杨小过就不见你了。"

赵倩兰满意地点点头，踏出一步又折了回来："我决定了，

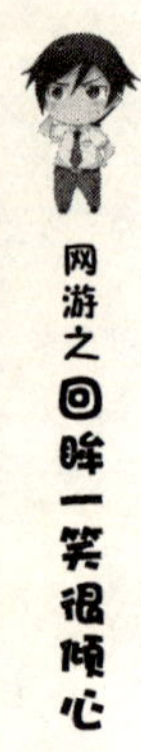

与其缠着方仲没有结局，就干脆和过过好好地发展下去，祝福我吧！”赵倩兰说完就奔出了宿舍，薛渌清看着她的背影，惆怅地摇了摇头，今天过后，赵倩兰和方仲两人不知道究竟要往什么方向发展，只能在心中默默祈祷。

自从知道邪羽君和多铎是同一个人后，薛渌清玩游戏的乐趣迅速变成了同时逗弄这两人，比如说同时和邪羽君、多铎组队，期盼着两人用串号的时候；又比如说在多铎面前夸邪羽君，在邪羽君面前夸多铎，默默观察两人反应；再比如说像现在这样，要求和多铎交换电话。不过事情的结果可想而知，胎盘大神犹豫再三，终于编出了个手机拿去维修了要过几天才能拿回来的烂借口。

薛渌清对着电脑屏幕笑了起来，继续和两大神一起组队进副本。不过同时拿两个号，不串号那是不可能的事情，这不，多铎不小心说错了话。不过水也清清立即选择了无视，她这种诡异的态度让队伍频道里瞬间就安静了下来。

薛渌清发现邪羽君的私聊频道忽然亮了起来。

【私聊】邪羽君：亲，你的态度很诡异啊。

【私聊】水也清清：哪里？

过了良久，邪羽君才回复水也清清，想必是在纠结是不是要不打自招。

【私聊】邪羽君：你是不是发现了什么？

【私聊】水也清清：你是想说刚刚你们用串号这件事？还是很久之前你们同时死机这件事？还是我明明让你来救我，结果帮主大人竟然知道我的坐标赶来了这件事？又或是你和多铎其实是一个人这件事吗？

【私聊】邪羽君：……你说得太多了。

【私聊】水也清清：……

【私聊】邪羽君：好吧，我承认了。但你知道我为什么要这么做吗？

薛渌清刚想问为什么，就在这时，忽然听见刚刚跑去接电话的C宝忽然咋呼了一声：“什么？赵倩兰说要跳楼？啊？结果就下去了!!”

薛渌清来不及关电脑，就和C宝以及莫晓语火急火燎地奔出了宿舍。

幽深的巷子尽头，赵倩兰依旧穿着出门时穿着的白色梦露连衣裙，只不过不同的是，她脸上已经没有出门时的神采。她趴在不远处大排档的桌子边，一动也不动，在她的身边，红色的血正顺着桌子边缘一点一点滴在地上。

C宝见赵倩兰这样，“哇”一声就哭了出来。薛渌清感到眼前忽然一阵眩晕，下一秒就要栽倒在地上。

大排档的老板娘胖妞哭丧着脸跑过来，看着众人的表情，不解地问：“你们哭啥？”

“赵倩兰怎么就这么死了……”莫晓语眼神迷茫地看着不远处被鲜血染红的白色身影。

“死？”胖妞吓了一跳，“不不，她没死啊！”

“什么？你不是说她要跳楼，然后就下去了吗？”C宝瞪大眼睛恶狠狠地问。

“我的意思是说她吵着要跳楼往楼上爬，然后我就给你们打电话，才接通，她又下楼去了。”胖妞被C宝的气势吓得后退了几步。

“那她身上怎么会有血？”

“啊？那不是血，是我的红酒，她一来说不喝啤酒，说要借红酒消愁，我就给她拿了我的红酒。”

“哎！”这一个字掷地有声，把不远处喝醉酒的赵倩兰吓得猛地打了一个酒嗝。

薛渌清看着赵倩兰喝醉酒拉着她衣袖的迷糊样子，一时之

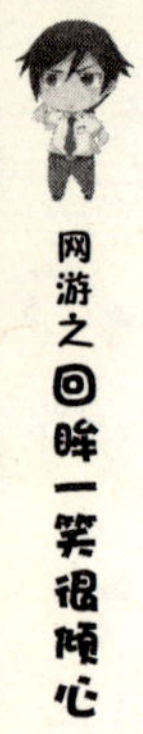

间又好气又好笑。她忍不住捏了捏赵倩兰的左脸，听见她“哎哟”了一声，才放开手。

“捏得好捏得妙，捏得呱呱叫！”C宝边说也顺势捏了一把赵倩兰的右脸。

第二天醒过来的赵倩兰同学除了宿醉的头痛以外，还莫名感到脸颊疼痛，她费解地抓了抓头发：“难道宿醉还会影响到脸？”

C宝看着赵倩兰不解的神色，先是心虚地咽了咽口水，然后脸色一变，掷地有声地问赵倩兰：“说，昨天到底发生了什么事情！”

赵倩兰这才又哀号一声，虽然还一脸憔悴，但明显已经恢复到了之前的豪迈。她“如泣如诉”地交代了昨晚和绯村杨小过见面的事情，在知道绯村杨小过竟然就是方仲的时候，她简直悲喜交加，而方仲更是在一分钟之内变换了N种表情，堪称奥斯卡影帝。

赵倩兰拉着方仲的手，欣喜地说：“如果我说这就是上天赐给我们的缘分，你信不信？”

方仲一直没有说话，眼睛死死地瞪着赵倩兰的脸，结果他忽然从座位上站了起来，眼神复杂地看了赵倩兰一眼，只留下一句：“我不信。”就扬长而去了。

赵倩兰彻底地失恋了，就在她打算放弃现实中的方仲，才发现网络中的人也是方仲，按照她的叙述，谁都没有她惨，她一个晚上竟然失了两次恋！

“节哀顺变，对不起啊兰兰，其实我早就知道绯村杨小过就是方仲，你不会怪我没有告诉你吧？”薛渌清从椅子上挪到赵倩兰的床边看着她。

“哎，你看看你这死样，睁着一双水汪汪的大眼睛看着我，我能对你下得去手吗？”赵倩兰哀号一声，一下扑进薛渌清的怀里，然后仰天长啸一声，“爱情究竟是个什么东西?”

爱情究竟是个什么东西？薛渌清也学着赵倩兰的样子扬起头，如果世人都能参透它，还有谁会想要受它的苦。

赵倩兰决定以后将方仲彻底遗忘，遗忘的第一步就是不再玩《天脉》，遗忘的第二步就是不再去主动联系方仲，遗忘的第三步就是找到新的目标来转移注意力。

而薛渌清也想要把骆涵彻底遗忘，幸好她还可以通过玩游戏不去想骆涵的事情。但是不去想并不代表他不存在，当她以为慢慢地就会将骆涵从记忆里抹去的时候，庆然告诉她骆涵的电影已经杀青了，他又回到了 N 市。而尾随骆涵回来的还有他曾经提过的很要好的绯闻女友，刚从国外回来的还在学校念书就被破格录取的英文女主播简瑶。

薛渌清看着娱乐报纸上模糊的照片，头版头条的标题写着：偶像小天王搭配名门女主播，金童玉女男才女貌。

她不知道自己脑子里在想些什么，只觉得心里烦闷难受，这些天已经渐渐捡回来的好心情全部在这一刻烟消云散。她不知道自己想要怎么样，也不明白接下来又要怎么做。

她和简瑶有多久没见过了？3 年又 8 个月。她和骆涵多久没见过了？2 个月又 16 天。这些数字一次次在她心中掠过，渐渐拼凑成一股无形的墙，隔开他们的距离。

“清清，明天见！看你今天都没什么精神，回去好好休息。”庆然一边嘱咐薛渌清一边挥手向她道别。看着庆然远去的背影，她回过头来开始收拾桌子上的东西，因为太专注，根本没有注意到一个人已经走到了她的身边。

深黑色的细高跟，修长笔直的腿，袖口带着点蕾丝成熟又不失可爱的职业装，以及那张精致倔强的面孔。

“嗨！薛渌清，好久不见。”声音低低的，像是在叙说多年的离愁。薛渌清一抬头就看见简瑶含笑的眼睛，正一眨不眨地

注视着她。

坐在灯光有些昏暗的西餐厅里，薛渌清和简瑶都显得有些沉默。等到服务员将牛排在两人的面前放好，简瑶一边将白色的纸巾隔在牛排和自己的衣服之间，一边抬起眼睑打量对面看起来很专注的薛渌清。

“你最近怎么样?”她放下纸巾，这才开口问对面的人。

薛渌清像往常一样笑了笑：“上学、打工。哦，我最近还多了个玩游戏的习惯。”

“你还是很爱笑，那时候他跟我说就喜欢你笑起来的样子。”简瑶边将刀叉拿起来边又看了薛渌清一眼。

薛渌清拿着刀叉的手明显地停顿了一下，接着她很坦然地回视着简瑶的视线问她：“今天为什么会来找我？我们已经有三年多没见了。”

一顿饭吃得倒也不沉默，简瑶一直在叙说着两人高中时候的事情，薛渌清也配合着她。最后简瑶还谈起了骆涵的事情，说起了这些年骆涵和她之间的点点滴滴。

将最后一块切好的牛排放入嘴里，简瑶招手让服务员再开一瓶红酒。她笑了笑有些调侃地看着薛渌清：“我记得你以前不能喝酒，这大半瓶都被你喝光了。”

薛渌清这才发现刚刚不知不觉中，自己竟然喝了这么多酒，她有些尴尬地笑了起来：“我就是有些渴。”

“嗯，刚刚的问题你还没有回答过我，你那个时候到底有没有喜欢过骆涵?”

薛渌清看着简瑶精致的面容，三年前，她的脸还很青涩，笑起来的时候，嘴角会有一个淡淡的梨涡。两张不同时期的脸在薛渌清的眼前重复着，她有些头疼地抚了抚额角：“不知道他有没有告诉你，我都已经不记得他了。如果我喜欢他，会把他这么轻易地忘掉吗?”

“希望你说到就能做到。”简瑶的脸在薛渌清的眼前晃了晃，她不知道自己又喝了多少红酒。她其实不能喝酒，但今天却觉得这红酒特别好喝，苦涩里还有点淡淡的甜，甘甜里还有一种刺鼻的辣，交杂在一起的味道就像她此时纷乱的心情，无处安放。

薛渌清知道自己一定喝得很醉，要不然她第二天醒来肯定不会头痛欲裂，而且完全忘记昨天晚上简瑶是怎么把她送到衡越的客房里来的！她有些纠结地看着床边的椅子上摆放着的一套换洗的衣服，又有些无语地看着身上昨天穿着的满是酒气的衣服，她用手拍了拍脑袋企图让头痛的感觉消失一点，哪知这么一拍，手里原本拽着的东西忽然掉了出来。

白色的羊绒地毯上，一枚做工精细的胸针躺在地上。

薛渌清有些不敢相信地瞪大了眼睛，这枚胸针怎么这么眼熟？她想起来了，曾经看见骆涵戴过它！天啊，昨天难道是骆涵把她送到这里的？

薛渌清将胸针从地上捡起来，换了件衣服就离开了客房。时间还早，想到庆然今天上早班，她本来打算离开的，又折回到休息间里找庆然。没想到庆然一见到薛渌清，立即关闭了电脑，然后抹了把脸才抬起头看向她。

“庆然，你刚刚哭了吗？”薛渌清有些吃惊地问。

“没有啊，刚刚眼睛进沙子了。”庆然大大咧咧地笑了起来。

“没事就好，我先回去了，下午过来。”薛渌清低头看了眼右手上拿着的胸针，然后离开了衡越酒店。

“说，为什么夜不归宿？”C宝眼神危险地看着薛渌清。

“和哪个男人鬼混去了？”莫晓语推了推眼镜看着薛渌清。薛渌清不由得一寒，想起宿舍似乎少了一个人，赶忙问：“兰兰呢？”

C宝不屑地哼了一声：“看上一个体育生，一大早起来跟人

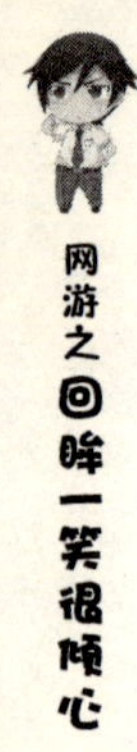

家跑步去了，说是寻找第二春。”

“估计坚持不了多久。”莫晓语瞥了眼窗外，正色道。

下午薛渌清照例去衡越上班，她口袋里揣着骆涵的胸针，直到快下班的时候还在纠结怎么还给骆涵。最后，薛渌清终于做了一个很怂的决定：问同事借个骆涵房间的钥匙，直接放进去好了……

骆涵住在衡越酒店的最顶层，一般乘坐电梯是到不了这里的，必须拥有最顶层房间卡的人在电梯内刷卡，电梯才会到达这层楼。

薛渌清一只手拿着房门卡，一只手拿着胸针，虽然内心很忐忑，但依然装作十二分淡定地来到了骆涵的房门口。

不知道骆涵是不是知道她要来，这家伙的房间门竟然是开着的！薛渌清站在门口囧了囧，她将门轻轻推开，四周逡巡了一圈，才发现房间里根本就没人。

“这人，神经真大条。”她不满地嘀咕了一声，然后走到桌边，将胸针放在桌上。她眼睛不经意地一瞥，正好瞥见了骆涵开着的电脑。

薛渌清彻底震惊了！骆涵的电脑里竟然开着游戏，而且游戏画面竟然是《天脉》！最最离谱的是，那个登录的号的名字叫作邪羽君！她下意识地就点开电脑下方的另一个游戏界面，果然，是多铎的号！原来骆涵就是邪羽君和多铎！这个世界要不要这么疯狂！

薛渌清的脑子里瞬间过滤了无数的画面，她忽然想起之前和邪羽君交换过电话号码。骆涵原来早就知道她是水也清清，而这个家伙竟然给了她另一个手机号！

薛渌清又忍不住在心里说了句粗话，她来回切换着手中的电脑屏幕，想起邪羽君和多铎这两人都曾在游戏里向她求婚就忍不住一阵尴尬，又想起这两人都救过她、帮过她，顿时又觉得有点好笑。

薛渌清从未想过自己会玩网游，也从未想过骆涵也会玩。就像赵倩兰曾经对方仲说的：“如果这就是上天赐给我们的缘分，你信不信？”可惜她纵使相信又怎样，骆涵已经有了简瑶，而她或许只能选择慢慢将他遗忘。薛渌清苦笑一声，她发现自己和赵倩兰的遭遇何其相似。

就在这时，洗手间的方向忽然传来了“窸窸窣窣”的声音。薛渌清一惊，不好，原来骆涵在洗手间里！薛渌清顿时觉得头大，她迅速起身，往房门口走去，哪知道时运不济，命途多舛，房门竟然死活都打不开！

薛渌清有些认命地盯着洗手间缓缓打开的门，直到骆涵惊讶的视线定格在她的身上。她默默地想，要不要和骆涵交代一下自己只是路过的呢？

薛渌清想说她这辈子从没有遇到过这么尴尬的事情。眼前的骆涵赤裸着上半身，一条浴巾很随意地裹在他的腰间。她此时真希望自己被口水呛到，这样就可以不停地咳嗽来掩饰脸上可疑的红晕。

骆涵也有些不自在，他先是看了薛渌清一眼，然后向四周看了看，最后才想起来什么，脸上尴尬的笑容忽然换成一抹调侃的笑容：“清清，能解释下你为什么会在这里吗？”

“哦。”薛渌清尴尬地应了一声，“我真的只是想上来把胸针还给你，但发现你的门没关，就想不打扰你了直接把东西放你桌上，哪知道你的门打不开了。”薛渌清说话的语速极快，说完后，她忍不住深呼了一口气。

骆涵了然地挑了挑眉，他走到门边，推了半天也没把门打开，不过他的样子看起来却有点高兴。他自顾自地坐在床边，然后看着手脚都不知道往哪里放的薛渌清同学，本来想好好调侃调侃她，哪知道无意中就瞥见自己打开的电脑屏幕，表情立

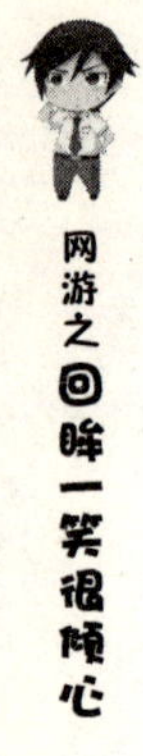

马囧了起来。

薛渌清也注意到了骆涵的视线，立马眼疾手快地转移了话题："骆涵，能解释下你游戏中身份的事情吗？"

"哦。"骆涵有些郁闷地应了一声，"现在你都知道了。"

"明明交换电话的时候你就知道是我了吧？"薛渌清不满地撇了撇嘴。

骆涵抓了抓脑袋，星眸闪了闪："其实，还要更早一点，交换电话只是让我更加确定你的身份而已。还记得邪羽君在绝情谷被杀后，有一阵不是不上游戏被传不玩游戏了吗？我本来是真的不想玩了，但是后来我在宴会上听见你和朋友打电话，那个时候我就知道你的身份了。"

薛渌清更加无语了，看着骆涵一副无辜的样子，她忍不住瞪了他一眼："骆涵，你明明知道还要弄两个号来戏弄我？上次那个篮子活动你们两个还让我出价竞拍，我很尴尬的好不好。"

"那个是我表妹搞得鬼，趁我不在让你为难。那个，她就是浓情巧克力。"骆涵继续眨着眼睛装无辜，看着薛渌清一脸想打人的表情，他立马找了个人做垫背，"我虽然有错，但是有错的绝对不止我一个人。"

薛渌清的眼睛眯了眯。

骆涵咽了咽口水继续说："祝翎翩他有一次去你工作的地方查岗，然后你走后他用你电脑发邮件，发现你在玩游戏。"

薛渌清愣了愣，被老板发现员工在玩游戏不是什么好事啊！但是转念又想，瞪着骆涵："这件事又关祝翎翩什么事？"

骆涵低低笑了起来，眼睛里像流泻的光："事关重大，因为他用的是个女号，祝翎翩就是独孤笑笑。而且他一开始用的是多铎这个号，因为很烦女玩家缠着他，才换了个女号，我这才拿了他不用的号。你说要不是他的这个号，我也不会想到用两个号接近你，他是不是很有错！"

所以说，游戏世界真是没有逻辑。

薛渌清一个晚上知道这么多真相，只觉得自己是天底下最大的傻瓜。她抱着肩膀坐在椅子上，半天没和骆涵说过一句话。骆涵小心翼翼地凑到薛渌清身边，脸凑近她的脸。因为距离太近，薛渌清忍不住把他的脸推到一边，看着他一脸委屈的样子，一时之间又好气又好笑。

“你真幼稚。”薛渌清小声嘀咕起来，但转瞬间她又想起了简瑶，那张精致的脸和骆涵简直完美得像一对璧人。她的心顿时一阵闷闷的疼痛，但失望的神色在眼底转瞬即逝。

薛渌清站了起来，不顾骆涵在一旁“卖萌”，拿起客房电话打算叫酒店工作人员过来。她真的很不想在这个时候看见骆涵，她怕越和他在一起，就越控制不了自己的心。

哪知道人算不如天算，客房电话竟然坏了！薛渌清因为上来还东西，根本没带手机，而骆涵更是对着她摇头：“你知道的，我平时工作很忙，偷得浮生半日闲，我休息的时候都不把手机带在身边的。看来只能等明天 Adda 来找我的时候找人开门了。”

薛渌清用怀疑的视线看了骆涵半天，他才有些心虚地转移了视线：“真的没有，要不你可以来搜我身。”

薛渌清：“……”

这一夜很难熬，非常难熬。薛渌清在床上辗转反侧，根本无法入睡。她背对着骆涵，睁着眼睛看着凄凄的黑暗，被子上还有骆涵身上残留的沐浴露的香味。纵使她闭上眼睛，纵使她不愿意去想，也能感受到他的气味，无孔不入地钻进身体里，在心间留下印记。而就在不远处的沙发上，骆涵或许也像她一样难以入眠。

第二天薛渌清和骆涵起得都很早，在 Adda 和祝翎翮诡异的视线下，薛渌清几乎是落荒而逃的。直到薛渌清回到休息室，

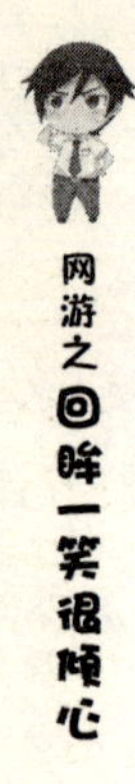

还感到心脏正狂跳不止。

“这钥匙扣挺好看的。”庆然不知道什么时候走了进来，手里正晃动着一个水晶钥匙扣。

薛渌清认识这个钥匙扣，是田甜的。

“哦，刚刚碰到顶楼的客房服务员，说是在骆涵的房门口捡到的。问了骆涵，他说不是他的，她因为有事，就让我拿到前台失物认领处。”在薛渌清的询问下，庆然解释道。

薛渌清略略皱起了眉头，田甜的钥匙扣怎么会在骆涵的门口捡到？她揉了揉眉心，忽然想到骆涵的房门打不开会不会和她有关？她有什么目的呢？

薛渌清意料得没错，当天下午，因为那些在酒店客房门口偷拍的照片，薛渌清和骆涵的绯闻又铺天盖地地闹了开来。

薛锦知不久后就打来电话。这次和父亲的对话又因为骆涵闹得很不愉快，薛渌清心情烦躁地挂断电话。窗外忽然起了风，正一下下撞击着玻璃。薛渌清走到窗边将白色的窗帘拉好，就在这时，她的手机忽然响了起来。

是一个来自 C 市的未知电话。不知为何，薛渌清像是有预感这个电话是谁打来的，她盯着手机屏幕良久，才接起了电话。

熟悉的低沉男声带着一些沧桑感：“喂？是清清吗？我是陈弗。”

第十四章　相见才知多相爱

薛渌清最近很烦，方仲也很烦。两个很烦的人坐在餐馆里，看见对方这么烦，因此就更加烦。

“我这个周末要回C市。”薛渌清喝了一口面前的饮料，眼睛望着前方，不知道在想什么。

“赵倩兰跟你一起去?”方仲的眼睛也望着前方，也不知道在想些什么。

“我哥打电话给我了，他说我的养母病了，想让我回家一趟。我有点害怕，我不知道她会不会像三年前那样赶我走。”

“赵倩兰会和你一起去看你养母吗?”

“有时候我真觉得自己很没用，三年了，我除了偷偷寄点钱给她，连看一眼她都不敢。”

“我也是。每次她缠着我，我觉得很烦，但她不玩游戏了，也不再来找我，我觉得我的世界忽然变得好冷清。”

“我哥一直对我说那件事跟我没关系，可是要不是因为我，他也不会找那个阿强算账，也不会坐牢，她怪我是应该的。”

“我一直以为我很讨厌她，但是自从她从我的世界消失了，我不知道如何是好，甚至一直在想我那天到底做了什么，她不见我是应该的。”

“哎!”

“哎!”两人同时叹了口气，又同时抬起头来看着彼此。

“这些天我一直在反省，你说我这些天（年）做得到底对不对?”这次，两人的话终于说到了一块，接着各自从各自的眼里

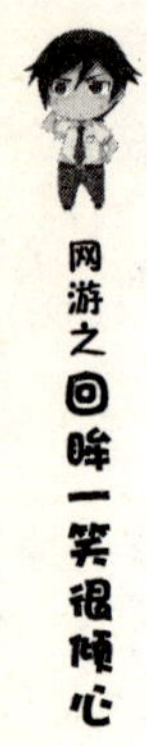

看见了神伤。

“你爱上赵倩兰了。”薛渌清做了结论。

“你不回去见你的养母，一辈子都解不开这个结。”方仲也提了一个建设性的意见。

最后的结果是，暑假的时候，薛渌清和方仲一起踏上了回C市的路。

看着火车窗外远去的风景，薛渌清的心里前所未有地开始忐忑起来。她想起她的养母那张总是严肃的脸，以及最后见到她那次她挥着扫把将她赶走的情景。

薛渌清一直都知道，养母并不喜欢她，是从什么时候开始的呢？应该是从那次养父为了给她看病而出了事故后，她的脸上露出从未有过的寒冷神色，整整一个月，她们没有说过一句话。薛渌清一伸出手就触到她指尖冰冷的温度，那寒意像是能冷到人的心里。

“我真的不是故意的。”她想起陈弗出事后，养母哭着对她喊，为什么她害了陈家一个又一个，她只能低着头，眼泪浸湿了眼眶，她一句又一句地重复着对不起。

C市并不大，还保留着南方特有的江南小镇气息，青色的地砖铺在每一条蜿蜒的小巷子里，每每夕阳西下，青石板路便被这一天最美的颜色包裹。

薛渌清站在那道熟悉的棕色大门边，心中说不上是紧张还是害怕。她的手举起又放下，来回几次，才终于敲响了那道熟悉的房门。

屋门缓缓被人打开，一个熟悉的身影映入薛渌清的眼里。

陈弗的个子并不算太高，一套灰色的T恤加上一条深色的休闲裤，让他看上去失去了年少时的戾气，反而更多出了一丝居家男人的气息。

陈弗看见门外的薛渌清，先是吃惊得不知道说些什么，然后他才想起让开身子，让薛渌清走进了屋子。

屋子里的摆设还是原来的样子，不同的是，每个房门上都贴着一个大红的“喜”字。

“清清，喝杯水吧。”陈弗将杯子递到薛渌清面前，她一低头就看见杯子上贴着的蓝色哆啦A梦的图样，纷乱的心绪似乎在这一刻爆发了出来，那是她曾经用过的杯子。她拿着杯子的手一抖，一颗眼泪正好滑落在杯子里，溅起一朵轻微的水花。

“都多大的人了还哭。”陈弗笑着拍了拍薛渌清的头。

“哥，对不起……”薛渌清这才抬起头来，语带哽咽地喊了陈弗。

一个下午的时间，他们聊起了很多，从一开始悲伤拘谨的对话，到后面陈弗说起了和他的老婆相遇的趣事，一时之间，气氛似乎回到了从前那种其乐融融的样子。

陈弗有些感叹地叹了口气：“人有的时候真的要经历一些事情才能变得更加成熟。那个时候，我听说是骆涵约你去的那片危楼，又因为阿强的出现害得你昏迷不醒，一气之下，就找人打了骆涵和阿强，没想到对阿强下手太重，害得他昏迷不醒。说实话，被判三年，我真的很不服气。后来阿强的妹妹哭着来找过我，看着她望着我时仇恨的眼神，我忽然意识到自己也许做错了，毕竟谁都有家人，谁都不希望自己的家人有事。幸好骆涵没有找我算账，要不然……”陈弗没说完就重重地叹了一口气，“我现在已经成熟太多了，不会再做年少时候那么冲动的事了。”

薛渌清低着头，在听见骆涵的名字的时候，她的心没来由地一痛，她想要解释其实那件事根本和骆涵无关。当她再抬起头来望着陈弗时，看见陈弗也正在看着她，他有些语重心长地看着薛渌清说：“清清，我知道你想说什么，你和骆涵的事情我也在报纸上看过。要知道，当年只有阿强和骆涵在场，当我们

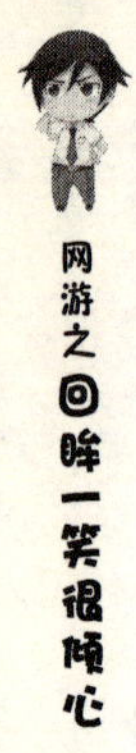

找到被砖块包围的你时，骆涵他一直在说是他的错。”

薛渌清的眼圈不禁红了起来，她知道那个人又幼稚又自恋，原来还是一个大傻瓜。她抹了抹眼角快要滑落的泪水，意识到自己和他何其相似，她将陈弗的事全部归结到自己的身上，内疚地活了三年；而骆涵却把她的事情全部归结到自己的身上，是不是也像她一样，在午夜时分，总是被可怕的噩梦惊醒呢？

不知是不是因为今日的触动太大，薛渌清开始思恋起那双星光璀璨的眼睛。如果没有简瑶，如果一切还可以重来，她再也不要一直后退做一只什么都不敢面对的乌龟，而要勇敢地牵住骆涵的手告诉他：“我爱上你了。”可惜，一切似乎都太晚了。

房门再次被推开，一个有些佝偻的身影走了进来，见到屋内的两个人，身影先是狠狠地一愣，然后表情立马变得有些复杂起来。

薛渌清条件反射地从原地站了起来，她的目光无意中落在陈美琴的身上。她不知道她脸上现在是怎样的表情，她甚至不敢想象，如果她还要赶她走，她会怎么样。

“清清，今天晚上就在这儿吃饭，住在这里吧。”陈弗提议道。

“不了，我已经订好宾馆了，约了朋友去吃饭……”

“嫌弃我们家的饭，不想在这儿吃就算了。”门口忽然响起了严厉的女声，一下打断了薛渌清的话。

薛渌清有些尴尬地站在原地，犹豫地抬起头看向陈美琴，她的脸上没什么表情，她不知道她在想些什么：“我不是这个意思，我害怕打扰你们……”

“我们不嫌有人打扰。”陈美琴说完就径自走进了厨房，直到晚饭时分才出来。

饭桌上很安静，薛渌清偷偷看向陈弗。陈弗则瞥了眼他刚回家的老婆白链，白链则悄悄打量起陈美琴。陈美琴忽然放下了筷子，又好气又好笑地说：“你们都看我脸做什么？嫌我老了，脸上有皱纹？”

“不不，妈比我还年轻呢！”白链讨好地笑了起来。

薛渌清则夹起一块鱼放进陈美琴的碗里，低低地说：“吃鱼皮可以美容，永葆青春。”

众人：“……”

陈美琴严肃的脸上难得露出了一丝笑容，她看了薛渌清半天，终于叹了一声：“孩子大了，这么久不来看我，竟然连人都不知道喊了。”

薛渌清愣了良久，陈弗推了推她的肩膀对着她眨眼示意，她这才反应过来，眼泪又不禁湿了眼眶：“妈，我回来了，对不起。”

陈美琴低着头，闷闷地应了一声：“回来就好。”然后她半天没有抬头，不久后她一下冲进了厨房，待了半天才将一锅骨头汤端了出来，“吃吧。”

这一顿饭虽然依然有些沉默，但薛渌清原本压抑的心情忽然变得异常地好。她不知道养母对她是否依然有怨恨，但她知道，他们慢慢地就会好起来，需要的仅仅只是时间。

因为方仲也来到了C市，薛渌清想要回去跟他打声招呼，顺便把晚饭带给他，哪知道她还没回去就接到了方仲的电话：“你舍友说赵倩兰每天早上不吃早饭就跑步，因为低血糖晕倒了，现在都还没醒，我回去看看她。”说完，他就火急火燎地挂了电话。

薛渌清挂了电话，她翻出刚收到的C宝的短信看了一眼，忍不住低低笑了起来。

今晚C市的天空上遍布着璀璨的繁星，路灯昏黄的光照进路边的河水里，将河水晕染成一片迷蒙的颜色。

薛渌清趴在窗边，看着窗外久违的风景，当她再回过头的

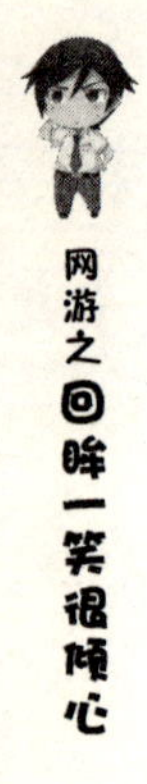

时候，发现陈美琴不知道什么时候走了进来。

“妈……”她有些拘谨地叫了一声。陈美琴点点头，坐在了薛渌清的身边。薛渌清侧头看着陈美琴，发现她的鬓边不知何时染上了一层白霜。

“妈，哥说你病了，平时要多注意身体才好。”

“人老了，总有这样那样的毛病。倒是你们年轻人，年轻时候别只顾着赚钱，到老了就只能拿钱买健康的身体了。”

“妈，您说话越来越有哲理了。”

陈美琴：“……”

薛渌清还想说些什么，陈美琴却笑了起来：“清清，你还是老样子。那些事情都过去了，我早就不怪你了，这些年总也拉不下脸来让你回来。你啊，跟我还真像。”

两人说了很多事情，从小时候到最近的。看着陈美琴脸上舒缓的表情，薛渌清问自己为什么不早一点踏出这一步，她以为自己困难重重，总是活在过去的阴影里，却不想，只要愿意踏出第一步，说不定就会有更美好的事情发生。

正如今夜的星光，光彩夺目，美得让人沉沦。

之后的两个月里，薛渌清一直陪着陈美琴，偶尔和好久不见的同学们见个面。她没有上网，关掉了手机，她尽量不让自己想那些烦心的事情，只用心地守着那份久违的亲情。但是，每个不经意的瞬间，她一想到那人的笑容、那人的眼睛，就觉得心底泛起层层涟漪，让她无法喘息。

家乡的同学见到薛渌清回到C市，特地办了一场同学聚会，在C市一家小酒店里，一群人笑闹着吃完饭，就打狼似的向KTV的方向行去。

不知道是不是因为今天闹得太疯了，薛渌清竟然在如此吵闹的KTV里睡了过去，等她醒过来才吃惊地发现空空荡荡的包间里竟然只剩下她一个人！

损友就是这样炼成的啊！她郁闷地从沙发上站了起来，还没走几步，就被一个人拉到了角落里。

“谁……”一个字都没说完，话音便被一片柔软的唇堵住，她吓得惊呼起来，那人却乘虚而入，对着她的唇攻城略地。

那一刻，薛渌清不知道自己在想些什么，只觉得头顶五彩的灯光正洒在骆涵和她的脸上，一直交错在他们的身边，世界五彩又绚烂，而不远处的荧幕上正放着一首叫作《最爱》的歌曲，就像是特意为他们而设置的背景音乐。

骆涵带着怒气的声音不停地在她耳边诉说：“为什么不开手机？为什么不上网？为什么绯闻出来后就彻底地失踪了？如果你不愿意要那些，我可以为了你不当什么偶像小天王！”

薛渌清不知道自己应该怎么回应他深情的视线，她张张嘴，但却不知要说些什么。

骆涵将头靠在她的肩头，用足以让她心碎的声音说着：“你为什么要假装不记得我？明明你什么都记得。你知不知道，当我看见那些砖块将你埋在废墟里，我感到自己的呼吸都要停止了。这些都是我的错，要不是我约你在这儿见面，你就不会碰到这些事，绝对不会！这些年里，我一直活在惶恐里，你的父亲甚至不准我再见你，不让我知道你的消息。可是，我真的好想知道你怎么样了。如果我无法见到你，那我就让你找到我。为了你，我选择休学，走上了那个我不喜欢但却最耀眼的舞台，我相信，终有一天，你一定会看见我。可是，薛渌清，你却告诉我，你根本就不记得我。你知不知道，这些年我是怎么过的吗？每当遇到和你很像的人，我都以为是你；每个叫清清的人我都以为是你；祝翎翮说玩游戏就可以转移注意力了，于是我和他一起玩游戏，我在游戏里遇见了水也清清，虽然知道你根本不会玩游戏，还是忍不住想要和她说话，但当我知道你还和方仲在一起的时候，我忽然意识到自己究竟有多傻。我为什么

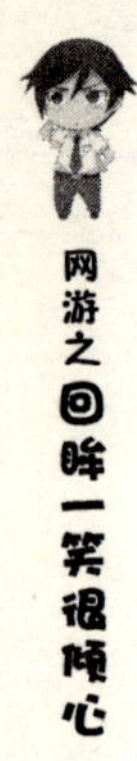

要玩游戏？我为什么还要来找你？你甚至都忘记了我！你知不知道，在我绝望的时候，无意中知道你就是水也清清，我的心开始欣喜，同时又开始挣扎，如果我们这辈子没有缘分，为什么在游戏里还会遇见你？我这才重新回到游戏，只为了你一个人。我真的有些迫不及待了，我在游戏里向你求婚，却得不到你的任何反应，我忐忑不安，又借了祝翎翮不用的号多铎来和你说话。我小心翼翼，只为你的笑容。薛渌清，这些你又知不知道？”

薛渌清闭了闭眼睛，她伸出想要安抚骆涵的手抬起又放了下来。她的心沉闷而压抑，感动却又无比辛酸。她捏紧了双手，然后才渐渐放开。薛渌清用力地将骆涵从她的身边推开，泪眼朦胧地看着他：“骆涵，你说的没错，我没有把你忘记，我甚至还爱上了你。但你能不能告诉我，你的女朋友简瑶要怎么办？因为我又忽然在你的世界里出现，所以你就要放弃她吗？”

不远处的歌声依旧，他们却隔着一臂远的距离看着彼此，看着彼此眼中那抹哀伤的神色。

几天后，薛渌清就回到了N市。之前她和骆涵闹出绯闻的事情已经被薛锦知压了下来，在薛锦知的安排下，薛渌清正式辞去衡越酒店的工作，去本市一家著名的广告公司实习。

她这些天都很忙，忙到没时间上网，也没时间想起骆涵这个人。也许心里终会留下记忆的伤疤，但她相信，无论现在有多思恋那个人，她一定会慢慢学会忘记他。

“哎，赵倩兰跟方仲约会去了，晓语又在专心研究怎么把小说写得恐怖中带有艺术的气息，清清你呢，又整天忙着实习的事情，哎只有我一个孤家寡人咯！”

“不是还有你的唯美漫画陪着你嘛。”薛渌清将电脑里的文件发给客户，然后回头笑看着对面正四仰八叉地躺在床上的C宝。

C宝无语地看着薛渌清："哎，你知道的，现在这类书都很少了！本来想上个游戏放松一下，结果你都不陪我玩。哎！邪羽君、多铎不玩了，结果我们帮帮主变成了绯村杨小过，每天就看见赵倩兰和方仲你侬我侬的，恶心死个人！"

薛渌清听到邪羽君的名字，原本以为已经平静下来的心又荡起了一圈涟漪。她尽力使自己平静下来，然后起身，拿起挂在椅背上的衣服向C宝招了招手："淡定，我要去上班了。"说完，便匆匆忙忙地出了门。

远远地还能听见C宝在宿舍的哀号声："你们都抛弃了我，啊啊啊啊！"

薛渌清下午跟随着公司里的张经理见客户。客户是一家新开的私营公司老板，要求薛渌清所在的广告公司设计一套具体的新公司VI方案。和客户讨论到近傍晚，她就跟着张经理赶回公司，开始构想初步的设计。

因为是第一次负责VI的设计工作，薛渌清这几天都要加班到很晚才能回到宿舍，有时候因为太晚宿舍关门了，只能在公司将就着睡一夜。

在两个星期的努力下，客户终于定稿，薛渌清终于从忙碌的工作中空闲了下来。她盯着眼前的电脑屏幕发呆，一时之间不知道该干些什么。

不远处比薛渌清稍大一点的正式员工正趁着午休时间聊起了八卦，不知怎么回事，慢慢地竟然聊到了骆涵。

"据说他今天就在N市办活动，而且要在活动上向女朋友求婚，节目晚上就会播出了。"某女看起来异常激动。

"好浪漫啊，你们说骆涵的求婚对象是不是那个英文主播啊？"某女眼中透出了艳羡的神色。

"八成是，这两人男才女貌的，真让人羡慕。"某女抬起头作向往状。

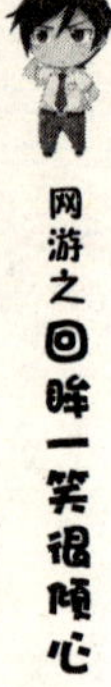

……

薛渌清从座位上站了起来，不远处的报纸上，骆涵和简瑶的照片像是特意被放大了一般，她有些苦涩地笑了起来，原来他要结婚了。

因为今天薛渌清的事情提前做完了，再加上之前的设计案子表现良好，老板让薛渌清提前下班。在同事们羡慕忌妒恨的目光下，她走出了公司。然而踏上柏油马路，感受到冷风一阵阵吹进脖子里，她恍然意识到，时间转瞬即逝，已经是秋天了。

今天201宿舍很奇怪，就连平时忙于约会的赵倩兰同学都准时坐在了电脑前。她看见薛渌清推开宿舍的大门，赶忙喜笑颜开地将她拉到中间的位置坐好："清清，你知道今天是什么日子吗?"

薛渌清想了想，认真地问："你和方仲恋爱4个月纪念日?"

赵倩兰囧了囧，纠正道："人家和仲仲才谈了3个月又26天嘛！还没到4个月，你一点都不关心人家。"

薛渌清也囧了，她抹了抹身上的鸡皮疙瘩转头看着C宝："难道是你与漫画结识第十年?"

"才不是!"C宝反驳道。

"C宝都已经和漫画结识十年了？哇，那她是从什么时候开始看的?"

C宝："你去死!"

薛渌清选择无视赵倩兰和C宝的斗嘴，问一脸高深莫测的莫晓语："莫非是你……"薛渌清的话没说完就被莫晓语打断。

"不是我，是我们从第一次一起看鬼片到现在，整整三年过去了，今天是我们三周年的纪念日。"

薛渌清："……"

薛渌清囧囧有神地看着赵倩兰忙碌完毕，然后四台电脑同时打开，并且开始同一时间放着同一部鬼片。

“这样真的很不环保。”薛渌清弱弱地说。

“环保跟我们的周年纪念日有可比性吗？”赵倩兰正色道。

“这种环幕立体声比电影院还要好，你真的没觉得？”C宝一脸跃跃欲试。

“好像有一台电脑不太同步。”莫晓语推了推眼镜，幽幽地说。

众人：“……”

总之今晚一定很难忘，这种同时开四台电脑的创意，估计只有眼前的众舍友们能想到，薛渌清有点好笑地看着其他人一副认真盯着电脑的模样。如果不是简瑶忽然给她发来的短信，她说不定真的会忘记今天晚上有那个人的节目，他会向简瑶求婚。

薛渌清从座位上站了起来，被赵倩兰一把拉住：“清清，你要去哪儿？”

“厕所。”薛渌清微笑着回应，然后赵倩兰松开抓住薛渌清的手，一脸嫌弃地挥了挥：“这种精彩的影片你都要上厕所？快去快回。”说完，又紧紧地盯住了屏幕。

薛渌清轻手轻脚地关上了宿舍的门，她想要继续保持脸上微笑的表情，可是笑容才到嘴边，又渐渐消失。她只得让自己看起来没有那么难看，良久后，才深呼一口气，朝着学校门口走去。

街口白色的轿车响起了喇叭声，简瑶在车内向薛渌清招了招手。

两人只微笑着点了点头，谁都没有先开口说话。车子在市中心一块LED屏幕前停了下来，硕大的屏幕里，骆涵正穿着一身白色的西装靠坐在棕红色的沙发上，脸上，是他惯有的恰到好处的绅士笑容。

“你不想知道我为什么要这么做吗？”简瑶忽然开口问一边

的人。

“我不知道。”薛渌清低着头，因为光线太暗，只能看见她的侧脸正融在夜色里，沉静得像几乎不存在。

简瑶叹了口气，然后又看向高挂着的电视屏幕。屏幕里的女主持正看着骆涵微笑：“骆涵先生，我听说您今天要在这里向你的女朋友求婚，那么现在，我能不能见证这个浪漫的时刻呢？”

骆涵略低下了头，再抬起时，他眼中璀璨的星光正如今夜的繁星，点点滴滴，明亮而夺目。

薛渌清拼命忍住想要离开的冲动，她的手抓着自己的衣袖，表情却看起来依然冷静。不能，她不能现在就走。这一刻，只是想要和那个人告别，只是想要以这种方式最后看他一眼，今晚过后，她和他就只是两个曾经有过交集的校友，她真的会慢慢忘记他。

骆涵的脸渐渐转向摄像机的方向，他嘴角的微笑，仿佛今夜最灿烂的星光：“我不知道要怎么跟她说，我和她在我们都是高中生的时候就相识了。一开始，我从来没想过，自己会喜欢上她。她很漂亮、聪明，也很倔强，也许她认为自己很平易近人，但是她不知道，就是因为她嘴角常挂着的笑容，让多少男生对她望而止步。我只是庆幸，对她的喜欢，我从未想过退缩。”

女主持人微笑着说：“看来是很不好追求的女生呢！”

“是啊，那时候，她并不喜欢我。可是，你相信缘分吗？竟然让我以另一种方式再见到她。”

“那肯定是很浪漫的故事。”女主持人看起来有些激动。

“浪漫？是很血腥的故事还差不多。”骆涵说着，忽然笑了起来，眼睛弯成天上的月牙，正挂在漆黑的夜空，“当我向她表白，她不但拒绝了我，还硬把我推给了她的好朋友。”

薛渌清抓着衣袖的手忽然又紧了紧，她有些迷茫地抬起头来看着屏幕里的骆涵，身边的简瑶忽然无奈地笑了起来：“薛渌清，你到现在还不明白吗？是的，我当年的确很喜欢他，但当我知道他为了你连最爱的专业都放弃而踏上了娱乐圈，我就知道，他的爱，一辈子都不可能属于我。原谅我之前对你说的话，其实之前让你误会我们的关系完全是因为你父亲的施压，我知道你喜欢他，希望你这次不会再放手。”

屏幕里的骆涵似乎正在望着屏幕外的薛渌清，他的视线诚恳而深情，教人无法移开视线。

“那个时候，我的心里很不好受。现在和你们讲起来，我都能回忆起那时候的心情，只愿不会再尝试第二次。我把她约出来，在学校旁边一个荒废的建筑工地上，我想要告诉她我才不稀罕她，然后再把她丢在那里，让她知道害怕再来求我带着她出去，现在想想，我那时真的很任性。”

“是恶劣啊。”女主持人笑了笑。

“对，是恶劣。如果我没那么做，她不会昏迷不醒，而上天的惩罚就是不让我再见到她。那一阵子，我只有一个念头，想要再见到她。那种念头越来越深，慢慢地，似乎和我的血液融在了一起。有时候我甚至以为，那其实只是一种不甘心的执念。但是，再见到她的第一眼，我就知道自己错了。”骆涵的眼中是星光、是旋涡，是一种无法让人直视的深情。薛渌清的心底像惊涛、像骇浪，像连她自己都听不懂的一首歌。

她想起那晚在 KTV 里，他靠在她的肩头低低地诉说：“如果我无法见到你，那我就让你找到我。为了你，我选择休学，走上了那个我不喜欢但却最耀眼的舞台，我相信，终有一天，你一定会看见我。”

“只有相见才能知道我们有多相爱。”他正微笑着看着她。

薛渌清不知道骆涵后来又说了些什么，她用手背拼命地擦干眼角不停滑落的泪水。良久过后，她才靠着车门抬起头，望向头顶的星光灿烂。心底满满的，是悸动，是愧疚，是感动，

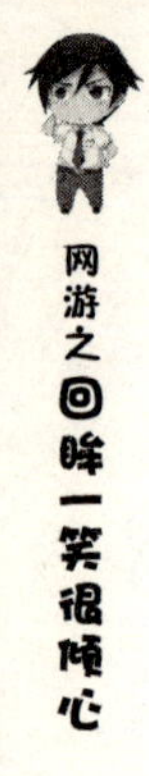

也是喜悦。骆涵说得没错，再见到他之后，她才知道爱他的心，每一次不愿相见，只是为了相见后的不会沦陷。

原来经历九九八十一难取回的还有爱情的经。

薛渌清回到宿舍后就给薛锦知打了电话。随后，她又回到家，父女俩促膝长谈整整一个晚上。想起骆涵的视线，薛渌清第一次有了反抗父亲的勇气，毕竟这一辈子，薛渌清只会遇见这一个骆涵，而骆涵，也只会遇见仅此一个的薛渌清。

她看着父亲的眼睛认真地说："爸，你明明知道错并不在骆涵的身上。我知道你这些年一直尽力做好一个父亲，想要弥补我。但是爸爸，如果你真的想要弥补我，就请相信我，相信我做出的选择。"

薛渌清不记得那是那晚薛锦知抽的第几根烟，他将烟头碾碎在烟缸里，揉了揉眉心，才终于抬起头看着薛渌清："如果他第二次让你受伤，我绝不会原谅他。"

第二天，薛渌清就让简瑶转告骆涵晚上一定要上《天脉》。

于是乎，一直以淡定、低调著称的薛渌清同学在某一天终于做了一件非常不淡定、非常高调的事情。

邪羽君一上线，水也清清就在世界刷起了喇叭。

【世界】水也清清：邪羽君，嫁给我吧！

【世界】水也清清：邪羽君，嫁给我吧！

【世界】水也清清：邪羽君，嫁给我吧！

……

喇叭一共刷了多少个已经无从考究，但是那一晚上，整个游戏世界彻底疯狂了，甚至有别的区的人特地申请了个小号前来看热闹。

在每一条喇叭后，都有邪羽君的回复。

【世界】邪羽君：我愿意。

第十五章　红颜只为一段情

在某年某月的某一日，《天脉》游戏举行了两场盛大的婚礼。两场婚礼的男女主角分别是邪羽君、绯村杨小过和水也清清、赵家一朵花。

因为那晚刷屏求婚的事情在游戏里闹得很大，第二天就被好事者截图发在了各大网站，让会玩游戏的不会玩游戏的都羡慕不已。《天脉》游戏开发商立马抓住了这一千载难逢的机会，借两对新人的婚礼想要召回流失的玩家。在新人婚礼当天，举办了一场别开生面的抢亲活动，老玩家回归抢亲更可以获得绝版的极品装备作为奖励。而只要在抢亲活动中积分排在前十的玩家，都可以免费参加游戏在N市举办的玩家见面会。

不过身为新人的某四人则非常痛苦。新娘水也清清和赵家一朵花被莫名其妙地关进了小黑屋，而邪羽君和绯村杨小过则急得团团转，但怎奈游戏制度太诡异，两人不但要应对前来抢亲的豺狼虎豹，还要在固定时间里救回自己的老婆。

赵家一朵花在水也清清旁边一直聒噪地来回走动着，时不时蹦出“天妒红颜”、“天妒英才”等关于天妒的字眼。水也清清则很淡定地数着地上长着的花生，然后看了赵家一朵花一眼：“我们这样关天什么事？”

于是赵家一朵花彻底地闭嘴了。

而另一边的绯村杨小过也很聒噪，他一边安慰着赵家一朵花，一边不停地跑地图，恨不得把地图正过来再反过来找几遍。

于是，同为主角之一的邪羽君就很淡定了，他抱着胳膊斜

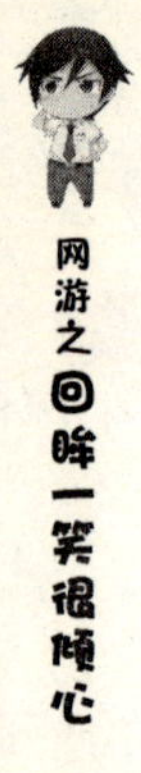

睨了绯村杨小过一眼，冷不丁地说："我觉得跑地图没用，遇到问题我都是用脑子解决的。"

于是乎，四个人的队伍里吵成了一片。等到薛渌清终于安抚下了赵家一朵花和绯村杨小过这对气鼓鼓的夫妻，邪羽君果真凭借着脑子找到了被关起来的水也清清和赵家一朵花。四个人无语地对视了几秒，绯村杨小过和赵家一朵花就发挥了失忆的良好品德，抱在一起痛哭五秒后就继续你侬我侬去了，空空的房子里只剩下邪羽君和水也清清两人。

【私聊】水也清清：我觉得吧，这做人吧，还是不要这么直白的好。

【私聊】邪羽君：我听老婆的。

【私聊】水也清清：我们还是不要这么高调结婚吧，要不然还要被关什么的，很讨厌的。

【私聊】邪羽君：我听老婆的。

【私聊】水也清清：……

【私聊】邪羽君：我听老婆的。

【私聊】水也清清：我能和你离婚吗？

【私聊】邪羽君：这个，我不听老婆的。

【私聊】水也清清：……

坐在电脑前的薛渌清无奈地看着屏幕，想到另一边骆涵得意的笑脸，她心里就忍不住一甜，脸上当即挂上了甜蜜的笑容，而像是心有灵犀一般，骆涵的电话忽然打了过来。

薛渌清一接起电话就听见对面的人那低沉好听的笑声。

薛渌清等骆涵笑完，十分不和谐地说："人笑多了很容易长皱纹的。"

骆涵："……"

两人互相调侃了半天，薛渌清忽然提到游戏见面会的事情，她有些得意地歪歪脑袋："我会去帮你看看那些好朋友长什么样的。”

骆涵则不爽地“啧”了一声：“没理由老婆去参加，老公不去的。”

“不行，你身份这么特殊，参加后我会很麻烦的。”

“……我以为你会说我会很麻烦。”

薛渌清：“……你想多了。”

本次游戏的见面会在N市举行，而又是这么巧的，聚会的地点定在了N市最大的酒店衡越。

赵倩兰一直在纠结去见面会后到底要不要和绯村杨小过假装不认识。

C宝翻了个白眼：“这个有什么好纠结的？”

赵倩兰很严肃地给C宝普及了知识：“笨死了！要是假装不认识，然后再变得亲密，大家会很羡慕忌妒恨的！要是认识，大家会以为我们一开始就认识，没有意义！”

薛渌清被赵倩兰这一奇葩的想法惊倒了，她看了赵倩兰半天，在赵倩兰以为薛渌清对她的崇拜就像那滔滔江水一般时，薛渌清忽然说：“兰兰，你这脑子……”

“是不是很聪明？”赵倩兰迫不及待地说。

“怎么总想些没用的？”薛渌清说完，出乎意料地听见了赵倩兰哇哇大叫的声音。

四个人浩浩荡荡地往衡越走去。薛渌清不由得想起她们第一次去衡越吃饭，骆涵这家伙竟然捡了她的彩票还不还给她，实在可恶透顶。想到这里，薛渌清拿出手机发短信给骆涵：我们正在去衡越的路上，不过我忽然想起来了，我的彩票你到现在都没还给我。

不久后薛渌清就收到骆涵的回复：要不要现在还给你？

薛渌清以为骆涵在跟她开玩笑，就随手发了个“好啊”，然后将手机收进包里，和大家一起进了预先订好的包间。

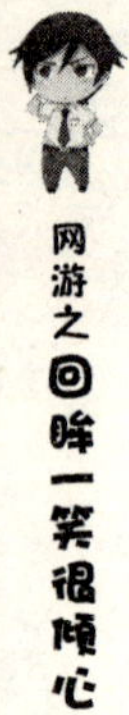

包间里十几张脸齐刷刷地盯着薛渌清她们，这其中，方仲正对着赵家一朵花拼命地眨着眼睛。

“你们矜持一点啊。”薛渌清低声说着，在一个有着浓密卷发的女生身边坐了下来。

“我是浓情巧克力，是骆涵的表妹徐寅，你就是薛渌清吧?”薛渌清有些惊讶地侧头看向浓情巧克力，她正俏皮地向薛渌清眨着眼睛，眼角眉梢间透着和骆涵一样的狡黠。

一桌子的人开始有点拘谨，没过多久，气氛便好了很多，大家开始相互做着自我介绍。薛渌清吃惊地发现那个一直念叨着水也清清家族不是好人的平一剑只是一个看起来有些腼腆的大男孩，在知道薛渌清的身份时，更是不好意思地抓头笑了起来。而口口声声喊着水也清清偶像的绯村一口酒则戴着一副眼镜，看起来三十岁左右，像是成功人士。薛渌清囧囧地和绯村一口酒握了握手，只感觉这个世界真的不可思议。不过最令薛渌清不可思议的是，原来那个一直看她不顺眼的天天甜甜不是别人，正是跟她不知道有什么梁子的田甜。

酒过三巡后，田甜过来给薛渌清敬酒，有些好笑地看着她："说真的，我早就知道你玩游戏了，值班室的电脑我们都在用，想要不知道还是很难的。"

薛渌清彻底地鄙视了一下自己的单纯。

“也不是看你不顺眼啦，”田甜说着看了一眼正往她这个方向看过来的平一剑，“因为我这人从小自尊心就特强，你把VIP的位置让给我，我心里一直有着疙瘩认为是你看不起我，后来又因为你坏了我和骆涵的好事，我心里更是认为你是故意的。这不，有事没事地就想给你找碴！不过，要不是你，我也不会遇见乐淳。”说完田甜又下意识地看了一眼平一剑。薛渌清不由得感叹一句，爱情的力量真是伟大啊！

这世间上的事情就是如此地奇妙，在这顿饭上，薛渌清和田甜竟然还能聊了起来。薛渌清忽然提起了曾经在骆涵门口捡到的钥匙扣，她有些疑惑地问田甜，之前关于她和骆涵的绯闻是不是也是她看自己不顺眼才传出去的。

田甜却不高兴地冷哼一声："薛渌清，看你平时挺聪明的，怎么这件事就这么笨！我看你不顺眼那都是明面上的事情，我不玩这些阴的。不过我倒是要提醒你，你那个好同事庆然可不是什么好人，那天我跟她一起发现你在玩游戏，没想到到现在她都没告诉你这件事。"田甜边说边打了一个酒嗝。薛渌清拍了拍她的背："哎，少喝点。"

总的来说这顿饭吃得还算愉快，如果不是有人老是在薛渌清的耳边询问邪羽君为什么在 N 市却不来聚会的事情，想必还会更加愉快。

薛渌清在众人的逼问下，自动自发地解释："这个，邪羽君的相貌……你们懂的。"薛渌清说完，众人都意味深长地"哦"了一声。C 宝忍住笑凑在薛渌清耳边说："清清啊，骆涵这种能做小说主角的人你竟然说他……"

薛渌清听见 C 宝的形容，立马脸不红心不跳地回复："我有说他丑吗？我明明是说他美得无法见人。"

C 宝："……"

就在这时，包厢的门忽然被人推开，一个身材修长的男人走了进来。祝翎翩让服务员送上菜肴，这才有意无意地瞥了众人一眼，然后转身离开。他走后，桌上的人有的露出了明显失望的神色："哎，据说《天脉》还邀请了全服前十的玩家，刚一开门，我还以为女神独孤笑笑要来呢！"

"就是，失望啊！"

坐在薛渌清身边的徐寅有些失望地咂咂嘴："嘿，我还以为祝翎翩要公布自己的身份呢！太失望了！"

"就让独孤笑笑成为众人心中的女神吧。"薛渌清刚说完，

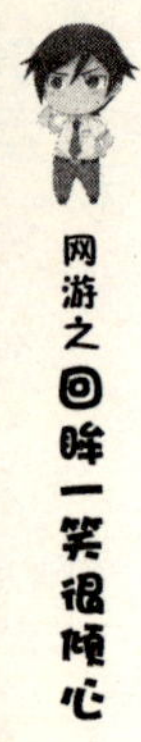

包间的门又被人推开了，一个戴着鸭舌帽和墨镜的男人走了进来。薛渌清心不在焉地瞥了一眼，这一瞥，她立马吓得从座位上站了起来。

“这家伙竟然来了！”薛渌清在心里有些不淡定地咬牙切齿，这家伙真是太不听话了。

骆涵朝薛渌清的方向看了一眼，满不在乎地走到她的身边，将一张彩票放到薛渌清的面前，满脸委屈地说：“我是来还彩票的。”

薛渌清无语了，看着骆涵一副很无辜的样子，气又气不出来，表情无比纠结。

“咦？先生你看起来很眼熟啊！”

“是啊，我们这里是游戏《天脉》的玩家见面会，你也是玩家吗？”

周围响起了此起彼伏的询问声，骆涵却满不在乎地坐在了薛渌清的身边，拿起薛渌清的饮料就喝了起来。

发出疑问的人会意地看了对方几眼，没有再多说什么，只当这个人是薛渌清的男朋友。哪知道某人却一副人家不问到底自己偏要说到底的架势，骆涵喝完饮料满足地笑了起来：“我也是游戏的玩家。”

“你是谁啊？”平一剑感兴趣地看着他。

骆涵扫了眼平一剑，忽然笑了起来：“你是小剑？”

“我是啊！”平一剑有些激动，似乎有些猜到这个人的身份，不确定地询问，“你难道是……”

“我是邪羽君，也是多铎，这两个号都是我在用。”

众人哗然，同时又开始窃窃私语，怪不得水也清清说邪羽君因为长相问题不敢来，就算是来了也把自己的脸包得严严实实的。

骆涵却不在意地继续微笑，开始一一辨认身边的人，最后，竟然都被他猜得八九不离十。不得不说，骆涵在某些方面还是比较厉害的。

“这里面真热，表哥，你都不热的?”徐寅忽然开口说话，薛渌清吓了一跳，有些不解地看着徐寅。

骆涵却不在意，他藏在桌子下的手忽然握住了薛渌清的手，像是安慰似的捏了两下。薛渌清忽然有了一种奇怪的想法，果然，下一秒，骆涵忽然把眼镜摘了下来。

这一刻，全场都目瞪口呆地看着骆涵。他极度绅士地向众人再次问好：“大家好，我是邪羽君，也是多铎，同时也是骆涵。”

在众人惊异的视线下，骆涵只是淡笑着看着薛渌清，以及她眼中复杂的神色。

见面会结束后，骆涵的游戏号就在媒体上不胫而走。因为骆涵在游戏里的身份，更有好事者对他提出了质疑，而骆涵在游戏里的仇家更是想要恶意抹黑他。不过作为当事人的骆涵却并不在意，在游戏身份公布后没多久，他就正式宣布退影。

骆涵的退影没有任何前兆，他就这样悄无声息地离开了属于他的舞台，告别了光芒四射的人生。

而只有薛渌清知道，那次游戏见面会上，骆涵之所以会出现，就是因为他早就有了这个打算。那天他在桌下握着她的手，只是想告诉她，他已经做好了准备。

一大早，薛渌清就接到了骆涵的电话。因为退影的事情，他还有些事情要去C市办，交代薛渌清在他不在的时候要好好照顾自己。

“明明要照顾好自己的人是你。”薛渌清嘟着嘴反驳。

“总之，乖乖等我回来。”骆涵挂断电话。薛渌清嘴角的微笑始终没有消退，她心中流过阵阵的暖意，相爱，真的是一件异常美好的事情。

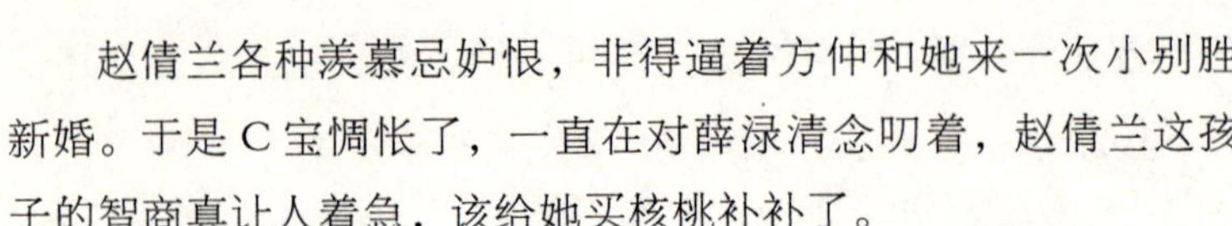

赵倩兰各种羡慕忌妒恨，非得逼着方仲和她来一次小别胜新婚。于是C宝惆怅了，一直在对薛渌清念叨着，赵倩兰这孩子的智商真让人着急，该给她买核桃补补了。

周末的时候，C宝非拉着薛渌清和她一起逛超市。两人抱着满满的几大包东西回到宿舍，C宝发出满足地嘿嘿声，薛渌清则买了一堆食物打算放进骆涵的公寓里。

推开骆涵公寓的大门，薛渌清看着杂乱不堪的房间，她顿时就有点后悔了，这就是一个偶像明星的家吗？

薛渌清无语地又担负起帮骆涵打扫房间的责任，就在她擦桌子的时候，一封白色的信件忽然掉在了她的脚边。她有些奇怪地将信件打开，她看了很久，几分钟后终于冲到电话边，迅速拨通了骆涵的电话。

没有人接听。

整整一个下午的时间，骆涵的电话一直处于无人接听的状态。薛渌清不由自主地又拿起那封白色的信件，确切地说，那并不是一封普通的信件，而是一封来自歌迷的恐吓信。而信件里的歌迷Q和骆涵约见的见面地点就是骆涵所在的C市。

薛渌清一遍又一遍地看着信件，这个有点歪斜的字体她绝对不会认错，是庆然写的。她不知道庆然为什么要挟骆涵，之前所有的细节全部在她的脑中一一呈现，田甜让薛渌清小心庆然，庆然知道薛渌清在玩游戏却没有告诉她甚至假装不知道，那天她从骆涵的客房出来，是庆然捡到田甜的钥匙扣，如果这一切真是庆然……可是她为什么要这么做？

薛渌清觉得自己的思绪有点纷乱，她打电话给舍友说今天晚上不回去了，然后踏上了前往C市的最后一趟列车。

薛渌清没有回家，一下火车，她就直接来到了信中所说的约见地址。这个地方，自从薛渌清出事后，就从未踏足过。

那片荒废的工地依然荒废着，而角落的褐色墙壁似乎已经布满了裂纹，下一秒就会重重地倒塌下来。只有脚底踩上枯叶发出的清脆声响，还有薛渌清有些急促的呼吸声，正与这片工地的尘埃交织在一块。

“骆涵，你在不在？”薛渌清冲着空旷的工地喊了起来，然而回答她的只有空旷的回音。

手机铃声恰好就在这个时候响了起来，薛渌清拿出电话，看见是骆涵的名字，就迫不及待地按下了接听键。就在电话触到耳朵的前一秒，一只冰冷的手忽然捂住了薛渌清的嘴，手机应声摔在了地上。

周围静谧无声，只有黑暗伴随着熟悉的哭声，薛渌清不知道自己在哪里，她的双手被反绑在身后，紧贴在身后的是冰冷粗糙的墙壁。

背光的角落里，缓缓走出一个熟悉的身影。庆然走到薛渌清的面前，蹲下来紧紧盯住她的眼睛，那眼神复杂难懂，薛渌清不知道为什么平时乐观开朗的庆然会变成现在这个样子。

“我不懂……”薛渌清看着眼角依然带着泪痕的庆然。

“你当然不懂！”庆然的声音融进暗沉的黑影了，有着丝丝的凉意，“你不懂我有多讨厌你！”

薛渌清的心一点点沉了下去，她张张嘴，又不知该说些什么。

“三年前，你在这里发生了意外，你的好哥哥陈弗找阿强和骆涵算账，这件事你是知道的吧？但是你不知道，阿强被陈弗重伤，他差点变成植物人。是啊，这些事情也许都不应该怪你，但是你知不知道，阿强的全名叫作庆强，他是我的亲哥哥。自从阿强出事后，我们全家所有的负担都压在了我的身上，我妈因为我哥重病不起，我爸从未管过我们，只知道去赌钱。你们陈家的那点赔偿只够我哥哥住院，而我，本来可以考大学，却为了这个家退学去打工。我不想恨你，我努力想要忘记之前的

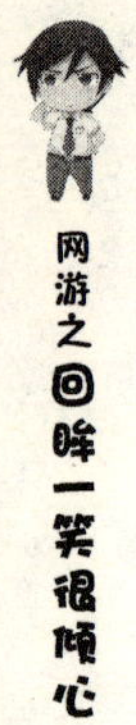

事，但是我没办法控制我自己。每当我受不了的时候，我总会想这一切全部都是因你而起！而你还总是表现出一副救世主的模样，你甚至干脆忘记了骆涵，忘记了以前的事情。薛渌清，你真自私！你知不知道我三年前就认识骆涵了，当我看见他被你哥哥打伤，我顿时觉得我和他是一样的！从那个时候开始我就喜欢他，我知道他玩游戏就跟着他进入了游戏。你说巧不巧，你游戏的名字叫水也清清，而我之前的名字也叫水也清清，只不过比你多一个点。那个时候，游戏里在传独孤笑笑和邪羽君是一对，我就去和独孤笑笑作对，为了骆涵，我甚至不去想任何后果。后来你出现了，你知不知道自己的一举一动都牵动着骆涵的心？可是你，你无视他的痛苦，为了自己可以解脱，甚至选择忘记他！薛渌清，你说你自私不自私？我怎么能让你跟个没事人一样？在游戏里，虽然我的号被封杀了，但我立即又申请了一个叫点点的号，说真的，我不想让你在游戏里好过！不过，我千算万算，都没想到，骆涵他早知道你的身份。那又怎么样？我知道你的父亲反对你和骆涵来往，就千方百计地阻止你们在一起。没错，之前骆涵拍鬼片的时候，是我发了你和骆涵的照片给了媒体。之后也是我把你和骆涵反锁在客房里，然后再告诉报社。我想用绯闻阻止你们在一起，想让你的父亲阻止你们在一起。可是为什么，为什么你这么自私，他还要选择和你在一起？你到底有什么好？”庆然的脸忽然凑近薛渌清，她的右手紧紧攥住薛渌清的下巴，薛渌清只感觉一阵疼痛，有下巴上的疼痛，同时也有心里的疼痛。

她想忍住眼角滑落的泪水，泪水却不听话地顺着她的眼角滑落，她有些哽咽地开口：“我一直以为，我们是朋友。”

“不！”庆然攥住薛渌清下巴的手越收越紧，“我从来没有把你当朋友。我知道你们在一起后，每天都失眠，我再也没办法在你面前假装欢笑了。这是我最后的机会，我要挟骆涵在这里见面，我只想再见到他一面，可是他没有来，他就算在C市也没有来见我。不过，你竟然来了……”庆然看着薛渌清的眼睛里忽然透出一种狂热的光，“如果你消失了就好了。”她最后说。

薛渌清不知道自己在这片黑暗的废墟待了多久，她的意识有点朦胧，直到忽然听见身后传来轰隆隆的推土机的声音，她终于恢复了一点意识。头顶是阴云密布的天空，身边是随时会倒塌的残垣断壁，她甚至有些绝望地想，也许她会死在这里。

她忽然想起三年前，褐色墙壁崩塌的碎石将她彻底淹没，她远远地就看见骆涵向着她的方向奔跑过来，他的眼神是那么绝望，他永远璀璨的眼睛就像头顶的阴云，下一刻便会下起雨来。她闻到鼻端的血腥味，她想伸出手来触摸他指尖的温度，如果可以，她想永远沦陷在那片璀璨的星光之中。原来离别的一刻，才能真正知道自己的心。

幸好上天让他们再次相遇，但是又转瞬离别。

“不要哭，要不然我也要哭了。”薛渌清嘴角挂着一丝微笑，她向头顶的天空伸出手，却忽然被另一只手紧紧地握住。那一刻，薛渌清似乎听见了幻觉，骆涵正低低在她耳边说：“薛渌清，如果你死了，我绝不会为你掉一滴眼泪，所以，你不准死。”

几乎在骆涵说完的下一秒，雨水终于渗透过密布的乌云，冰凉的水滴一滴又一滴地打在他们的身上。雨水打湿衣襟，虽然寒冷，但庆幸的是，他们还活着。

因为这场突来的大雨，本来想把面前的墙壁推掉的推土机忽然停止了运作。工作人员下来检查车子，却发现在墙壁后的一片废墟里，两块钢筋的支架竟然搭起了一片隐秘的空间，而空间里竟然有两个人！工作人员后怕地擦了擦额角的汗水，并且不忘好好地对这两个莫名其妙“寻死”的人进行一顿教训。

工作人员指着骆涵：“你是不是白痴？有人你不会叫啊！”

骆涵弱弱地低下头："那时候我才发现我老婆，我脑中根本想不到这么多。"

工作人员又把头转向薛渌清："还有你，你老公是白痴，难道你也是？你喉咙是没长还是被你吃了？"

薛渌清囧了囧，低下了头弱弱地解释："我不知道在那里待了几天，我没力气喊了。"

工作人员彻底无语了，最后实在不想跟这两个人沟通了，扬长而去。

骆涵回过头来，原本有些心虚的表情迅速变得有些张牙舞爪："薛渌清，以后没有我的允许不许接近那片工地。"骆涵边说边恶狠狠地盯着病床上的薛渌清。

薛渌清点了点头。

"庆然的事情我已经知道了，也已经报警了，以后没我的允许不许再见这个人！"

继续点头。

"如果我的电话打不通，就打 Adda 的电话，Adda 的电话打不通，就打祝翎翮的电话！"

她的头点得像磕头虫。

"以后我不在的时候，不准随便乱跑！"

点头。

骆涵有些得意地扬了扬脑袋，猛然发现自己今天特别有威严，于是开始想着再制定一点规则，却感到身边的人拽了拽他的衣袖。薛渌清睁大双眼，一脸无辜地看着他，骆涵的心顿时跳快了两拍，清了清嗓子表示自己很淡定。

"那个，我答应了你这么多，你能不能答应我一件事？"薛渌清微笑着问。

"那当然，我还是很开明的。"骆涵得意地挑挑眉。

"哦，那你之前说的什么事都听老婆的，到底算不算话？"

薛渌清继续微笑。

“那是当然。”骆涵继续得意地挑挑眉。

“哦，那我没什么要说的了。”薛渌清摸了摸骆涵的脑袋，骆涵刚要得意，这才反应过来，又被薛渌清绕进去了，之前的都白说了。

薛渌清不久后就康复出院了，她出院后，骆涵也正式离开了演艺圈，并且开始继续修学他大学的法律专业。两人还在继续玩《天脉》，因为是天脉让他们以另一种方式相遇，是一个特殊的存在，对两人都有特别的意义。但是因为骆涵特殊的身份，之前邪羽君和水也清清两个号都不再使用，两人重新申请了新号。只有独孤笑笑、平一剑、浓情巧克力等个别人才知道两人的身份。

几个月后，骆涵主演的第一部也是最后一部恐怖片正式在各大影院上映。薛渌清和骆涵，以及尾随而来的赵倩兰两口子都前来观看了首映礼。

恐怖片观看期间，薛渌清都很淡定。赵倩兰和方仲经常性地发出鬼哭狼嚎的叫声，引来身边白眼无数，只有一个人全程都表现得很奇怪——此人就是骆涵。将近两个小时的电影，骆涵总是时不时地侧过头来观看薛渌清的反应，看见薛渌清的表情无异后，这才安心地盯着大屏幕。来回数十次，连赵倩兰都觉得骆涵是不是颈椎有问题，投来了关切的视线。

直到电影结束，四个人一起走出了影院。赵倩兰和方仲要去旁边的小吃街吃夜宵，薛渌清和骆涵则想着要逛逛前面的公园。

一路上，薛渌清都很沉默，骆涵的心跳如打鼓。十分钟后，他终于忍不住强调：“虽然电影里有我和女主角的吻戏，但是那都是借位的！”骆涵边说边瞥了眼薛渌清。

薛渌清有些心不在焉地“哦”了一声。

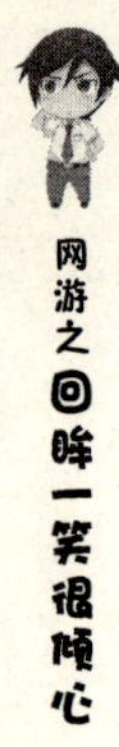

骆涵的心更是不停地打起鼓来，又继续此地无银三百两：“那场戏的男演员真的不是我，是替身！”

薛渌清侧头看了眼骆涵紧张的表情，继续心不在焉地“哦”了一声。

骆涵看薛渌清的反应，越来越急，又继续解释：“在接剧的时候，我真的不知道和女主会有吻戏，是导演临时加的，他说这样可以增加戏剧的冲突！”骆涵说完，薛渌清忽然停了下来。她正抬头看向路旁的桃花树，那些淡粉色的桃花花瓣正伴着湖畔的微风轻轻浮动在两人的四周，它们跳跃在淡黄色的路灯光下，就像月光下的精灵，美丽又灵动。

不知不觉，竟然又到了春天。薛渌清干脆坐在树下，感受着这一季节最美丽的瞬间。

“真漂亮。”薛渌清摊开手心，让一片花瓣落在自己的手心。

“清清，你听我解释……”骆涵坐在薛渌清的身边，继续纠结电影中的情节。

薛渌清轻轻地叹了一口气，有些无语地看着身边聒噪的某人：“骆涵，你真烦。”

骆涵的表情顿时变得纠结无比。他刚想开口继续解释，薛渌清嘴角划开一抹好看的笑容，她侧过身来，忽然吻住了骆涵。等触到骆涵的唇角，薛渌清却感到唇上一片冰凉。她微微睁开眼，发现一片桃花花瓣落了下来，正好落在骆涵的嘴角上。她吻在桃花的花瓣上，隔着花瓣感受到骆涵嘴角传来的温热。

薛渌清有些好笑地将桃花花瓣取下，不顾骆涵又凑过来的脸，有些忌妒地说：“我也想听你唱歌。”

“啊？”骆涵忽然一愣，这才想起自己在电影里曾经给女主角唱过歌曲，原来搞了半天，薛渌清小同学是在为了这件事不高兴啊！

“那有何难？”骆涵挑挑眉，他眼睛一眨不眨地看着薛渌清的眼睛。他的声音低沉，虽然他在做歌手的时候很少唱如此抒情的曲子，但配上他独有的低沉嗓音，竟然将这首歌唱得缠绵悱恻。

月光皎洁，桃花花瓣像月下最美丽的精灵，不时地撒在两人的肩头、发间，然后飘落在近旁的湖泊里，荡漾开一圈涟漪。

红颜若是只为一段情
就让一生只为这段情
一生只爱一个人
一世只怀一种愁
纤纤小手让你握着
把它握成你的袖
纤纤小手让你握着
解你的愁你的忧
红颜若是只为一段情
就让一生只为这段情
一生只爱一个人
一世只怀一种愁
纤纤小手让你握着
把它握成你的袖
纤纤小手让你握着
解你的愁你的忧
啊…啊…
啊…啊…
自古多余恨的是我
千金换一笑的是我
是是非非恩恩怨怨都是我
只有那感动的是我
只有那感动的是你

生来为了认识你之后
与你分离
以前忘了告诉你
最爱的是你
现在想起来
最爱的是你
我以前忘了告诉你
最爱的是你
现在想起来
最爱的是你
红颜难免多情
你竟和我一样

完